「こ、煌さん!?
いきなり何を……!?」
「離れている間、
私と天煌への気持ちについて
よく考えておいてください」

虐げられし公主の幸福な婚姻

人質花嫁は二人の王に寵愛される

AOTSUKIHANA PRESENTS
青月花

CONTENTS

SHIITAGERARESHI
KOUSHU NO
KOUFUKU NA KONIN

CHARACTER

姚《よう》 翠《すい》蓮《れん》

大国・嶺帝国の公主。
描いた絵を具現化できる力を持っていたが、
母の死をきっかけに異能を失い、
皇后や異母兄弟たちから虐げられて育った。
控え目だが思慮深い性格。

朱《しゅ》 煌《こう》天《てん》

軍事国家・焔の国王。
身内を手にかけた残虐非道な王として、
周辺国から恐れられている。
しかし、本当の性格は優しくて穏やか。
そんな彼には秘密があって——。

朱《しゅ》 天《てん》煌《こう》

煌天のもう一つの人格。目の色は血のように赤い。
天下無双と讃えられるほど強く、
『獅子王』の異名を持つ。

小《しょう》龍《りゅう》

翠蓮が幼少時に描いた絵の龍。
彼女にとって唯一の友達であり、
相棒でもある。

白《はく》 史《し》厳《げん》

煌天の側近で、毒舌な宦官。
仕事の鬼だが、煌天の事情を知る数少ない味方でもある。
いち早く煌天の資質に気づき、彼を玉座に据え続けたいと思っている。

※本作品の内容はすべてフィクションです。
実在の人物・団体・事件などには一切関係ありません。

序

「見て、あの地味な服装。とても帝国の公主がする格好だとは思えないわ」

「ええ。ましてや、あれが花嫁衣裳だなんてね。帝国の恥だわ」

宮女たちがクスクスと笑いながら遠巻きに私を観察している。

私がまとっているのは、薄桃色の襦《うわぎ》と胸から足もとまで垂れる白い裙《スカート》。装飾の類《たぐ》いもなく、宮女が着る衣裳とそう変わらない。腰の長さの髪は一部だけを結いあげ、残りは背中に流している。髪を束ねているのも、町娘が使うような銅製の地味な簪《かんざし》だ。

皇帝の娘である公主の嫁入りともなれば、金糸で華やかに飾り立てられた赤い襦裙《じゅくん》をまとうのが普通だというのに。私には豪華な花嫁衣裳も嫁入り道具さえもない。

「お母様、本当にあんな格好で行かせていいの？　焔《えん》に舐《な》められてしまうんじゃない？」

馬車の前で立ちすくんでいると、見送りにきていた姉の魅音《みおん》が隣にいる皇后様に尋ねた。

二人とも嫁入りする私より遥《はる》かに豪奢《ごうしゃ》な衣裳と装飾品を身につけている。

「蛮族にどう思われようと構いやしないわ。それに、これはただの政略結婚ではないもの。生きて戻ることのない人質にお金を使ったところで無駄でしょう？」

「ふふ、そうね。翠蓮《すいれん》はただの捨て駒だもの。体面を整えてやる必要はないわね」

肩をすくめて答えた皇后様に、姉は嘲笑を浮かべて同意した。

「さあ、翠蓮。早く馬車にお乗りなさい。公主としての使命をしっかり果たすのよ？」

皇后様も嘲《あざけ》るように私を見て、馬車へと促してくる。

「せいぜい獅子《しし》王に殺されないよう媚《こ》びるといいわ。慰《なぐさ》み者にならしてもらえるかもしれないわよ？　その貧相な体と身なりじゃ難しいでしょうけど」

姉の侮言を聞いた皇后様や宮女たちが憚《はばか》ることなく声をあげて笑った。

彼女たちはただ見送りにきたのではない。私を笑い者にするためにやってきたのだ。

俯《うつむ》いていると、怒りに打ち震えるかのように懐《ふところ》がうごめいた。

外へと飛び出しそうになった彼を慌てて上衣の上から押さえつける。

少し冷やっとしたが、彼の動きと存在が私の心を勇気づけた。独りではないのだと。

私は顔をあげ、胸を押さえたまま馬車へと乗り込む。

馬車は皇族が乗るような立派なものではなく、積み荷には綾《あや》も錦《にしき》もない。持っていくのは、使い込んだ身の回りの品々と粗末な着替え。そして、懐に隠れている小さな相棒だけ。

今日、私は生まれ育った嶺《りょう》帝国の後宮から隣国の焔へと旅立つ。

獰猛《どうもう》な性格と風貌から『獅子王』の異名を持つ焔王の人質花嫁として。

第一章 獅子王と帝国の人質花嫁

焔《えん》国への嫁入りを申し渡されたのは、梅の花が芽吹き始めた冬の終わり。

早朝から雪がちらつき、壁に空いた穴から入り込む隙間風がひときわ冷たい日だった。


「本日のお食事です」

お世話係の宮女が、卓子《つくえ》の上にドンと朝食を雑に置く。冷えきった麦飯と炒豆芽《もやしいため》だ。

「えっ、これだけですか？」

おなかをすかせていた私は目を丸くして尋ねた。おかずがいつもより一品少ない。冷や飯の量もお椀《わん》半分に減っている。とても十六歳の育ち盛りの娘が一日を乗りきれる量ではない。食事は朝食しか用意してもらえないというのに。

「本日よりこの量になります。皇后様のお申しつけです」

「皇后様が？　なぜですか？　私、皇后様のお気に障《さわ》ることでもしたでしょうか？」

全く心当たりはない。私は宮中の行事や宴《うたげ》に参席することを許されず、皇后様とは一年以上顔を合わせていないのに。

戸惑いを覚えていると房《へや》の扉が開き、侮蔑に満ちた声が響いた。

「それはね、あんたがタダ飯食らいの役立たずだからよ」

全身を華やかに飾り立てた佳人が私の方へと近づいてくる。

姉の魅音だ。皇后様の一人娘で、二つ年上の第二公主。

同じ公主でありながら、私とは何から何まで違う。彼女は麒麟《きりん》の刺繍《ししゅう》が施された絹の襦裙《じゅくん》姿で、私は木綿の白い衫《あわせ》と褲《ズボン》。最も違うのは女王と侍女ほどかけ離れた境遇、そして性格だ。

彼女がここに来たということは、またあれが始まるのだろう。

身構えていた私に、姉は意地悪な笑みを浮かべて放言する。

「公主でありながら、国のために何もしていないお荷物だものね。宮女の方がよほど役に立つわ。だから、あんたには宮女より少ない食事でいい。そういうことよ」

――ああ、やっぱり。

心の中でこぼし、口から出かかっていた溜息《ためいき》をどうにか呑《の》み込んだ。

姉はたまに現れては私を虐げ、日頃の憂さを晴らしていく。

「あんたの母親も役に立たなかったわよね。宮女だった時はまだいいわ。でも、お父様に色目を使ってあんたを産んで、目障りで仕方がなかった。いなくなってせいせいしたわ」

我慢しようと思っていたのに、その話だけは聞き流すことができなかった。

言い返してはだめだ。きっとひどい目にあう。それでも、私は口を開いた。

「出自の低い母親から生まれた公主は他にもいます。どうして私たちだけそこまで目の敵《かたき》にするのでしょう？」

自分はどう言われてもいい。でも、亡くなった母の悪口だけは耐えられない。

「私たちがお父様の寵愛《ちょうあい》を一時《いっとき》でもあなた方から奪ったからですか？」

姉がカッとなって腕を振りあげた。

「下賤《げせん》の分際で生意気な！」

直後、パチンと頬を張る音が響き渡る。

「いい？　お父様があんたをかわいがっていたのは、異能の力があったからよ！　その証拠に力を失ってから、あんたに一切会わなくなったじゃない！　あんたはね、お父様に失望されて捨てられたのよ！」

私は叩《たた》かれた頬を押さえ、顔や体から血の気を引かせた。頬に受けた暴力よりも言葉の方がずっと痛くて胸に突き刺さる。それは忘れたい現実だったから。

「そんな子に何も与える必要はないわ。回収してしまいなさい！」

姉が宮女に命じて踵《きびす》を返した直後、私の胸もとがブルッとうごめいた。

「この――っ」

そう言って懐から飛び出そうとした彼を、私はとっさに抱き止める。

――だめ！

「あんたみたいなお荷物、ここに置いてやるだけでも感謝なさい！」

姉は忌々《いまいま》しそうに言い放つと、食事を回収した宮女と一緒に房から出ていった。

「放すのじゃ、翠蓮！　あの性悪娘、絶対に許さぬ！」

緑色の小さな龍が私の懐からひょっこり顔を出し、鼻息荒く主張する。丸みを帯びた角と牙に、もふっとしたたてがみ、そして細長い胴体から伸びた小さな手とつぶらな瞳が愛らしい。私が幼い頃に描いて具現化させた生物、小龍《しょうりゅう》だ。

彼こそ私が備えていた異能の結晶。私は嶺《りょう》帝国を興《おこ》した神仙・画仙《がせん》の末裔《まつえい》で、描いた絵を具現化できる特殊能力を持っていた。画仙の力を受け継ぐ皇族が現れたのは、約百年ぶりだったという。だから私は大切に育てられ、母も父に寵愛された。異能を失う前の話だけど。

「あの女子《おなご》の所行は目に余る！　今日こそこれまでの恨み、晴らしてくれるぞ！」

「だめよ、小龍、落ちついて！　あなたまで消されちゃう」

私は懐から抜け出した小龍をどうにか摑《つか》み止めた。

私が描いて具現化させた生物は小龍以外みんな消されてもういない。皇后様を驚かせたからって。小龍も弱点である水をかけられただけで簡単に消えてしまう。

「私にはもうあなたしかいないの。お願いだから我慢して」

私は必死に小龍をなだめた。彼は私に残された最後の友達だ。皇后様の歓心を買おうと、腹違いの兄姉や宮女たちまでいじめてくる中、唯一味方をしてくれる心の拠《よ》り所だった。衣服や園芸道具を捨てられた時はいち早く見つけてくれたし、暴言を吐かれたり除《の》け者にされて落ち込んだ時はずっと側《そば》にいて慰《なぐさ》めてくれた。彼だけは絶対に失いたくない。

「食事は大丈夫よ。後宮の奥で蕗《ふき》を見つけたの。花の手入れをするついでに採ってきましょう」

努めて明るく微笑《ほほえ》みかけると、小龍はようやく興奮を静めて大人しくなった。彼はきかん坊のように見えて、いつも私の意思を大事にしてくれる。本当は従順で優しい最高の相棒だ。

私はさっそく自作の籠《かご》を準備し、小龍と一緒に後宮の園林《ていえん》へと繰り出した。


梅のつぼみがふくらみ、桃色に色づいている。

繁縷《はこべ》や薺《なずな》は白い小花を咲かせ、春の到来が間近であることを感じさせた。

六人の神仙がそれぞれ六つの国を興したことから名づけられた六仙《ろくせん》大陸。嶺帝国は大陸最大の版図を誇っている。大陸の中部から南寄りの領土を持つ嶺帝国は、比較的春が早い。

「見て、小龍。水仙や山茶花《さざんか》まで咲いているわ。大事に育てた甲斐《かい》があったわね」

私は園林に咲いていた花々を指さし、小龍と一緒に笑みを浮かべた。草花の手入れ、それは私の唯一の趣味だ。母と異能を失ってから絵を描くことは一切やめた。つらい思いをするだけだから。母を亡くし、失意に暮れていた私を慰めてくれたのが小龍と後宮に咲く草花だった。

後宮の片隅には、食べられる野草もいくらか生えている。ろくに食べ物も与えてもらえない私にとっては、野草を収穫することが生きる手段でもあった。

私は花に水をやりつつ、芹《せり》や蕗などの野草を摘んで籠に入れる。

夢中になって作業をしていると、一緒に野草を探してくれていた小龍が声をかけてきた。

「翠蓮、風が冷たくなってきたぞ。そろそろ終わりにしてもよいのではないか？」

空を見あげると、東で輝いていたはずの太陽がいつの間にか西へ移動していた。時間や空腹を忘れるほど作業に没頭していたようだ。

「そうね。戻りましょうか」

小龍に微笑みかけ、住まいである小屋に戻っていた時だった。

「翠蓮！　翠蓮！　どこにいるのよ、まったく！」

小屋の方角から聞こえた声に、私はビクッと体を震わせる。魅音お姉様の声だ。

今朝私を虐げたばかりだというのに、飽き足らなかったのだろうか。

あまり待たせると、また機嫌を損ねてひどい目にあう。

「お姉様！」

私は急いで姉の方へと駆けつけ、彼女の左側を見て瞠目《どうもく》する。

珠玉をちりばめた鳳冠《ほうかん》と豪奢な襦裙を身にまとった貴婦人が、小屋の前に立っていた。

「皇后様まで……!?」

慌てて胸の前で右手を左手の上に重ね、拱手《きょうしゅ》の礼を取る。

いったいどうしたというのだろう。皇后様は私の顔を見ることさえ厭《いと》い、ここにやって来ることはほとんどないのに。何だかすごく嫌な予感がする。

「あの、何かご用でしょうか？」

いつまでも見すえられているのは居心地が悪くて、私は恐る恐る顔をあげて尋ねた。

「あなたに伝えたいことがあってね」

皇后様は珍しく私に微笑を浮かべて告げる。

「先ほどあなたを焔王の妃《きさき》にすることが決まったわ」

私ははじかれたように大きく目を見開いた。

「私が、焔王の妃……？」

焔は国境を巡って長年、嶺と小競り合いを続けていた北方の隣国だ。嶺は南の犀《さい》とも争っていたためだいぶ押されていたらしく、最近不利な形で停戦協定が結ばれたと聞いている。公主の誰かを差し出すことになるかもしれないという宮女たちの噂話《うわさ》を耳にしたばかりだった。

「焔王が和平の証《あかし》として公主を嫁がせるように望んでね。あなたがいいと思って、主上に推薦してあげたの。焔王は鬼神のように強く、政《まつりごと》においても切れ者で隙のない王だと言われているわ。あなたにはもったいないくらいの傑物よ。ありがたくお受けなさい」

皇后様が恩着せがましく命じたところで、姉が口を挟む。

「あら、お母様。ちゃんと教えてあげた方がいいんじゃない？　焔王は親や兄弟を惨殺し、王位を簒奪《さんだつ》した冷酷非道な蛮王だって。猛獣のように獰猛《どうもう》な性格と外見をしていて、獅子王と呼ばれているのだとか。野蛮なうえに好色で、すでに妃を何名も迎えているそうよ」

女性をはべらせている獅子のような獣人を想像し、私はゾッとした。

かすかに震える私を見て、姉はニヤリと笑って言い放つ。

「お母様は、役立たずな公主であるお前に挽回する機会を与えてやったのよ。まあ、人質のようなものだけど。卑しい宮女の母親から生まれたお前が王の妃になれるの。感謝なさい」

「魅音の言う通りよ。この縁談を光栄に思って準備を進めなさい。それじゃあね」

皇后様は満足そうに微笑むと、姉と一緒にすっきりした顔をして去っていった。

……何ということだろう。宮女たちも、焔王は血と殺戮《さつりく》を好む野獣のような男だと話していた。よりによって私が、あの悪名高い焔王の妃に選ばれるなんて……。

「王の妃？　今の話はどういうことじゃ？」

戸惑いを覚えていると、後方の茂みから小龍の声が響いた。

密《ひそ》かに私の後を追い、途中から皇后様たちの話を聞いていたようだ。

できれば小龍にはついてきてほしいから、ごまかすわけにもいかない。

「焔の王様に嫁ぐことが決まったの。問題がある人みたいなのだけど、一緒に来てくれる？」

「……問題？　焔の王とはどんな輩《やから》なのじゃ？」

私は小龍の質問に正直に答えた。焔王にまつわる噂や、この縁談が皇后母娘《おやこ》にとっては体《てい》のいい厄介払いで、人質として嫁入りするようなものであることも。

「逃げよう、翠蓮！　あのような奴《やつ》らのために主《ぬし》が犠牲になることはない！」

あらかた事情を話すと、小龍が怒りに震えながら主張した。

いくら小龍の助けがあっても、高い塀に囲まれた後宮から抜け出すことは不可能だ。当然、皇后様の命令を拒むことはできないし、逃亡して捕まれば私のように後ろ盾のない公主は殺されてもおかしくない。

「心配してくれてありがとう。でも、逃げても危険なことに変わりはないわ。どうせなら国の役に立って死にたいの。それに、他国へ渡った方がここで虐げられて生きるより、ましな生活が送れるかもしれないでしょう？」

私は小龍に微笑みかけ、努めて前向きな気持ちで言った。焰王の人柄についても、あくまで噂話だ。帝国の人々が敵国の王を悪《あ》し様に言っているだけで、噂よりまともな人かもしれない。

私の話を聞いて落ちつきを取り戻した小龍は、小さな腕を組みながら考え込んで頷《うなず》いた。

「そうじゃな。嶺よりひどい国はない。どこに行っても、あの母娘がいる場所よりはましじゃっ。たとえ焰の王が野蛮な輩であろうと、主のことは守護龍たる我《われ》が守ってやるからな！」

胸を叩いて豪語する小龍に、私は笑みを深めて告げる。

「ありがとう、小龍。頼りにしているわね」

焰王に会うのは怖いけど、小龍がいてくれたらきっと大丈夫だ。小さくてかわいらしい守護龍の存在が本当に心強い。

嫁入りの準備は万事滞《とどこお》りなく進められ、私たちはその十日後、焰国へと旅立った。

◇◇◇

焰は六神仙の一人・武仙《ぶせん》が興した大陸北方の軍事国家だ。長年騎馬民族によって統治されてきた影響で何よりも武力を重視し、血と炎の色である赤を尊《たっと》ぶとされている。

王宮から後宮に至る壁や屋根は全て赤く染色されていて、国の気風や価値観の違いを思い知らされるばかりだった。

私は焔国の女性武官に案内されて紅牆《こうしょう》の道を進み、その先にある後宮の門を潜《くぐ》り抜ける。

すると、門の近くで待ち構えていたお団子頭の少女が私に拱手し、元気よく声をかけてきた。

「ようこそおいでくださいました、姚妃《ようひ》様！　今日からお世話をさせていただく杜暎暎《とえいえい》です。どうぞよろしくお願いいたしますね！」

私はびっくりして暎暎と名乗った少女に目を凝《こ》らした。少女と言っていいかわからないが、垂れ目がちで童顔のため年は十五歳くらいに見える。小柄な体に旗袍《チーパオ》風の長衣と褲をまとった快活そうな女性だった。焔は宮女の気質や作法まで帝国とは違うようだ。

嶺では皇族に気安く声をかける宮女などいない。私なんて陰湿な嫌がらせを受けるか無視されることが多かったため、彼女の反応にはかなり驚かされた。花嫁らしくない格好をしているのに、疑問や不快感を覚えている様子もない。私に溌剌《はつらつ》とした笑顔を向けてくるばかりだ。

「あの、『姚妃様』というのは私のことでしょうか？」

人違いの可能性もあったため、念のため確かめてみる。

「はい。もうすぐ来られるという連絡を聞いて待っておりました！　嶺帝国の第五公主・姚翠蓮様であらせられますよね？　焔で妃嬪《ひひん》と呼べるのは四人の妃だけで、姓に妃をつけて呼ぶのが習わしなのです。確か、嶺の妃嬪は四夫人、九嬪《ひん》、二十七世婦《せいふ》、八十一御妻《ぎょさい》の計百二十一名もいらっしゃるのでしたっけ。呼び方ももう少し複雑なのだとか」

「ええ。詳しいのですね」

「両親が皇城にも出入りしている商人なのですよ～。私も嶺についていては結構学んでいたから姚妃様の侍女に選ばれたんです。こちらの後宮は今、御代が替わったばかりで人手が足りなくて、しばらくは私一人でお世話をさせていただきますが、ご容赦ください」

「それは全然構いませんが」

侍女なんてつけてもらえたのは子どもの頃以来だ。母と異能を失ってから自分のことは全部自分でこなしてきたので、侍女がいなくても特に不都合はない。

「長旅でお疲れかと思いましたので、寝床は整えておきました。もうお休みになりますか？」

「まだ大丈夫です。それよりこの後の予定は？　焔王陛下と対面したりしないのでしょうか？」

「特には聞いていませんね。自由にしてくださっていいと思いますよ～」

「……え？　婚礼の儀とかは？」

曲がりなりにも帝国の公主と国王の婚姻だ。

――初夜だってあるのよね……？

「ないと思います。今日はずっと寝ていても大丈夫ですよ～」

「そんな適当でいいのですか!?」

私はつい声を裏返し、確認してしまう。

目を白黒させる私に、暎暎は声を潜めて答えた。

「実は、陛下は戦や政務でお忙しいらしく、後宮で見かけることはほとんどないのですよ」

「……そう、なのですか？」

「はい。だから、趣味でも見つけて自由に過ごされるといいですよ〜」

――趣味？

冗談だろうか。人質として嫁入りした私が、そんな気ままな生活を送っていいはずがない。新しくやってきた妃の緊張をほぐそうと気遣って言ってくれただけだろう。

あまり期待しないことにして、私は暎暎の案内に従い、住まいとなる殿舎《でんしゃ》に向かっていった。

私が連れていかれたのは、後宮の北寄りにある『紅華宮《こうかきゅう》』と呼ばれる殿舎だった。透かし彫りを施した大きな窓と薄紅色の紙糊《かべがみ》が華やかな印象を与える部屋だ。紫檀《したん》の卓子や鏡台といった高価な調度品が置かれ、臥牀《しんだい》には双喜《そうき》文様の赤い緞帳《どんちよう》がかけられている。あばら屋と言ってよかった帝国の自室とは雲泥の差。まさに王の妃にふさわしい立派な住まいだった。

人質として閉じ込めるつもりがないのか、見張りもいなければ窓や扉に鍵もついていない。

「では、私は夕食の準備をしてまいりますので、しばらく自由にお過ごしください。近くを散歩なさっていても構いませんよ〜」

部屋を見回していると、暎暎がのほほんと告げて退室していった。

私は呆気《あつけ》に取られた顔で暎暎を見送る。本当に好きなように過ごしてもいいのだろうか。

「何やら、思っていた場所とは違うようじゃな」

私の懐に隠れていた小龍がひょっこり顔を出して言った。

「ええ。随分と自由で寛容な国みたいね」

人質となる妃を監視もつけずに放っておくなんて、帝国では考えられない対応だ。こちらの後宮も高い塀に囲まれていて、さすがに逃げ出せそうにはないけれど。

後宮内にさえいれば、ある程度のことは容認してくれる方針なのだろうか。

「この様子ならば、我も気ままに飛び回ってよいのではないか？」

小龍はワクワクとした様子で瞳を輝かせた。

「外に出るのは構わないけど、人には見つからないようにしてね。あなたを見たら皆、驚くわ。何をされるかわからないわよ？」

「わかっておる。主こそ気をつけるのじゃぞ。主にはドジでそそっかしい一面があるからな」

「もう、私は大丈夫よっ」

おちょくってきた小龍に、私は頬をふくらませて言い返す。

「ふふ、そうか？　では、我は主に危険が及ばぬよう周囲を偵察してくるぞ！」

小龍は私を揶揄《やゆ》するように笑って告げると、即座に外へと飛び出していった。

好奇心を抑えきれなかったのだろう。散歩や冒険が好きな子だから。あの性格でよく人に見つからずに生き延びられたものだ。私は外に出て、ハラハラしながら小龍を見送る。

すると、白い小花を連ねた沈丁花《じんちょうげ》が目に入った。

ここに来るまで気づかなかったが、焔の後宮にもあちこちに花が咲いているようだ。

「私も少し外を散歩しようかしら」

草花に心を動かされ、近くの緑地に移動してみる。

「……綺麗《きれい》。嶺の後宮より植物の種類が豊富だわ」

雪柳に馬酔木《あせび》、木蓮に芝桜。見たこともない草花まであった。

「あら、あっちの方がたくさん咲いていそうね」

少し遠くの園林に藪椿《やぶつばき》が咲いているのを発見し、そちらへと向かってみる。

野ざらしの草地とは違い、藪がしっかり切り揃《そろ》えられ、手入れが行き届いている立派な園林だった。園丁《にわし》が管理している場所なのだろうか。

そろそろ戻った方がいいようにも思えたが、好奇心にあらがえず園林へと足を踏み入れる。

少しでいいから内部の様子を見てみたい。

ゆっくり奥へ進んでいくと、枝か何かを切るパチンという物音が響いた。

――誰かいる。

見たこともないほど鮮やかな赤髪の青年を見て、私は大きく目を見開いた。

黒髪しかいない帝国とは違い、北部にはこんな髪色の人間がいるのか。長い髪は緩く編み込まれていて、目の色も藪椿のように赤々として美しい。顔立ちもまた美しく整っているが、長身で筋肉質な体にまとった生成色の作業着は袖が泥だらけだ。

焔の後宮も男子禁制のはず。素朴な身なりからして、園丁をしている宦官だろうか。

「……なぜこんな場所に女性が……？」

じっくり観察していると、私を見つめていた青年が訝《いぶか》しげにつぶやいた。

あまりじろじろ見るのは失礼だろう。私は我に返って口を開く。

「こんばんは。太監《たいかん》の方ですよね？　もしかして、植物の手入れを担当されているのですか？」

青年は「えっ？」と驚きの声をもらして答えた。

「ええ、まあ。仕事というより趣味みたいなものですが」

「……趣味」

つぶやいた直後、暎暎の言葉が私の脳裏をよぎる。

『趣味でも見つけて自由に過ごされるといいですよ〜』

今の私に趣味と言えるのは、これしかない。

「あの、私もお手伝いしていいでしょうか？　祖国にいた時から庭いじりが趣味だったのです」

「……え、えーと、あなたは……？」

青年が戸惑った表情で私を見つめながら尋ねてくる。

突然現れてこんなことを頼まれたら、困惑するのも無理はない。

「翠蓮と申します。今日帝国からやって来たのですが、藪椿の美しさに惹《ひ》かれてお邪魔してしまいました」

改まって自己紹介をすると、青年は「……帝国」とこぼして渋面になった。

焔と嶺は少し前まで敵対していた関係だし、まずかっただろうか。

「あの、手伝ってはだめでしょうか？」

不安を覚えて尋ねた私に、青年は首を横に振って答える。

「いえっ、そういうわけではないのですが……。今日はもう遅いですし、明日の夕方にも作業する予定なので、その時にあなたの気が変わっていなければ」

私は茜《あかね》色の空を見あげて納得した。

今日はもう日が暮れてしまいそうだし、そろそろ戻らなければ暎暎を心配させてしまう。

「わかりました。お名前を伺っておいてもいいですか？」

「はい。朱《しゅ》――」

青年はなぜか途中で言いさして、「朱煌《こう》です」と続ける。

「朱、煌様……？」

『朱』は焔の王族の姓。同じ発音の一般人も多いのだろうか。焔は赤を尊ぶ国だというし。

「『様』はやめてください。『煌』で構いませんよ、翠蓮様」

呼ばれ慣れないせいか、様をつけられるのは落ちつかない。彼もそういう心境なのだろう。

「でしたら、私にも様はつけないでください。あなたのことは『煌さん』とお呼びしますね」

「わかりました。では、翠蓮さん」

「ええ、煌さん。また」

私は明るく別れを告げて歩き出す。気が優しくて親しみやすそうな人と知り合えてよかった。

どんなに恐ろしい場所なのかと身構えていたけれど、この調子ならうまくやっていけそうだ。

そう思った直後、私は小石につまずき、転びそうになった。

思わず「きゃっ」と小さな悲鳴をあげ、派手な転倒は避けられそうもなくて目をつぶる。

小龍に注意されたばかりだというのに、初日から怪我《けが》をすることになるなんて。

衝撃を覚悟する私だったが、腹部に熱を覚えたところで体が前方に傾いたまま停止した。

いったい何が起きたのか。

私は恐る恐る目を開け、腹部に回っている腕の主を確認しようとして勢いよく振り返る。

不意打ちの出来事に混乱していて気づかなかった。彼の顔がすぐ後ろにあるなんて。

唇が触れ合いそうになり、私たちは目を見開いたまま固まった。

至近距離で見つめ合っていたのも束《つか》の間《ま》、私は我に返ってすぐに彼から体を離す。

「すっ、すみません！」

慌てて謝ると、煌さんも真っ赤になって返した。

「いえっ、こちらこそ！」

顔が火照《ほて》り、心臓はドクドクと早鐘を打っている。私の顔も相当赤くなっているに違いない。

「そ、それじゃあ、私はこれで！」

気恥ずかしくなり、告げてすぐにその場から走り出した。

どうして私はこうそそっかしいのだろう。

こんなに恥ずかしいのは、初対面の男性にドジな姿を見せてしまったから？

明日また会った時、顔が赤くならないか心配だ。

「――おい、翠蓮。翠蓮！　いつまで寝ておるつもりじゃ～！」

ぼんやり聞こえていた小龍の声が耳もとで響き、私はハッと目を開ける。

「……小龍？　えっ、朝……？」

窓の外を見ると、夜空に呑まれていたはずの太陽が東の殿舎から顔を出していた。

「夕餉《ゆうげ》を食べてから爆睡しておったぞ！　半日も眠りこけおって」

「うそ、私ったら、そんなに寝ていたの!?」

初日は色々あったし、慣れない場所で眠れないかと思ったが、熟睡してしまったようだ。

用意された夕食があまりにも美味《おい》しくて、たくさん食べた後すぐ眠くなり、横になったのは覚えている。衾褥《ふとん》も帝国時代とは違ってふかふかで、きっと寝心地がよすぎたせいだろう。

「いくら自由に過ごしていいと言われたからといって、あまり油断するでないぞ。主は人質としてここに来たのじゃからな。まだ何があるかわからぬのじゃぞ！」

「……うっ、そうね。気をつけるわ」

小龍はかわいらしい見た目に反して、なかなか手厳しい。でも、言っていることはかなり的確だ。確かに、思っていた場所とは全く違ったことで油断しすぎていた自覚はある。

知り合ったばかりの宦官と園芸作業をするなんて言ったら、小龍に反対されるだろうか。

まだここがどんな場所なのかよくわからないし、少し考えた方がいいかもしれない。

「おはようございます、姚妃様。お目覚めになりましたか？　入ってもよろしいでしょうか？」

起きあがって考え込んでいると、部屋の外から暎暎の声が響いた。

「暎暎さん？　はい、どうぞ」

返事をした直後、暎暎が扉を開け、朗らかな笑みを浮かべて告げる。

「暎暎と呼び捨てにしてくださいって。敬語もお使いにならなくていいですからね。今から朝食を用意しますので、少々お待ちください」

すぐに退室しようとする暎暎だったが、「あっ、そうだ」と言って振り返った。

「魏《ぎ》妃様より言づてを賜《たまわ》っています。今日の午後、茶会にお誘いしたいとのことです」

「……魏妃様？」

「姚妃様より早く入宮された四妃の一人、魏桜蘭《おうらん》様です。他のお妃も参加されるそうですよ」

暎暎の説明を聞いて、私は顔を強《こわ》ばらせる。

さっそく始まるのか。正妃の座を巡る女たちの争い——開戦を告げる宴が。嶺の後宮も皇帝の寵愛を巡って、それはドロドロしていた。できれば関わりたくないところだけど……。

「喜んで参加させていただきます、そう伝えてください」

唇を引きつらせ、硬い笑顔で承諾する。他の妃の誘いを断るなんてできるわけがない。嫌われたら最後。どんなひどい目にあうことか。

暎暎は「かしこまりました〜！」と返し、溌剌とした笑顔で去っていく。

私は大きな溜息をつき、疼《うず》く腹部に手をあてた。

「何だか胃がキリキリしてきたわ」

「大丈夫か、翠蓮？　我もついていこうか？」

衾褥に隠れていた小龍が心配そうに顔を覗《のぞ》き込んでくる。

「大丈夫よ。あなたの存在がバレたらまずいし、私の懐で窮屈な思いをするだけだから」

私は苦笑いを浮かべて遠慮した。小龍に対する配慮もあるが万が一、妃たちに嫌がらせをされて彼が暴れ出したりでもしたら大変だ。心細いけれど、一人で行くしかない。


その日の午後、私は持ち物の中で一番上等な嫁入りの衣裳をまとい、茶会の席へと赴いた。

地味だと馬鹿にされないか不安はあったが、他にまともな衣裳がないのだから仕方ない。

他国の王に嫁いだからには当然、他の妃との諍《いさか》いがあるはず。そう思っていたのだけど。

「焰の後宮へようこそ、翠蓮様。私は魏桜蘭。焰の西にある洲《しゅう》国の公主よ」

暎暎に案内されて西の殿舎に辿《たど》りつくと、花柄の長袍《ちょうほう》に桃色の裙を合わせた女性が入り口の前で出迎えてくれた。緩やかに波打つ栗色の髪を薔薇《ばら》の造成花で飾った華やかな佳人だ。

「わたくしは董春凜《とうしゅんりん》。四妃の一人で、焰の東・寧《ねい》国の公主です。よろしくお願いいたします」

唐草文様の長袍と藤色の裙をまとった女性が礼儀正しく挨拶する。こちらは長くまっすぐな黒髪と落ちついた佇《たたず》まいを持つ長身の麗人だった。

「もう一人の妃も誘ったのだけど彼女、引きこもりで相当な変わり者みたいだから。私たちだけで気にせず仲良くやりましょう」

桜蘭様に笑顔で告げられ、私は戸惑いをあらわにする。さっそく牽制《けんせい》されるとばかり思っていたのに、予想していた反応とはだいぶ違う。

「お二人は私に対して思うところはないのですか？」

思わず尋ねてしまった私に、桜蘭様は首を傾《かし》げて訊《き》き返す。

「思うところ？」

「その、妃が増えてわずらわしいとか。陛下の寵愛を巡る嫉妬とか」

「……嫉妬？　あははっ、ないない。だって、陛下は誰にも手を出さないのだから。それどころか、私たちの前に姿を現したことさえないわ。私なんて後宮入りして半年以上たつのに」

笑って答えた桜欄様を、私は「え!?」と驚きの声をもらして見つめた。

こんなにかわいらしくて美しい妃たちを半年以上も放置するなんて、焔王はどれだけ忙しいのだろう。いや、忙しいだけでは妃に一度も顔を見せない理由として納得できない。

「何か理由があるのでしょうか？」

春凜様の意見も聞いてみたくて、彼女に目を向けて尋ねる。

「人質としか思っていらっしゃらないのではないでしょうか？　わたくしも桜蘭様も和平のために差し出されたようなものですし。女性として興味はないのかと」

「でも、跡継ぎをもうける必要があるのでは？　すでにお世継ぎがいるのでしょうか？」

「そのような話は聞いたことがありませんわね。即位されて一年もたっていないようですし」

「私、聞いたことがあるわ。焔王は弟を世継ぎに据えたいと考えているのだとか。だから、子は不要なのではないかしら？」

桜蘭様が口を挟み、ホッとしたような笑みを浮かべた。

「でも、よかったわ。焔王は妃に手を出すつもりがないみたいで。戦にしか興味がないのよ」

「そうですわね。わたくし、焔王の噂を聞いて、どんなひどい目にあうのだろうと初めはビクビクしていたのですけど、いい意味で拍子抜けしましたわ。思ったより自由な生活ができて」

「ええ。後宮から出ること以外はかなり自由だわ。でも私、何より洲へ帰りたいのよね。実は、祖国に将来を約束していた恋人がいるの」

春凜様が「まあ」と言って口もとを押さえ、少し気の毒そうに問う。

「では、恋人との仲を引き裂かれてこちらへ？」

「ええ、父が先の焔王の脅迫に屈して、無理やり嫁入りさせられてしまったのよ。でも、脅迫していたのは先の焔王でしょう？　準備をしている間に御代が替わったから、今の焔王に無効にしてもらえないか交渉したいと思っているのよね」

「ひっ、何て恐ろしい考えを……！　焔王に殺されましてよっ。今の王は先代以上に冷酷だと言われているのですから」

青ざめる春凜様に、桜蘭様は肩をすくめて返した。

「まあ、焔王と会うことさえできないから、どうにもならないんだけどね。機会が訪れるまでは好き勝手させてもらうことに決めたわ。翠蓮様も好きなことを見つけて過ごすといいわよ」

「それは同感ですわね。ただ部屋に閉じこもっているだけなんて、息が詰まってしまいますから。わたくしは専《もっぱ》ら、趣味の読書や刺繍をして過ごしています」

「私は芝居鑑賞が一番の息抜きね。許可が下りた劇団なら呼んでもいいことになっているの。去勢された男性か女性だけの劇団だけど」

目を丸くして突っ立っていた私に、二人は優しく微笑みかけてくれる。

「あなたをいじめるつもりなんてないから安心して。人質同士、仲良くやっていきましょう」

私は瞠目したまま桜蘭様に手を引かれ、茶会の席についた。会場は桜蘭様の居室らしい。中央の卓子には高価そうな茶器が置かれ、月餅《げっぺい》や胡麻団子などの茶菓子が並んでいる。

「今日はあなたの歓迎会みたいなものだから、たくさん用意させたの。私も甘いものには目がなくてね。遠慮なく召しあがってちょうだい」

桜蘭様が笑顔で私に茶菓子を勧めてくる。まさかこんなふうに歓迎されるなんて……。

話を続けてみると初めの印象通り、桜蘭様はさばさばしていて大胆、春凜様はおどおどしていて慎重。正反対の性格だが、どちらも親切な女性のようだった。

必要以上に警戒しなくていいのかもしれない。彼女たちのことも昨日会った男性のことも。

ここは、隠れるように生きることしかできなかった帝国とはだいぶ違う。せっかく意地悪な姉たちから解放されたのだ。これからは桜蘭様たちのように好きなことをして過ごそう。

私は初めて同年代の女性たちと楽しい時間を過ごし、心のまま自由に生きることを決めた。


その日の夕方、昨日の園林に赴き、改めて作業を手伝いたい旨と決意を煌さんに伝えた。

驚かれたのは当然だったのかもしれない。その時私が身につけていたのは、白い衫と褲。袖や裾にうっすら土汚れのついた作業着姿で行ったのだから。とても帝国の女性がする格好とは思えなかったのだろう。動きやすいように一つにくくった髪型と、使い古された鍬《スコップ》を持参したことも驚きに輪をかけていたようだった。

ただ、嶺から持参した園芸道具と作業着のおかげで、より真剣さが伝わったのかもしれない。煌さんは快く私を受け入れ、その日から焔の草花について色々と教えてくれるようになった。

そして、ちらほら積もっていた雪がようやく解け、春の草花が芽吹き始めた日の午後。

「木蓮や花水木《はなみずき》などの落葉低木には、あまり水をやらないようにしてください。春は降雨だけで大丈夫ですから。逆に燕子花《かきつばた》や紫陽花《あじさい》にはたっぷり与えるといいですよ」

煌さんに水やりをしながら説明され、私は「わかりました」と言って頷いた。

煌さんはただの宦官とは思えないほど博識だ。私は独学で野草の収集と庭いじりをしていただけなので、彼の話はとても勉強になる。

色々教わりながら園林を歩いていると、菊に似た黄色い花が目に入った。

「あら、黄鮮花《きせんか》だわ。焔にも咲いているのね。あっ、月鱗草《げつりんそう》まで」

園林の片隅に青緑色の毒々しい草を発見し、そちらへと近づいていく。

「よくご存じですね。名もなき草花なのかと思っていました」

「嶺原産の草花なのです。母が植物に詳しくて教えてもらいました。月鱗草は薬草として使うのが一般的ですが、そのまま食べても大丈夫なのですよ」

「あの草を生で食べるのですか？」

「はい。少し苦みがありますが、栄養があって空腹も満たせるので。おひたしにすると苦みが消えて美味《おい》しく食べられますよ」

煌さんが「え？」と言って、不思議そうに私を見つめてくる。

空腹を満たすためにあんな草を食べるなんて、はしたないと思われただろうか。

彼には、私が帝国でどんな扱いを受けていたかなんて知られたくない。

「あっ、見てください。牡丹《ぼたん》が咲いています！」

私は話題を変えるため、近くに咲く桃色の春牡丹を指さした。

「ああ、本当だ。綺麗ですね」

「はい。咲いているところは今年初めて見ました」

私たちは一緒に牡丹の前へと移動し、笑みを浮かべる。

「では、あちらの鈴蘭《すずらん》はもう見ましたか？　まだ時季が早いのに今朝、一輪だけ咲いていたのです。あなたは確か、花の中では鈴蘭が特に好きなのでしたよね？」

「ええ。ここに来たばかりの頃、軽く話したのでしたっけ？　よく覚えていましたね」

「はい。可憐《かれん》で清楚《せいそ》なあなたによく似合う花だと思ったので、強く印象に残っていました」

急にお世辞を言われ、そういう言葉に慣れていない私はドキッとしつつ否定した。

「いえ、可憐で清楚だなんて、そんなことは……」

「お世辞ではありませんよ。私は心からそう思っています」

煌さんが真剣な表情で告げて、まっすぐ私を見つめてくる。

「……あ、ありがとうございます」

あまり否定するのも心苦しく、とりあえずお礼だけ言っておいた。何だか少し顔が熱い。

暖かい春の風が吹き、私たちの間に穏やかな時間が流れた。

焔に来て、ひと月。時々考えてしまう。人質として焔に嫁いだ私がこんなに自由で楽しい生活を送ってもいいのだろうか。ここに来るまでは部屋に監禁されるか、焔王に手ひどく扱われるのではないかと怯《おび》えていたのに。夫君となる王はいまだに姿を現さない。

「あの、煌さん。焔王陛下はどういう方なのでしょう？　宮女たちに訊いても、誰一人見たことがないみたいで。煌さんは太監ですし、お会いしたことがあるのではないですか？」

気になって尋ねると、煌さんは衝《つ》かれたように目を見開いて硬直した。

「煌さん？」

「い、いえっ！　すみません」

返答に困る質問だったのだろうか。

「あなたもあまりご存じないのですか？」

「……え、えーと、そういうわけではないのですが……」

少しの間、迷うような素振りを見せる煌さんだったが、意を決した様子で口を開く。

「あの、実は――」

「こちらにいらっしゃいましたか！」

煌さんが何かを言いかけたその時、後方から男性の声が響いた。

「今日は早めに戻るようお伝えしていたでしょう？」

煌さんと一緒に声がした方向を見る。園林の入り口に、焦げ茶色の官服を着た中肉中背の青年が立っていた。目は黒よりも少し色素が薄く、同色の長髪を黒い紗帽《しゃぼう》の中に収めている。

「史厳《しげん》」

煌さんが青年の名前を呼んだ。時々煌さんに会うため園林にやって来る宦官だ。呼び捨てにしているということは、煌さんの部下だろう。史厳さんも彼には敬語を使っているし。

――煌さん、まだ若いのに、身分の高い太監だったのかしら？

「申し訳ありませんが、これで失礼させていただきます。ほら、さっさとまいりますよ」

二人の様子を観察していると、史厳さんが私に一礼し、煌さんの腕を引いて歩き出した。

「すみません、翠蓮さん。また今度」

煌さんが悲しそうに振り返り、別れを告げてくる。

「え、ええ。また」

私は残念に思いながら煌さんを見送った。

彼は忙しい人なのか、朝と夕方少しの時間しか園林に現れない。時折、ああして史厳さんに連れられてどこかへ去っていく。もっと園芸について色々と教えてほしいのに。

「姚妃様！　捜しましたよ！」

寂しさを募らせていたところで、園林の入り口から暎暎の声が響いた。

「すぐに戻ってください。早く支度をしないと間に合いませんよ〜」

私はハッとして暎暎に目を向ける。

そういえば、今日は王太后様の祝宴があるから早めに戻るよう言われていたのだった。

「ごめんなさい。今、戻ります！」

大急ぎで自分の部屋へと向かっていく。さすがにこの作業着で参加するわけにはいかない。

でも、大事な祝宴に着ていく衣裳なんてあっただろうか。以前暎暎が、入り用の品がないか訊いてくれていたが、着替えは少し持ってきていたので衣類の希望は伝えていなかった。

最悪、嫁入りした日に着てきた地味な襦裙を身につけていくしかない。


衣裳のことで多少は恥をかく覚悟もしていたのだけど。

「これが、私……？」

暎暎に飾り立てられた私は、鏡に映った自分の姿を見て瞠目した。

顔は白粉《おしろい》でうっすら白く塗られ、唇には胭脂《べに》が差されている。額に小さく描き込まれた赤い花鈿《はなもよう》が可憐で美しい。衣裳は金糸で牡丹の刺繍が施された薄紅色の襦と襞《ひだ》の入った白い裙。肩から腕にかけられているのは、天女の領巾《ひれ》のように細長い絹の披帛《ひはく》だ。髪は一部だけを高く結いあげ、花の簪や金歩揺《きんほよう》で飾り立てられている。

化粧をしたのも、こんなに豪華な衣裳を着たのも初めてだった。嶺では粗末な衣服しか与えられなかったし、嫁入りの時でさえ何の飾り気もない襦裙だったのだから。

「姚妃様、とってもお綺麗ですよ〜」

「ええ、素敵です」

暎暎と着つけを手伝いにきていた侍女たちが、笑顔で私を賞賛してくれる。

いや、私というより衣裳や装飾品が素晴らしいのだ。

「暎暎、これはあなたが今宵《こよい》の祝宴のために用意してくれたものなの？」

「いいえ、焔王陛下の使いの方が今朝持ってきたものなのです」

「焔王陛下が!?　これを私に？」

「はい！　よくお似合いです〜」

私は暎暎の返答に驚きながら、今度は耳飾りと簪を観察した。

よく見ると、複数の小花を連ねた鈴蘭の意匠で、所々に真珠や金剛石《ダイヤモンド》があしらわれている。

用いられている金属はおそらく、金より希少だと言われる白金《プラチナ》だ。

——こんなに高価な衣裳や装飾品を、本当に焔王が？

今まで一度も会いにこなかったのに、なぜだろう。鈴蘭は私が特に好きな花だ。それを知っているのは煌さんだけなのに。

まさか、煌さんが焔王に伝えたのだろうか。宦官でも王や皇帝の信頼を得て、側近にまで昇り詰める者もいると聞く。もしかしたら、彼は焔王の側近なのかもしれない。

——じゃあ、煌さんもきっと会場にいるわよね。この姿を見たらどう思うかしら？

「まいりましょう、姚妃様！　時間が押していますよ〜」
煌さんのことを考えていたところで暎暎に急《せ》かされ、私は我に返って立ちあがる。
「ええ。行きましょう」
暎暎について部屋から出ようとした時、後方からカタンと小さな物音が響いた。
振り返った私の目に緑色の物体が映った。小龍だ。
箪笥《たんす》の陰に隠れ、恨めしそうに私を睨《にら》んでいる。
――だいぶご機嫌斜めみたいね……。さっき留守番を言いつけたから。
『我は留守番じゃと〜!?』
庭いじりに出る前、目を三角にして反発した小龍の姿を思い出す。
好奇心旺盛な小龍が初めての宴で大人しくしているとも思えない。
万が一、誰かに見つかりでもしたら大変だから、心を鬼にして説得したのだ。
土産話をたくさん聞かせるからとなだめたけれど、納得はしていないみたい。
――ごめんね、小龍。
私は彼に両手を合わせて謝り、部屋から出て扉を閉めたのだった。

きらびやかな衣裳をまとった貴人や官服姿の役人たちが続々と宮殿に入場していく。
宋獣《そうじゅう》――獅子の屋根飾りと丹《に》塗りの瑠璃瓦《るりがわら》を頂く、二重庇《ひさし》の壮麗な宮殿だ。

庇と庇の間にある扁額《へんがく》には、赤字で『朱獅殿《しゅし》』と記されている。

「朱獅殿には重要な儀式や祝宴が開かれる場合のみ女性も出入りしていいことになっているのです。通常、妃は後宮から出られませんからね。数少ない機会です。存分に楽しんでください」

私は階《きざはし》の下から宮殿の様子を眺めながら暎暎の説明を聞いていた。

宵闇の中、燃えるように赫《かがや》く建物の存在感に圧倒されてしまう。

「翠蓮様！」

会場の様子に見入っていると、後宮へ続く道の方から高い女性の声が響いた。

「ごきげんよう、翠蓮様」

二人の声を聞いて私は振り返り、口もとをほころばせる。

「桜蘭様、春凜様。こんばんは」

同じ四妃の地位にある妃たちだ。

後宮入りした翌日に挨拶を交わして以来、二人には何度かお茶会に呼んでもらっていた。帝国では考えられないくらい、私たち妃の仲は良好だ。

「あら、翠蓮様。今日は随分とおしゃれじゃない。衣裳も装飾品もよく似合っているわ」

桜蘭様の言葉に頷き、春凜様も笑顔で私を褒めてくれる。

「特にその簪と耳飾り、趣味がよくて素敵ですわ。翠蓮様の美しさを見事に引き立てていますわね。いつもより数段華やいで見えます」

「あ、ありがとうございます。お二人の衣裳も本当に素敵です」

褒められるのは慣れていないので、お礼を言う声が少しうわずってしまった。二人は今日だけ着飾った私とは違い、常に化粧も衣裳もバッチリ決めているが、今日は輪をかけて華やかな装いだ。桜蘭様は豪奢かつ優雅、春凜様は上品でたおやかな魅力が着こなし方にも表れている。

「お二人はどのように衣裳を用意されたのですか？」

もしかしたら、二人も焔王に宴会用の衣裳を贈ってもらったのかもしれない。そう思い、訊いてみたのだが。

「私は先日、後宮御用達の仕立屋を呼んだのよ。それであれこれ注文して用意させたわ」

「わたくしは寧から持参した衣裳を身につけています。自国の衣裳が一番落ちつくので」

「そ、そうなのですね」

まさか、私にだけ衣裳を贈っていたなんて……。帝国からあまり荷物を持ってきていないと、誰かが報告したのだろうか。妃の体面を考えて下賜《かし》してくれたのかもしれない。

「すごく豪華な宴ですね。人がたくさん」

衣裳についてはあまり触れられたくなかったので、すぐに話題を変える。事情はどうあれ、一人だけ特別扱いされたと知れば、さすがに二人も面白くないだろう。せっかく良好な関係を築けているのに、仲違《なかたが》いなんてしたくはない。

「あら、嶺の宴はもっと規模が大きいのではないの？　あなた、帝国の公主でしょう？」

「……そうですけど。私は宴に出たことがなかったので」

桜蘭様と春凜様が不思議そうに目をしばたたく。

公主が一度も宴に出たことがないなんて、どんな境遇だったのか疑問に思われても仕方ない。

こちらも触れられたくない話だったので作り笑いを浮かべてはぐらかし、別の話題を振る。

「もう一人の妃である忽台《クタイ》様は参加していらっしゃらないのですか？」

「ええ。相変わらず引きこもっているみたいですわ。体調不良という話ですけれど」

「彼女は焔の北にある蒙奴《もうど》王の妹。私たちと同じ人質のような立場なのに、どういう神経をしているのかしらね。後宮の最高権力者である王太后様の祝宴に顔も出さないなんて」

「お、桜蘭様っ。そのように大きな声で。周りに聞こえましてよ」

「別に構わないわ。言っていることは事実だし」

周りを見ながらたしなめる春凜様に、桜蘭様は開き直って返した。

本当に大胆不敵な女性だ。自分とは正反対な性格を少しうらやましいと思いながら質問する。

「焔王陛下はいらっしゃるのでしょうか？」

「陛下なら参席されると思うわ。王太后様は陛下の即位を後押しされた立役者と言われているから。さすがの陛下も王太后様には頭があがらないという話よ」

私は感心し、尊敬の眼差《まなざ》しで彼女を見つめた。桜蘭様は後宮一の情報通でもあるのだ。非常に行動力が高く好奇心旺盛な女性で、後宮内外にいる宮女や宦官から情報を買っているという。情報こそこの世を生き抜く力だ、というのが彼女の信条らしい。

「陛下はどんな方なのでしょうか。私、実はまだお会いしたことがなくて」

「それはわたくしもですわ」

「もちろん私もよ。宮女たちの噂によると、獅子のように獰猛で野蛮な方みたいね。体も熊のように大きくて、赤い体毛に覆われているという話よ」

桜蘭様の情報に、気の小さい春凜様は「ひっ」と小さな悲鳴をもらして震えあがった。

――焔王陛下って人間なのよね……？

怯えていた私たちに、桜蘭様がからからと笑って告げる。

「そろそろ席に向かいましょう。王太后様がお見えになるわ」

私たちは頷き、三人一緒に宮殿へと足を踏み入れた。思っていた以上の規模に息を呑む。

二百を超える客人たちが会場に集い、主賓の登場を今か今かと待っていた。

西側が官吏や武官たち、中央は広間になっていて、東側が王侯貴族や妃嬪の席であるようだ。

壁際の所々に精巧な細工を施した宮灯が置かれ、会場を厳《おごそ》かに照らしている。

とても軍事国家の中枢とは思えないほど雅《みやび》で絢爛《けんらん》豪華な様相だった。

私たち三人は宦官の案内に従い、東側最前列の席につく。

すると、扉の近くに控えていた宦官が恭《うやうや》しく声をあげた。

「王太后様のおなりにございます」

ざわめきに包まれていた会場が水底のように静まり返る。

豪奢な衣裳をまとった女性が現れ、北の上座に繋《つな》がる赤い絨毯《じゅうたん》の上を悠然と進んでいった。

すぐに桜蘭様たちが拱手の礼を取ったので、私も胸の前で両手を重ねてお辞儀する。

王太后様は私たちの前を通り過ぎ、北側の席につくと、朗らかに口を開いた。

「そう畏《かしこ》まらずともよい。面《おもて》をおあげなさい」

私はゆっくり顔をあげ、王太后様の姿を改めて観察する。

少しふくよかな体に旗袍風の赤い長衣をまとった貴婦人だった。年は四十代前半くらいだろうか。長い黒髪は高く結いあげ、牡丹の造成花や穂子《ほし》などで華やかに飾り立てている。

——あの方が王太后様。気品にあふれていて貫禄があるわ。

堂々たる居姿につい見入っていると、宮殿の入り口から再び宦官の声が響いた。

「国王陛下のおなりにございます」

私は居住まいを正し、入り口の方へ視線を移す。

そして、上座へと向かってくる青年を見て、極限まで目を見開いた。

——煌さん!?

いや、彼は宦官だ。あんなふうに登場するなんてありえない。

似ている別人だと思い、青年に目を凝らす。肩幅が広く堂々たる体軀《たいく》にまとっているのは、金糸で団龍の文様が刺繍された緋色《ひいろ》の龍袍。鮮やかな赤い長髪は、珠玉をちりばめた礼冠《れいかん》の中にきっちり収められている。いつもと格好も雰囲気も全く異なっていたが、健康的な肌色や高い鼻梁《びりよう》と切れ長の目は同じ。顔は煌さんそのものだった。

彼を見つめたまま突っ立っていた私に、桜蘭様が小声で注意してくる。

「翠蓮様、最上礼を。国王陛下がお見えよ」

「……国王、陛下……?」

「緋色の龍袍は王の証。あのお方が朱煌天《こうてん》様、焰の国王よ」

私は衝撃を受けて絶句した。

「翠蓮様っ」

春凜様にもたしなめられ、慌てて拱手し面を伏せる。

焔王は私たちの前を通り過ぎ、王太后様の席の隣に用意された北の玉座へと向かっていった。

「楽にせよ」

玉座についた焔王が、拱手する参列者に淡々と告げる。

うわの空だった私が周りより遅れて着席すると、黒紅《くろべに》の髪を一つに束ねた青年が北東の席から中央の広間に歩み出た。年齢は二十歳くらい。背が高く細身の体に、臙脂《えんじ》色の長袍と白い褲を合わせている。口もとに浮かべた微笑と佇まいが優美な印象を与える美青年だ。

「母上、四十回目となる星辰《せいしん》の日を迎えられたこと、心よりお祝い申しあげます」

青年が王太后様に向かって拱手し、祝辞を述べる。

「ありがとう、煌佑《こうゆう》。今年もあなたに祝ってもらえてうれしく思います」

王太后様がにこやかに返したことで、厳かだった会場に和《なご》やかな空気が流れた。

「……煌佑様。王太后様のご子息でしょうか？　素敵な方ですわね」

「あら、春凜様は煌佑様がお好み？　彼は王太后様がお産みになった唯一の王子で、次期国王と目されているお方よ」

頬を少し赤らめた春凜様に、桜蘭様は揶揄するように微笑し、小声で情報を流す。

「兄上におかれましても、在位一年をつつがなく迎えられますこと、お喜び申しあげます」

煌佑様が王太后様から焔王に視線を移して拱手した。

「こうして国を治められているのは、義母上《ははうえ》のお力添えの賜《たまもの》」

「何を仰《おお》せです。全て陛下の武功と知性の成せる業《わざ》です」

王太后様は謙遜《けんそん》する焔王に笑いかけ、西側の席の官吏たちに「そうですね？」と問いかける。

「その通りです！」

「武力をもって他国を制すだけでなく、類《たぐ》い稀《まれ》なる政治的手腕で混迷にあった国政を安定化させた。その功績は臣下であれば誰もが認めるところでありましょう」

官吏たちは王太后様に賛同し、焔王をはやし立てた。

「それもまた義母上のお力添えがなければ為《な》し得なかったことだ」

焔王は無表情で謙遜し、あくまで今宵の主役である王太后様を立てる。

そんな彼を桜蘭様と春凜様は意外そうに見つめ、淡い吐息をもらしてつぶやいた。

「陛下は噂と違って知的で謙虚なお方のようね。ご容姿も貴公子然とされているわ」

「ええ。兄弟揃って美形ですわ」

二人は小声で私の名前を呼んで立ちあがり、上座に向かって拱手しながら口を開く。

「国王陛下と王太后様にご挨拶申しあげます」

「この善き日を迎えられましたこと、妃一同、心よりお祝い申しあげます」

少し遅れて立ちあがった私は、ただ彼女たちに倣《なら》って拱手した。

王太后様は「ありがとう」と微笑み、焔王は私たちに素っ気なく告げる。

「楽にするがいい」

桜蘭様たちが「はい」と答えて着席し、私も慌てて腰を下ろした。

動揺と混乱が収まらず、二人のようにすぐ対応できない。いまだに信じられなかった。玉座にいる男性が本当に焔王なのか。焔王は煌さんなのか。焔王に双子の兄弟がいるなんて話は聞いたことがない。あんな鮮やかな目と髪色をした同じ顔の人間が他にいるとも思えなかった。

――あの男性が焔王なのだとしたら、私がこれまで会っていた作業着姿の青年は……？

本当にわけがわからない。私が『太監の方ですよね？』と確認した時、彼は否定しなかった。

焔王について尋ねた時もはぐらかされて……。

――私は騙《だま》されていたの？

中央の広場では宮妓《きゅうぎ》による舞いや楽器の演奏が披露されていたが、耳には入らなかった。

目も開けているのに、何も記憶に残らない。煌さんと焔王のことが気になって、宴に全く集中できなかった。どれだけの時間をただ呆然《ぼうぜん》と考え込んでいたのだろう。

「翠蓮様」

起立していた春凜様に声をかけられ、私はハッと顔をあげる。

いつの間にか宴は終わり、王太后様が北の台座から下りたところだった。

私は慌てて立ちあがり、二人の妃と一緒に拱手して王太后様を見送る。

彼女が目の前を通り過ぎ、そろそろ大丈夫だと思って顔をあげた時だった。

鮮やかな赤い瞳と目が合ってしまう。

焔王が少し遅れて宮殿から退出しようとしていたのだ。

私はビクッと体を震わせ、すぐにまた面を伏せる。

まだ何も気持ちの整理がついていないのに、彼と顔を合わせたくない。

そう思うのに、焔王はなぜか私の方へと近づいてきた。

——え？　どうして？　妃とは交流を持たないのではなかったの？

まさか、これまでの非礼を咎《とが》めにきたのでは……。

気安く接していたことを思い出し、顔からサッと血の気が引く。

小刻みに震えていると、焔王がやって来て私の顎に指をかけた。

「……もしかして、具合が……」

彼が顔を上向かせ、小さく何かをつぶやいたが、私の耳に全部は届かない。

目が合い、心臓の音がドクドクと高鳴りすぎて、ぼんやりとしか聞こえなかった。

このままでは頭も心臓もいっぱいいっぱいになって破裂してしまいそうだ。

「申し訳ございません、体調が優れず。御前を失礼させていただきます……！」

私は思わず彼から顔を背けて走り出した。

「翠蓮様!?」

春凜様と桜蘭様が私の行動に驚いて声をあげる。

それでも、走ることをやめられなかった。私は使用人専用の裏口から外へと飛び出していく。

なぜ逃げているのかなんて自分でもよくわからない。怖かったのだろうか。焔王に非礼を咎められ、断罪されることが。あるいは、煌さんに騙されていた事実を突きつけられることが。

一度信じた人に裏切られるのは、意地悪な人に虐げられるよりずっとつらいことだから。

これ以上傷つけられたら心が死んでしまいそうだった。

煌さんと過ごした日々が偽りの時間だったのかと思うと、目に涙が込みあげてくる。

煌さん――いや、『煌』なんて男性は存在しない。彼は朱煌天。焔国の王――。

「待ってください！　翠蓮！」

自分に言い聞かせていたところで響いた声に、私は大きく目を見開いて立ち止まった。

――煌、さん？

この丁寧な口調は彼だと思って、反射的に振り返る。

数歩ほど距離を挟んで後ろにいたのは、まぎれもなく煌さんだった。格好は焔王のまま。

でも、表情が違う。私を気遣うように見つめる優しい眼差しは煌さんのもの。

「話を聞いてください。私は――」

煌さんが何かを言いかけた時、彼の死角となる木陰で動く何かが見えた。

――あれは!?

暗がりから刃物のような金属が光り、煌さんに向かって一閃《いっせん》する。

「危ない！」

私は反射的に煌さんの方へと飛び出し、彼の体を突き飛ばした。

刃物はギリギリのところで彼の横をすり抜け、伸ばしていた私の腕をかすめる。

「うっ……！」

ズキンと走った痛みに、思わず呻《うめ》き声をこぼしてしまった。

「翠蓮!?」

煌さんが私を心配して直ちに近寄ってくる。だが、私の腕に滲《にじ》んだ血を見た直後、目を疑うようなことが起きた。彼の目の色が鮮やかな赤から血のように濃い深紅へ。表情も優しさの欠片《かけら》もない鋭い顔つきに変化したのだ。まるで人が変わったように。

驚いていたのも束の間、木陰から飛び出してきた黒ずくめの男を見て、私は声をあげる。

「煌さん！」

彼を守りたいのに、なぜか体が動かない。

男の剣が煌さんの首へと迫り、背筋を凍らせた時だった。

煌さんの腰から紫電一閃のごとく剣刃《けんじん》が抜き放たれ、後方にいた刺客を薙《な》ぎ払う。

あまりの速さと膂力《りょりょく》に、刺客の体は吹っ飛び、後方の木に激突した。

地面に倒れ込んだ刺客は、絶命したのかピクリとも動かない。

惨事を目にして震えていると、茂《かぶ》みに隠れていた他の刺客が私たちへと襲いかかってきた。

煌さんが私の腕を引いて後方に庇い、剣を構える。

同じような黒ずくめの男が四人。暗がりから次々と現れ攻撃を仕掛けてきたが、煌さんは難なく剣を弾《はじ》き返し、体勢を崩した敵の体に反撃の刃を浴びせた。

白刃《はくじん》の光が閃《ひらめ》き、夜の闇に鮮血が舞う。

瞬く間の出来事だった。目の前に三人の刺客が血を流して倒れている。

惨劇へと誘《いざな》ったのは、全身に深紅をまとった青年。彼はまるで虫でも殺すように、返り血を浴びながらも眉一つ動かすことなく、三人を死に至らしめたのだ。

そこにいたのは『煌さん』ではなかった。人の心を持たない赤き野獣。獅子王――噂に違わぬ冷酷非道な王そのものだった。

恐れをなして逃げ出した最後の刺客に、焔王は矢のように剣を投げて命中させる。

そして、倒れた刺客の背中から剣を抜き取り、足で体を仰向けにさせて尋問した。

「誰の差し金だ？　言え」

苦痛に呻く刺客を冷ややかに見下ろし、焔王は彼の首に剣尖《けんせん》を突きつける。

黒幕を吐かせるために、あえて一人だけ生かしたのだろう。

だが、刺客は苦悶《くもん》の表情を浮かべたまま何も答えようとしない。

焔王が刺客の首を傷つけ、更に問い詰めようとしたところで、遠くから男性の声が響いた。

「陛下！」

史厳さんだ。朱獅殿の方角から五名の兵を引き連れ、こちらへと駆けつけてくる。

私たちの周りを取り囲んだ彼らに、焔王は淡々と命令した。

「刺客だ。拷問にかけろ。首謀者がいるはずだ。どんな手段を用いても必ず吐かせろ」

兵たちが「はっ！」と答え、刺客を取り押さえて立ちあがらせる。

刺客は二名の兵に片腕ずつ摑まれ、引きずられるようにして去っていった。

史厳さんと三名の兵が護衛としてその場に残る。あとは茫然自失《ぼうぜんじしつ》の私と焔王だけ。

いや、彼は本当にあの悪名高い『焔王』なのだろうか。戦う姿を見て、噂通りの人間であるように思えたが、今の彼は今宵の月のように冷たくて静謐《せいひつ》だ。『煌さん』とは雰囲気がかけ離れているし、宴の時に見た『焔王』とも違う。

「立てるか？」

いつの間にかへたり込んでいた私に、焔王が無表情で手を差しのべてくる。

「……あなたはいったい誰なのですか？」

私は彼の手を取ることなく、疑心に満ちた目をして尋ねた。

ただ一つわかること。彼はあの穏やかな『煌さん』ではない。

それとも、『煌さん』という存在はまやかしで、目の前の男性こそ本性だったのだろうか。

「俺は――」

もはやどう呼べばいいかわからない男性が口を開く。

話を聞こうとした瞬間、急激なめまいと熱気が私を襲った。

なぜか体から一気に力が抜け落ち、ふらりと地面に倒れ込んでしまう。

「おい！」

あの男性が私の体を抱き起こして呼びかけ、血のついた袖をめくった。

「チッ、暗器に毒を仕込んでいたか。史厳、医官を手配しろ」

男性の命を受け、史厳さんが「御意」と応じて駆け去っていく。

男性が私の体を軽々と持ちあげ、横抱きにして歩き出した。

熱で朦朧《もうろう》とした意識の中、私はうつろな目で彼の顔を見あげる。煌さんと同じ顔を。

本当にわけがわからない。彼はいったい何者なのか。どうしてこんなことになったのか。

——誰か説明して……。

そう思った直後、私の意識は熱に呑まれ、闇の淵《ふち》へと落ちたのだった。


頭の中で宴の夜の光景が繰り返し甦《よみがえ》り、私を苦しめる。

親しくしていた男性に欺《あざむ》かれ、露呈した正体。血を見た瞬間、豹変《ひょうへん》する男性。閃く白刃に、舞う血しぶき。刺客たちが命を散らす間際に響いた断末魔。

……悪夢だ。

早く眠りから覚めたいのに目が全く開かない。

また意識が悪夢へと引きずり込まれそうになった時、遠くから私を呼び覚ます声が響いた。

「翠蓮！」

その声が私を眠りから覚醒させ、現実へと引き戻す。

目を開けると、すぐ側に煌さん——焔王がいて、心配そうに私の顔を覗き込んでいた。

私は自室の臥牀に寝かされていて、窓からは朝焼けの光が降り注いでいる。

「よかった、気がついて。あなたは二日以上眠っていたのですよ？」

彼がホッとした様子で告げた言葉に、私は目を丸くした。

——え？　二日も？

言われてみれば、体がまだ熱くてかなりだるい。

ズキズキと痛む頭を押さえながら記憶を探る。

確か、あの男性が次々と刺客を倒した後、急にめまいを覚えて倒れたのだ。

「調子はいかがでしょう？　上体を起こせますか？　今、お水を——」

「あなたは誰なのですか？」

私は自力で上体を起こし、彼の言葉を遮《さえぎ》るように尋ねた。

刺客たちを無惨に斬り捨てていった顔が脳裏に焼きついて離れない。あれは煌さんではなかった。宴の時、焔王として振る舞っていた彼もそう。あの夜の記憶が全て夢ならいいのに。

悲観的な気持ちで返事を待っていると、彼が苦悩に満ちた表情で口を開いた。

「私の本当の名は朱煌天。焔国の王です」

——やっぱり、夢じゃなかったのね。

私は胸に大きな痛みを覚えながら、もう一つの疑問を口にする。

「刺客に襲われた時、突然人が変わったように見えました。あれも朱煌天様——陛下、あなただったのでしょうか？」

人の命を虫でも殺すように平然と奪っていった。今更ながら、彼のことが恐ろしい。

小さく震える私に、彼は逡巡《しゅんじゅん》するような時間を挟んで答えた。

「いいえ。彼は天煌。私のもう一つの人格です」

思いもよらない答えを聞いて、私の頭は更に混乱する。

「さぞ驚かれたことでしょう。私は血を見ると、天煌に変わってしまうのです」

――煌さん――煌天様は天煌様であって天煌様じゃないということ？

天煌様も煌天様であって煌天様じゃない。

それなら、誰が本当の彼なの？　もうわけがわからなくなってきたわ。

「大丈夫ですか？」

痛みがひどくなる頭を両手で抱えていると、煌天様が心配そうに声をかけてきた。

顔へと伸びてきた手に私はビクリと大きく体を震わせ、彼から目をそらす。

「申し訳ありません。頭がもういっぱいで。体もまだつらいのです」

今はこれ以上話を聞いても、混乱するばかりで気持ちの整理がつけられそうもない。

「すみません。目覚めたばかりのあなたにこんな受け入れがたい話を……。私は出ていきますから、ゆっくり休んでください」

煌天様は伸ばしていた手を引っ込め、寂しそうな顔をして部屋から出ていった。

私は少し後ろめたく思いながら彼の背中を見送る。

顔を見るだけで、あの晩受けた衝撃や恐怖が胸に甦ってつらかった。

「姚妃様、陛下がお見舞いにきていらっしゃいますが？」

暎暎が部屋の入り口から気遣わしげに伺いを立ててくる。

「ごめんなさい。まだ体調が優れないの。断ってもらえる？」

臥牀に横たわりながらお願いすると、暎暎は「かしこまりました」と答え、肩を落として部屋から出ていった。

彼女には体調についてはもちろん、私たちの仲についてもだいぶ心配をかけているようだ。

王太后様の祝宴から七日が経過した。怪我の痛みや体の熱は日に日に治まってきている。だが、陛下がたびたび見舞いに訪れても、暎暎には毎回断ってもらっていた。

別に彼を嫌いになったわけじゃない。ただ、刺客を次々と斬殺していった天煌様は私にとってとても恐ろしい存在で、身分を偽り続けていた煌さんのことも受け入れきれていなかった。

彼はなぜ私に正体を隠していたのだろう。

切れ者と言われている王が私なんかに優しくしてくれたのは、何か目的があったから？

——もう何を信じていいのかわからないわ。

私は両手で顔を覆い、途方に暮れる。

祖国で兄姉や宮女たちに虐げられていた時でさえ、ここまで悩まなかったのに。

彼に嘘《うそ》をつかれていた事実が、怪我や熱の苦痛よりずっと私の胸を蝕《むしば》み続けていた。

◇　◇　◇

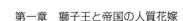

普段はきっちり整頓されている執務机に書類が山積している。

「はぁ～」

私はちっとも減らない仕事の山を見て溜息をついた。

「陛下、何度目ですか、それ。仕事がだいぶ滞っておりますよ。ちゃちゃっと進めてください」

斜め前の席で書き物をしていた史厳がイライラした様子で急かしてくる。

そうは言われても、なかなか仕事に身が入らない。王としての責務を思い出すたびに、彼女の顔が頭にちらついてしまう。

「陛下、最近執務に全く身が入っておられませんね。お悩みなのは姚妃様のことですか？」

図星を指され、私はギクリと体を震わせた。さすが史厳だ。出会って十年、五年も補佐官を務めているだけあって私のことをよくわかっている。

「どうやら、私は彼女に避けられているようだ」

肩を落としてこぼすと、史厳は冷たくこう返した。

「よかったではないですか。陛下は妃と親しい関係になるおつもりはないのでしょう？」

「そ、それは、そうだが……」

「ならばよろしいではありませんか。嫌われた方が後腐れなく別れることができますよ。目的を果たされた暁《あかつき》には、全てを捨てて王宮から去るおつもりなのでしょう？」

「……史厳。間違ったことは言ってないが、言い方――」

「ならば、こう申しあげましょうか？　こだわりなど捨てて、あらゆるものを望まれてはいかがですか？　盤石なる王位も愛する女性や跡継ぎも」

私は瞼《まぶた》を伏せ、首を横に振る。

「私はそれらを望んでいない。義母上との約束もある。君に嫌みを言われないようにできるだけ仕事に集中するから」

そう言って筆を取り書類と向き合うが、ほどなくしてまた彼女の怯えた顔が脳裏をよぎった。

気にしない方がいいことはわかっている。だが、彼女のことを考えずにはいられない。

仕事や過去のことを少しでも忘れたくて、息抜きに庭の手入れをするようになった。そんな時、彼女に出会ったのだ。白百合のように美しく凛とした佇まいに束の間、目を奪われた。

今思うと、あの日から彼女に惹かれていたのかもしれない。

翌日、使い古した鋤を手に作業着姿で現れた時は、本当に驚かされたものだ。

『私、帝国では隠れるように生きることしかできなかったのです。でも、この国ではやりたいことを我慢せず、自由に生きてもいい気がした。お役に立てるようにがんばりますので、私のわがままにつき合っていただけないでしょうか？』

あの時言われた言葉を聞いて、園芸作業の手伝いを快く受け入れることにした。同じ趣味を持つ同志と過ごすのも悪くはないかもしれないと。

まじめで努力家な彼女と親しくなるのに、そう時間はかからなかった。妃とは関わらないと決めていたのに。穏やかで優しい彼女と過ごす時間に安らぎを覚えるようになったのだ。

自分が焔王だと告げれば、離れていってしまうと思い、身分を明かすことができなかった。

何せ私は他国で、血を好む冷酷非道な蛮王だと恐れられていたのだから。身分を偽っていたという事実まで知られたら、嫌悪されるのは当然の話。それなのに、彼女は私の正体を知りながら、体を張って刺客から守ろうとしてくれた。

今はこうして避けられているわけだが。彼女のことを思わずにいられようか。

「はぁ～」

私は現実に立ち返り、再び大きな溜息をつく。

仕事も手につかずそのまま考え込んでいると、突然史厳が苛立《いらだ》ちをあらわに立ちあがった。

「ああっ、うざったい！」

いつもは冷静な史厳が声を荒らげたことに驚き、私はビクッと体を震わせる。

「……し、史厳？」

「少々席を外します」

史厳はそう言って私に一礼し、執務室から出ていった。

いつまでもうじうじと悩む主人に愛想を尽かしたのだろう。

自分でも自分が嫌になるし、驚いている。あの誓いを立ててもう一年。まさか一人の女性のことしか考えられない日が来るなんて思いもしなかった。

◇◇◇

「おい、翠蓮。いつまでそうしているつもりじゃ。もう体はよくなっておるのじゃろう？」

小龍が臥牀の側から心配そうに問いかけてくる。

「そうだけど、まだ外に出たくないの」

私は臥牀に横たわったまま弱々しく返した。

「煌という男に会うのが嫌だからか？　王であるにもかかわらず、主に身分を偽っていたという話じゃったな」

小龍は煌さん——煌天様が焔王であることを知っている。私を心配した彼に問い詰められ、煌天様にまつわることを全て話したのだ。あの時は小龍もかなり怒っていたっけ。

「避けたくなる気持ちもわかるが、閉じこもってばかりいるのも体によくないぞ。気晴らしに散歩にいくのはどうじゃ？」

私は上体を起こし、ぼんやり窓の外を眺めながら答える。

「気が向いたら行くわ。あなたは遊びにいってもいいわよ。人に見つからないようにね」

小龍はしばらく私を気遣わしげに見つめ、「わかった」と言って窓から出ていった。

元気のない彼の後ろ姿を眺めながら思い悩む。

あの宴からもう半月。小龍にもだいぶ心配をかけてしまっている。少し外に出てみようか。園林の草花の様子も気になるし。昼間なら煌天様も後宮には現れないだろう。

私は立ちあがり、白い夜着から花色の襦裙に着替えて部屋を出た。

いちおう彼がいないか警戒しつつ園林へと向かっていく。

けれども、道に咲く草花を眺めながら歩いているうちに余計なことは気にならなくなり、いつの間にか園林まで辿りついていた。植物の魅力というのは本当に不思議だ。

昼下がりの日差しを受け、春の花々が色とりどりに咲きほころんでいる。

王の園林に咲く草花は、道ばたの植物とは比べものにならないほど手入れが行き届いていて美しい。私がいない間も彼がしっかり面倒を見てくれていたのだろう。私たちが育てていた植物も、一緒に眺めた牡丹や鈴蘭も美しさを損なわず可憐なままだ。

「おや、もうお体はよろしいのですか？」

半月前の記憶を思い起こしていると、後方から男性の声が響いた。

私は少しビクッと肩を震わせて振り返る。

焦げ茶色の官服を着た、見覚えのある男性が後ろに立っていた。

「……あなたは確か、史厳さん」

暎暎から聞いた話によると、史厳という太監は王の補佐官を務めているという。宦官でありながらあらゆる学問を修め、二十四の若さで秘書監の座についた鬼才だそうだ。

王の側近である彼がここにいるということは、まさか煌天様も——。

「陛下はいらっしゃいませんよ。仕事に追われておられましてね」

周囲を見回した私に、史厳さんが苦笑して告げる。

「なぜあなただけがこちらに？　ここにいることを咎めにきたのでしたら、すみません。今、出ていきますから」

「いえ、あなたに会いにきたのですよ。聞いていただきたい話がありましてね」

「……私に？　いったい何のお話でしょうか？」

目をしばたたいて尋ねると、史厳さんは溜息をついて語り出した。

「陛下のことです。気になる女性に身分を偽っていたことが露呈し避けられているとかで、気落ちしてさっぱり仕事を進めてくれないのですよ。まあ、避けられる要因を作ったのは私なので、あまり責められないのですが」

——気になる女性？

誰だろう。彼にそんな女性がいるのかと思うと、なぜか胸が苦しくなる。ただ、身分を偽って避けられているという話が引っかかった。該当する女性が私の他にいるとも思えない。

——じゃあ、気になる女性というのは、私？

まあ、恋愛的な意味を持つとは限らない。深く考えないことにして、別の疑問を口にする。

「避けられる要因というのは？」

「庭いじりをする際は身分を悟られないようにと進言していたのです。冷酷非道と恐れられている王の趣味が庭いじりなんて、威信が損なわれてしまいますからね」

史厳さんの話を聞いて、泥だらけで庭いじりをしている煌天様の姿が脳裏をよぎった。

何も知らない人が見たら、誰も彼をあの焰王だとは思わないだろう。王の威信に傷がつけば、他国から侮られることにもなりかねない。史厳さんの言うことは理解できる。

「まあ、本当に好きな女性になら明かしてもいいと私は思うのですよ。でも、陛下はそうなさろうとしない。ここでは特別な女性を作らないと決めていたから」

そういえば、陛下は妃に一切興味を示さず、関わりを持たないという話だった。

「何か事情があるのでしょうか？」

思いきって尋ねた私を、史厳さんはしばらく吟味するように見すえて口を開く。

「姚妃様は焔の王がどのように選ばれるかご存じでしょうか？」

「ええ。確か、最も強い王子が王位につかれるのですよね。そのための決闘も頻繁に行われていたのだとか」

桜蘭様が茶会の席で教えてくれた。野蛮な慣習だと、それは批難していたのだっけ。

「その通りです。継承者争いは凄惨を極め、兄弟が殺し合っても黙認される。十人いた王子は血で血を洗う争いを繰り広げ、陛下も幾度となく殺されかけました。ご存じかと思いますが、煌天様は優しいお方。とてもお身内を手にかけることはできなかった。ですが、最も大切にされていたご生母と同腹の兄君を惨殺され、心の均衡が崩れて変わられたのです。天煌様に」

煌天様の壮絶な過去を知り、私は込みあげる悲痛な感情を抑え込むように両手で口を覆う。

「天煌様は容赦なくお身内を手にかけていかれました。兄弟同士の殺し合いを推奨し、戦に明け暮れていた父王さえも」

史厳さんは過去へと思いを馳せるように瞑目《めいもく》し、話を続けた。

「煌天様は天煌様を止められなかったことに罪の意識を感じるようになられました。己を保てなかったご自身を強く責め、罪滅ぼしのために即位されたのです。必ず焔の血なまぐさい慣習を変え、自分の代で野蛮な王朝を終わらせるのだと決意して」

史厳さんの目がゆっくり開き、真摯《しんし》な光を宿して私の瞳を射貫く。

「妃を迎えることは、他国との戦を防ぐ手段として私の献策を受け入れられた。ですが以上のような事情で、お妃様方とは関わろうとされなかったのです。ご理解いただけたでしょうか？」

何て悲しい過去を辿ってきたのだろう。どれだけ重いものを一人で背負ってきたのか。

煌天様の心情を思うと胸が詰まり、すぐに言葉が出てこなかった。

──だから彼は私に全てを隠して……。

「そんな内情まで私に明かしてもよかったのですか？」

「ええ。あなたにならお話ししてもいいと思ったのです。頑《かたく》なだった陛下の心を開き、他人の昔話に心を痛めて泣いてくださるあなたのような方になら」

言われて初めて私は自分が泣いていることに気づいた。

こらえようとしているのに、自然に涙があふれて止まらない。

「私は陛下にできるだけ長く働いていただきたいと思っておりましてね。陛下を助けてほしいとまでは申しません。せめて避けないであげてくださいませんか？　仕事も手につかないご様子で、大変困っておりまして」

私に優しげな口調で告げる史厳さんだったが、すぐに肩をすくめ、「だいたい、妃が王を避けるとは……」と小言をこぼし始める。……気持ちの切り替えが速い人のようだ。

「ああ、申し訳ありません。つい長々と話をしてしまいました。陛下も困っていることかと思いますので、仕事に戻ります。では、これにて失礼を」

史厳さんはそう言うと、私に恭しく拱手して去っていった。

私は彼の後ろ姿を見つめながら思う。史厳さんはきっと煌天様のことがとても好きなのだろう。勤務中、主人のため妃を諫《いさ》めにくるほどに。

彼の話を聞いて煌天様と天煌様に対する疑問が氷解した。煌天様は身内を手にかけた自分を許せなかったのだろう。人格がわかれてしまったのは、きっと彼があまりにも優しすぎたから。

見事に咲き乱れる花々を見て、庭の手入れに励む煌天様の姿を思い出す。

政務で多忙な中、植物を大事に世話して慈《いつく》しんでいた。本当に誠実で優しい人なのだ。

それなのに私は、見舞いにきてくれた彼を話も聞かずに拒んでしまった。私のことをとても気遣ってくれていたのに。顔を合わせたら、きちんと謝りたい。

天煌様のことも驚きと恐怖にとらわれ、彼の人となりをちゃんと見ていなかった。ただ冷酷なだけの人ではないのかもしれない。医官を呼ぶよう命じ、体を抱えて運んでくれたのだから。

まずは知ることから始めよう。煌天様と天煌様のことを。

私はそう決意し、準備をするためひとまず紅華宮へと引き返した。


王の園林に夕日が差し、辺り一帯に咲く草花を黄昏《たそがれ》の色に染めている。

園林をとぼとぼと歩く男性が一人。袖が汚れた白い作業着をまとい、手には桶《おけ》を持っている。

悩み事でもあるのか溜息をつき、疲れきった表情だ。ボーッとしていて前もよく見ていない。

そのため、足もとの小石につまずき、水が入った桶をぶちまけそうになった。

「あっ！」

危機感に満ちた声が響いたところで、私は木陰から飛び出し、彼の腕を掴み止める。

私が体を支えたおかげで水はこぼれずに済み、彼もどうにか転倒を免れた。

「……す、翠蓮!?」

煌天様が大きく目を見開き、作業着姿の私を驚いた表情で見つめてくる。

「お手伝いします。一人では大変でしょう？　体調もよくなりましたので」

私は啞然《あぜん》としている煌天様から桶を奪い、近くの植物に水をまく。

「……私が怖くないのですか？」

煌天様は信じられないというような顔をして尋ねた。

「はい。避けてしまって申し訳ありませんでした。それと、お礼を言わせてください。刺客から守り、介抱してくださったこと」

「いえっ。謝らなければいけないのは私の方です！　あなたにずっと嘘をついていたのですから。刺客からあなたを守ったのは天煌で、お礼を言われるようなこともしていません。避けられるのは当然なんです。天煌は誰もが恐れるような男ですし」

天煌様の話をしたとたん、彼の表情が昏《くら》く翳《かげ》り、握りしめていた手がかすかに震え出す。

彼自身、天煌様を恐れているのだろうか。自分が自分でなくなることを。

彼の苦悩を全ては理解できないし、天煌様のことはまだわからないことだらけだけど。

「天煌様については正直、怖いと思う気持ちがあります。でも、天煌様ともちゃんとお話をして、もっと知りたいと思うのです。彼は陛下の半身、天煌様は煌天様でもあるのですから」

――だから、天煌様とも向き合うことができるはず。

煌天様もいつかもう一人の自分を受け入れることができるはずだ。

「……私の半身」

目を見開いたままつぶやく煌天様に、私は微笑を浮かべて語りかける。

「実は、水やりはほとんど済ませていて、残りはこの辺りだけなのです。お疲れでしたら、陛下は執務に戻られても大丈夫ですよ」

私の言葉を聞いた煌天様は、複雑そうに眉を曇らせて口ごもった。

「陛下？」

「あ、あの、『陛下』ではなく、以前のように呼んでもらえないでしょうか？　できれば王ではなく、一人の男として接してほしいのです」

しばらくポカンとする私だったが、少し彼の気持ちが理解できて、また笑みを浮かべる。

「わかりました。では、これまで通り『煌さん』で」

返事を聞くと煌天様――煌さんはようやく笑顔になった。

「ありがとうございます！　それと、もう一度ちゃんと謝罪をさせてください」

「大丈夫です。身分を偽っていたことなら、もう気にしていませんから」

「いや、言わせてほしい。あなたに早く真実を伝えて謝りたいと思っていました。でも、なかなか言い出すことができなかった。あなたとの心地よい関係を崩したくない。きっと気安く接してくれなくなる、そう怖じ気《おけ》づいてしまって……。申し訳ありませんでした。そして、私の方こそありがとうございます。刺客から守ろうとしてくれて」

頭を下げられ恐縮する私だったが、謝意を拒むのも悪い気がして、小さく頷き受け入れる。

互いに謝り感謝するなんて、私たちはどこか似ているのかもしれない。

「では、作業を続けましょうか。私を許してもらえるのでしたら」

「もちろんです。これからは毎日またここに来て植物のお世話をしますね」

硬かった煌さんの顔がとたんにパッと明るくなる。

「はい！　私も毎日ここに来ます。あなたと植物の世話をすることが一番の息抜きなのです」

穏やかな彼の笑顔を見て思った。煌さんは煌さんのままなのだと。

彼が彼らしくいられるように少しでも力になりたい。

どうしてこんな気持ちになるのだろう。誰かに尽くしたいと思うなんて。

――何だか少し胸が熱いわ。

私はトクトクと高鳴る胸を押さえつつ、煌さんと一緒に園芸作業を続けるのだった。

第二章　二人の王は寵妃を甘やかす

煌さんとの交流を再開するようになってから二日後の夜。

「こんばんは」

煌さんが史厳さんを伴い、紅華宮《こうかきゅう》を訪ねてきた。

「ようこそ、煌さん。どうぞおかけください」

私は暎暎と一緒に笑顔で彼を出迎え、部屋の中央に用意した席を勧める。臥室《しんしつ》の隣にある、居間にあたる広い続き部屋だ。この間の謝罪とお礼も兼ねて、煌さんを茶会に招待していた。

「おお、これは美味《おい》しそうだ」

煌さんが卓子《つくえ》の上に並んだ小籠包《ショウロンポウ》、春巻、饅頭《マントウ》などの点心料理を見て、瞳を輝かせる。

少しでも彼の心と体を癒やせればと思い、張りきって準備したのだ。料理にはあまり慣れていなかったので蒸籠《せいろう》が爆発したり、竈《かまど》が火事になりかけたりして大変だったけど……。

「先ほど出来あがったばかりなのですよ。温かいうちにお召しあがりください」

「もしかして、あなたが作ったのですか？」

「ええ。暎暎に手伝ってもらって。実は、どの料理にも後宮に生えていた嶺原《りょう》産の薬草を使っているのですよ」

煌さんは「それはすごい！」と大いに感心し、ワクワクした様子で箸《はし》を取る。

「食べるのが楽しみですね。では、いただきます」

「陛下、お待ちを！　毒味がまだです」

煌さんの後ろに控えていた史厳さんが慌てて制止した。

「彼女が作ってくれた料理なのだから大丈夫だ」

そう言ってすぐに煌さんは小籠包を箸で摘まみ、口へと運んでしまう。

「あっ！」

「ご心配なく、史厳さん。毒味というか、味見はしてありますので」

声をあげた史厳さんに安心してもらおうと伝えておく。

――史厳さんって話してみると結構率直というか、手厳しい人なのよね。でも、今回の料理に関しては問題ないはず。卓子の下に隠れている小龍に与えたら、美味しそうに食べていたし。

大丈夫だと頷く私だったが、煌さんの顔色は青白く変わっていき、額に冷や汗をかき始めた。

「ちょっと、本当に大丈夫なんですか？　まさか毒が……」

「いや、毒など入ってない。食材の独特な味に少し驚いていただけだ」

「独特な味？」

その言葉に史厳さんは眉をひそめ、「失礼します」と言って小籠包を口に入れる。そして咀《そ》嚼《しゃく》した直後、ゲホゲホと大きく咳《せ》き込んで、懐《ふところ》から取り出した手巾《ハンカチ》に小籠包を吐き出した。

「なっ、何なんですか、これは……!?」

「え？　お口に合いませんでしたか？」

「姚妃《ようひ》様、本当にこれを毒──味見したのですか？」

「ええ。私が直接食べて確認しました」

「あなた、これを食べて何とも思わなかったのですか？　はっきり言ってすごく苦いです！」

「史厳！　そんなことはないですよ。体にはいいのでしょうし、いくらでも食べられます」

煌さんは史厳さんを一喝《いっかつ》し、私には笑顔を見せて、点心料理をどんどん口へと運んでいく。

私は不安になって小籠包を口に入れ、味を確かめた。

「うーん、大丈夫だと思うのですが」

「これが苦くない？　あなたの舌、おかしいんじゃないですか？」

「史厳！　いい加減にしないか！」

また煌さんに叱責された史厳さんは納得がいかなそうな顔をする。

この味覚のズレはどういうことなのだろう。私は帝国でろくに食事を与えてもらえなくて、よく薬草を食べていた。もしかして、私は食べ慣れているから苦く感じないのであって、そうじゃない人には食べがたいものなのでは……？　小龍の味覚だってあてにはならない。

そう思い至った私は、春巻を口に入れようとしていた煌さんを慌てて制止する。

「それ以上食べるのはおやめください！　きっと普通の人には美味しくないです」

「大丈夫です。食べていたら苦みも気にならなくなってきました」

煌さんは笑顔で春巻を平らげ、他の料理にも箸をつけた。

「……煌さん」

何て心が広く優しい人なのだろう。彼にとっては苦みがあって不味《まず》いだろうに。

あっという間に全部食べてしまった彼を見て、私は卓子の隅の茶器へと手を伸ばす。

「お口直しに花茶をご用意します！」

「もしかして、それも後宮にあった花ですか？」

「ええ。こちらはきっと大丈夫なはず――きゃっ！」

急いで準備をしようとしたせいか手が滑り、茶壺《ちゃつぼ》を床に落としてしまった。

茶壺は割れ、私の足にお湯が飛び散る。

たいした量ではなかったが、突然襲った熱さと痛みに、私は一瞬顔をしかめた。

「翠蓮！」

直ちに煌さんが卓子にあった布巾を水で濡らし、私の前にひざまずいて火傷《やけど》した足を覆う。

「史厳、医官を呼んでこい！　暎暎は井戸から冷たい水を汲《く》んでくるんだ！」

「は、はい～っ！」

暎暎が慌てて外へと飛び出していき、史厳さんもすぐ彼女の後に続いていった。

大げさだと言おうとした時、突然煌さんに体を抱きあげられ、私は吃驚《きっきょう》の声をあげてしまう。

「煌さん!?　そこまでしなくても大丈夫です！　お湯が軽くかかっただけですから」

遠慮する私だったが、煌さんは私の体を横抱きにして歩きながらかぶりを振った。

「いいえ、あなたの美しい足に火傷の痕《あと》が残っては大変です」

「本当に何ともありませんから、戻って花茶を――」

「だめです。今日は医官に診《み》てもらって、ゆっくり休んでください」

たいした火傷でもないのに、過保護すぎるのではないだろうか。

隣部屋の臥牀《しんだい》まで運ばれた私はドキドキしながら煌さんを見つめる。

それにしたって、どうして私はこんなにそそっかしいのだろう。煌さんにくつろいでもらおうと思っていたのに。かえってわずらわせてばかりいるような……。

私は気恥ずかしさと申し訳なさから両手で顔を覆った。

煌さんは臥牀の前にひざまずいて、赤くなった私の足に濡《ぬ》れた布巾をあて続けている。

煌さんにチラリと目を向けた時、隣部屋の壁から一瞬、小龍が恨めしそうに彼を睨んでいたように見えた。目をこすった後には消えていたので、まあ気のせいだろう。


翌朝。私は白い作業着に着替え、いつもより早い時間に王の園林《ていえん》へ向かった。

昨日はかえって迷惑をかけてしまったので、せめて園芸作業の手伝いだけでも役に立ちたい。

「おはようございます！」

植木の剪定《せんてい》作業をしていた煌さんに元気よく挨拶をする。

彼より早く来て作業をするつもりだったのに。いったいどれだけ早起きなのだろう。

「翠蓮!?　足の方はもう大丈夫なのですか？」

来ると思っていなかったのか、煌さんが驚いて私の方へ駆け寄り、心配そうに見つめてきた。

「ええ。医官にも、軽い火傷で痕は残らないと言われましたし」

「でも、今日はまだ休んでいた方がいいのでは——」

「ですから大丈夫です！　私は水やりから始めますね」

煌さんの言葉を遮るように言って、近くに置いてあった水桶へと手を伸ばす。

すると、煌さんの足もとを緑色の小さな影がサッと横切った。

「あら？　蛇かしら？」

「いや、浮いていたというか、飛んでいたように見えましたが」

「じゃあ、飛蝗《ばった》ですかね」

気にせず植物に水をまこうとした時、今度は私の足もとを緑色の生き物が素速く通り過ぎた。

「きゃっ」

大きさからして、やっぱり蛇だろうか。そう思いながら紫陽花《あじさい》の根もとを覗き込んだ瞬間、こちらを睨みつけてくる小さな龍と目が合った。

——蛇じゃないわ。……小龍！

「どうかしましたか？」

煌さんが近づいてきたため、私はとっさに小龍の体を掴み取って懐に隠す。

「あ、そこに蛇がいまして」

「へ、蛇じゃと——!?」

小龍が声をあげて外に出ようとしたので、懐に抱えて封じ込めた。

「もしかして、蛇を懐に?」

「え、ええ。好きなのです、蛇が」

目を丸くして尋ねてきた煌さんに、無理やり笑顔を作って答える。

すると、小龍が私の懐をかき乱すように暴れに暴れた。

——もう、小龍っ! じっとして〜!

必死になって抱きしめていると、煌さんが唇を引きつらせ、「そ、そうなのですね」と言って後ずさった。……蛇を懐に入れて愛《め》でる女なんて、誰でも引くに違いない。

私は小龍を胸に抱えたまま歩き出し、煌さんと少し距離を取った。

煌さんになら別に隠さなくてもよかっただろうか。でも、小龍のことを話したら、一から説明する必要がある。私に備わった異能のこと。力を失って虐げられていたこと。

——そして、私には人質としての価値がないことも。それを知られてしまうのが怖い。

「陛下!」

震える手を握りしめていると、後方から史厳さんの声が響いた。

「やはりこちらでしたか。今日は朝から会談が入っています。そろそろご準備を」

史厳さんが煌さんの方へと駆け寄りながら、急ぐように伝える。

「ああ、今戻る」

煌さんは史厳さんに淡々と返し、私には軽く会釈《えしゃく》をして名残惜《なごりお》しそうに去っていった。

小龍を無事隠し通すことができて、私は内心ホッとする。

力を緩めると小龍が懐から顔を出し、プンプン怒って抗議してきた。

「いつまでコソコソせねばならぬのじゃ！　主もあの若造の相手ばかりして、ちっとも構ってくれぬしっ。我はもっと自由に飛び回りたいぞ！」

言いたいことを早口で伝えた後、彼はつんとしてそっぽを向いてしまう。

ここのところあまり構ってあげられなかったから寂しかったのだろうか。煌さんと過ごす時間ばかり増えて、拗《す》ねてしまったのかもしれない。

昨晩、煌さんを睨んでいたように見えたのは気のせいではなかったか。

「申し訳ないけど我慢して。誰かに見つかったら大騒ぎになるわ」

どうしても忘れることができなかった。具現化させた絵を皇后様に水で消されてしまった記憶を。かわいがっていた兎《うさぎ》も猫や犬も、誰かに見つかった子たちは皆、消滅してしまった。

昔とは状況が違うとわかってはいるけれど……。

――ごめんね、小龍。私にはまだ皆に真実を伝える勇気がない。

私は過去の記憶にとらわれたまま、小龍を胸に抱えて紅華宮へと戻っていった。

そして、南の建築群に繋がる道を俯きながら歩いていた時――。

「翠蓮様！」

遠くから名を呼ばれ、ハッとして顔をあげる。

紅華宮の方角から桜蘭様と春凜様が駆け寄ってきた。

懐から小龍が顔を出していたので、とっさに上衣の内側へと押し込める。

どうにか見られずに済んだようで、二人は私の懐に気を留めることなく話しかけてきた。

「もう歩き回れるほど回復したのね」

「お元気そうで何よりですわ」

安堵《あんど》の笑みを浮かべる二人に、私は申し訳なく思いながら近づいていく。

「お二人とも、またお見舞いに来てくださったのですね。ご心配をおかけして、すみません」

──私、王の暗殺未遂事件に巻き込まれて、重傷を負ったことになっていたのよね。

倒れてから二人は何度かお見舞いにきてくれていた。

王の面会を断っていたから、二人にも会わなかったのだけど。

「今日はお見舞いというより、尋ねたいことがあってきたの。情報を仕入れている宮女から話を聞いてね。陛下があなたの殿舎を何度か訪れていらっしゃるって本当？」

桜蘭様に思わぬ質問をされて、「それは……」と口ごもってしまう。

どうしよう。私たちがうまくやってこられたのは、王が妃の誰とも関わりを持とうとしなかったからだ。一人だけ親しくしていると思われたら、彼女たちも面白くないだろう。

「毒で倒れたから、お見舞いにきてくださっただけですよ。陛下はお優しい方なので、二人が倒れたとしても同じように気にかけてくださるはずです」

「……お優しい方？　とても信じられないわ」

慌てて弁明した私に、桜蘭様は訝《いぶか》しげに眉をひそめて言った。

「実は私、宴の後あなたたちを追って見てしまったのよね。陛下が刺客を事もなげに惨殺したところを。あんなに冷酷な男性が、誰にでも優しいはずがないわ」

春凜様は肩を小さく震わせながら青ざめ、右手で口もとを押さえる。

「まあ、何と恐ろしい……。やはり、そういう方でしたのね」

「ええ。宴の時、少し素敵かもって思ったのだけど、噂通りの男性だったわね」

まさか桜蘭様にあの場面を目撃されていたなんて……。彼女が見たのは天煌様だろう。煌さんを誤解するのも無理はないが、天煌様の行動は己の身を守るためのものでもある。冷酷な人間だと決めつけてほしくない。私も一度は彼女たちのように誤解した。でも、ちゃんと話をして、少なくとも煌さんのことは誠実で優しい人だと理解できたのだ。二人にもわかってほしい。

「あのっ、陛下は冷酷な方ではありません！」

私は桜蘭様の発言を否定し、思いきって自分の意見を伝えた。

「会って話をすれば、きっとどんな方かわかるはずです！」

許可もなく天煌様について教えることはできないけれど、少しでも彼の誤解を解きたい。

「なら、どうやって陛下と話をすればいいの？　あなたはお見舞いを受けたことがあるようだけど、私たちには一切姿を見せようとなさらないわ」

「そうですわ。わたくしたちには陛下の人となりを知り得る機会などありません」

どうすれば煌さんと彼女たちを会わせることができるのか。思いつく方法は一つだけ。

「でしたら、私が機会を設けましょう。お二人と陛下を宴にご招待します！」

意気込んで告げると、二人は「えっ!?」と驚きの声をあげ、逡巡した様子で顔を見合わせた。

「でも、陛下と直接お会いするなんて怖いですわ。ねえ、桜蘭様」

「そうね。でも私、少し興味があるわ。陛下がどんな方か。翠蓮様がここまで言うのですもの」

「……それは、わたくしだって興味はありますけれど。見た目は素敵な方ですし」

桜蘭様は腕を組み、私をじっと見すえながら尋ねる。

「陛下が私たちに危害を加えないと断言できるのよね？」

「もちろんです。陛下は人を傷つけるような方ではありません！」

「なら、お招きに応じるわ。後宮生活に刺激は欲しいもの」

桜蘭様の返事を聞いた春凜様は少しの間考え込み、おずおずと口を開いた。

「桜蘭様が行かれるのでしたら、わたくしも……」

「じゃあ、日時が決まったら報《しら》せてちょうだい。今日はこれで失礼するわね」

二人が応じてくれたことに、私はひとまずホッとする。

だが、彼女たちの姿が見えなくなったとたん、一抹の不安を覚えた。

流れでああいう話になってしまったけれど、煌さんは応じてくれるだろうか。

自室に戻ってからも一人、悶々《もんもん》と考え込む。本当にこれでよかったのかと。

一人だけ特別扱いしていると思われるのは、煌さんにとっても印象がよくない。でも、彼の意思を無視しているようで気が咎めてしまう。後で必ず彼に話して意思を確認しよう。

そんなことを考えていると、瞬く間に日が傾いていき、園芸作業を手伝う時間になった。

私はさっそく王の園林へ赴き、すでに作業をしていた煌さんのもとへ向かっていく。

そして、簡単な挨拶を交わすやいなや、桜蘭様たちとのやり取りを伝えた。

「……妃たちを交えた宴？」

宴に関する話を聞いて、煌さんが不可解そうに眉をひそめる。

「桜蘭様たちはあなたのことを誤解されているのです。お優しい方なのだと知っていただきたくて。ご迷惑だったでしょうか？」

「そういうわけではないのですが。あなたはいいのですか？　私が他の妃と親しくなっても」

思わぬ質問に、私は「え？」と間の抜けた声をもらした。

試しに彼が妃たちと親しくしている姿を想像してみる。すると、なぜか胸にかすかな痛みが走った。心臓を握りしめられたような、これまでに感じたことのない痛みだ。

そのことを話せば絶対に心配をかけてしまうので、無理やり笑顔を作って質問に答える。

「もちろんです。誤解したまま避けて暮らすよりずっといいことですから」

煌さんは眉を曇らせ、心なしか暗い表情で口を開いた。

「……わかりました。三日後でしたら時間が取れそうです。夜になってしまいますが」

「ありがとうございます。明後日の夜ですね。お二人にお伝えしておきます」

いちおう応じてはもらえたのでお礼を述べ、安堵の笑みを浮かべる。

何だか乗り気ではないみたいだけど、決まったからには楽しんでもらえるように努力しよう。

まだ続く胸の痛みは気にしないようにして、私は気合いを入れて宴の計画を立て始めた。

料理は何を用意しよう。部屋に花を飾ったりした方がいいだろうか。

あれこれ考えたり花や備品を揃えたりしているうちに二日が経過した。

まだ前日だけど、やれることは全てやっておきたい。

私は今から部屋を掃除したり、茶器を拭いたりして宴の準備に励む。だが——。

「姚妃様！　陛下の使いの方より今、連絡が」

張りきって作業していると、部屋の外から叩扉《こうひ》の音と暎暎の声が響いた。

「暎暎？　入っていいわよ。使いの方は何て言ってきたの？」

「はい。急な会談が入ったので、明日の宴は延期してほしいとのことです」

暎暎が戸口から告げた報告に、私は「……え？」と困惑の声をもらす。

宴を楽しみに張りきって準備をしていたのに……。でも、国王の仕事があるなら仕方ない。

「わかりました。文《ふみ》を書くので陛下のもとまで届けてもらえる？」

「かしこまりました」

伝えたいことはたくさんあるけど、何て書こう。いつなら大丈夫か確認してもいいだろうか。

——桜蘭様たちには彼の返事を聞いた後、使《つか》いを送ればいいわよね。

いったん頭の中を整理し、筆で紙に文字を綴《つづ》っていく。子どもの頃はちゃんと教育を受けていたので、読み書きも覚えていた。承諾した旨と質問を書き、紙を折りたたんで暎暎に渡す。

「それじゃあ、お願いね」

「はい、お任せを～」

暎暎は私に歩み寄って文を受け取り、いそいそと部屋から出ていった。

小龍が卓子の下から顔を出し、苛立った様子で口を開く。

「薄情な若造じゃな～。こちらの約束が先であろうに」

「仕方がないわよ。大変なお仕事をされているのだもの」

私は小龍をなだめながら、自分にそう言い聞かせた。

とはいえ、やはり残念な気持ちになってしまう。明日の夜も会えると思っていたのに……。

「はぁ……」

座って考え込んでいると、どんどん気が滅《め》入《い》ってきた。

このまま部屋にいても溜息をついてばかりで、気持ちを切り替えられそうにない。

「こんな時間にどこへ行くのじゃ？」

扉の方へと歩き出した私に、小龍が問いかけてくる。

「気分転換に少し散歩をするだけよ。すぐに戻るわ」

「やれやれ、仕方がないな。我が護衛を務めてやるとするか」

彼には戦闘力がほぼないのだが、守護龍を気取っていたいのだろう。

その意思を尊重し、私は小龍を伴い紅華宮の外へと足を踏み出した。

夜の植物が満月の光を浴びて星空の色に染まっている。

落ち込んだり悩み事がある時、庭を散歩するのが私にとって一番の息抜きだった。

夜の草花は昼とは全く違う神秘的な趣《おもむき》で私の心を癒やしてくれる。でも、今日は美しい植物を見てもなかなか気持ちが晴れない。景色を楽しむことより、考え事ばかり続けてしまう。

——煌さん、やっぱり迷惑だったのではないかしら？　妃と関わりを持つつもりがなかったのだから。改めて考えると、少しモヤモヤするわ。煌さんのことを桜蘭様たちにちゃんと知ってもらいたいのに、彼が他の女性と親しくなるのは——。

「止まれ、翠蓮！　誰かおる」

小龍に小声で制止され、ハッとして立ち止まる。近くを少し散歩するだけのつもりだったのに、いつの間にかだいぶ離れた場所まで移動していたようだ。

確かに、納屋のように小さな建物の近くに誰かいる。

宦官の官服を着た男が、周囲を見回しながら建物の入り口へと向かっていった。

私は木陰に隠れて男の様子を観察する。こんな遅い時間にどうしたのだろう。

コソコソしていて何だか怪しい。最近、王の暗殺未遂事件があったばかりだし。

「おい、翠蓮！」

建物に向かって歩き出した私を、小龍が小声で呼び止める。

私は人差し指で沈黙を促し、物音を立てないように建物へと近づいていった。

煌さんがまた危険な目にあうかもしれない。そう思うと動かずにはいられなかった。

明かり取りの窓辺まで近寄り、聞き耳を立ててみる。

「――計画は予定通り進んでいるの？」

――計画？　遠くて聞こえにくいわ。

壁に耳をあてると、とんでもない話が聞こえてきた。

「すでに複数の太監を買収しております。あとは彼らを使い、明日の宴席で王を仕留める算段」

――え？　王を仕留めるですって!?

ドクンと鼓動を高鳴らせていたところで、建物の角から男性の声が響いた。

「なっ、何者だ！」

先ほどとは別の宦官が血相を変えて私の方へと駆け寄ってくる。

――他にも仲間が……!?　まずいわ！

私は逆方向に足を向け、小龍と一緒に逃げ出した。

宦官が「待て！」と叫んで後を追ってくる。

「何事だ!?」

屋内にいた宦官が騒ぎを聞きつけ、外に向かって問いかけた。

「立ち聞きをしている女がいた！　後を追うから手伝ってくれ！」

私は走りながら振り返って後方の様子を確認する。

三人の宦官が脇目も振らずに私の後を追ってきていた。

どうしよう。私に三人の男性を相手に逃げきれる体力はない。

このままでは追いつかれてしまう。普通に逃げているだけでは――。

「小龍、あなただけでも逃げて。そして煌さんにこのことを伝えて。あなたならできるはずよ」

私は一縷《いちる》の希望を胸に、隣を飛行している小龍に頼んだ。

「何を言う、翠蓮！　主を置いて逃げるなど――！」

「心配いらないわ。辺りは暗いし、そう簡単には捕まらない。私とは別の方向に逃げて煌さんを連れてきてほしいの。それまでどこかに隠れているから」

「じゃが、あの若造は我のことを知らぬ。我が言って信じるかどうか」

「大丈夫よ。煌さんならあなたの言葉を信じてくれる。きっと助けてくれるから」

言葉にして気づいた。私がどれだけ彼のことを信頼しているか。

反応が怖くてずっと隠してきたけれど、煌さんならきっと全てを受けとめてくれる。

――本当の自分を隠したまま彼と別れたくない！

「このままじゃ、ふたりとも捕まってしまうわ。お願いよ、小龍！」

必死に懇願すると、小龍は少しの間眉を曇らせ、意を決した様子で口を開いた。

「我が戻るまで必ず逃げ延びるのじゃぞ！」

私は「ええ」と微笑んで頷き、小龍とは逆の方向へ向かっていく。薄暗いこの夜道では、追っ手は小龍の姿まで捉えきれていないはず。きっと私を追ってくるだろう。

小龍と別れるのは心細かったが、可能性を信じてひたすらに走り続けた。

◇　◇　◇

翠蓮は今どうしているだろう。いち早く宴の延期を伝えたくて彼女のもとに使いを出したが、がっかりしてはいないだろうか。

私は翠蓮のことばかり考えながら、史厳や護衛たちを引き連れ後宮へ向かっていた。

他の妃と話すのは気乗りしなかったが、宴自体が嫌だったわけではない。夜も翠蓮と会えるのだから。明日、急な会談が入ったのは本当だ。そのことを自分の口でちゃんと説明したい。

仕事をキリのいいところで切りあげ、史厳に小言を言われながら門の近くまでやって来た。

ようやく外廷と後宮を繋ぐ門が見え、急いで向かおうとしたその時――。

「な、何だ、あの生き物は!?」

門の向こうから、驚き入った宦官の声が聞こえてきた。

「塀を飛び越えようとしてるぞ！」

「面妖な妖《あやかし》め！　射落とすのだ！」

向こうで何か起きているようだ。私は駆け足で門を潜り抜け、その先の光景に目を丸くする。

塀の上へと飛行する蛇に似た緑色の生き物を、警備の宦官たちが弓で射落とそうとしていた。

「何をしている！」

とっさに声をあげ、宦官たちを制止する。あの緑色の生き物を見たことがあるような気がしたからだ。数日前、翠蓮が捕まえて懐に隠した蛇に色と形が似ているような。

「へ、陛下！　今、蛇の妖が塀を飛び越えようとしておりまして、撃退しようかと……」

宦官たちが私に抱拳《ほうけん》して、事態のあらましを伝えてくる。

すると、蛇に似た生き物が私に目を留め、声をあげながら近づいてきた。

「若造！　翠蓮が！」

「しゃ、しゃべった⁉」

宦官たちは狐《きつね》に摘まれたような顔をして、私の前へと躍《おど》り出る。

「怯《ひる》むな！　陛下をお守りするのだ！　蛇の妖を射落とせ！」

「いい。下がれ」

弓を構えた宦官にそう命じ、私は生き物を鋭く見すえて尋ねた。

「今、翠蓮と言ったな？　まさか、彼女に何か――」

「ついてこい、若造！　翠蓮が危ない！」

質問を聞き終える前に生き物は私に訴え、北の方向にくるりと頭の向きを変えた。

「翠蓮が……⁉」

「王の暗殺にまつわる密談を聞き、追われておるのじゃ。早《はよ》うせい！」

生き物が北へと飛行しながら私を急き立てる。

考えることなく体が動いた。生き物が向かう方向へ。

「陛下！　妖の言うことなど鵜《う》呑《の》みになさいますな！」

「お待ちください、陛下！　お一人で行かれては危険です！」

史厳と護衛の宦官たちが私を諫めながら追いかけてくる。

私は顧《かえり》みることなく生き物の後を追った。翠蓮が危ないと聞いて、じっとしていられるわけがない。彼女は私の全てを受け入れようとしてくれた、かけがえのない存在だ。

彼女だけだった。私と天煌を切り離さず、一人の人間として尊重してくれようとしたのは。

『天煌様ともちゃんとお話をして、もっと知りたいと思うのです。彼は陛下の半身、天煌様は煌天様でもあるのですから』

誰もが天煌を恐れ、私自身彼を受け入れがたく思っていたのに、翠蓮は天煌ごと優しい笑顔で包み込んでくれた。私が悪く言われていることに心を痛め、誤解を解こうと奔走してくれて。

――もう彼女なしの生活なんて考えられない！

私は史厳たちの制止を無視し、全速力で後宮の奥へと向かっていった。

◇　◇　◇

「逃げられたか？」

「いや、突然消えたからどこかに隠れているはずだ。捜せ！」

三人の宦官が私を見つけようと近くをうろついている。

私は茂みの中に身を潜め、三人が去るのを待っていた。

何とか隠れることができたが、どうすればいいのだろう。動いたらきっと見つかってしまう。

ドキドキしながら体を縮めていると、松明《たいまつ》の明かりが近くの道を照らした。

――お願い、こっちに来ないで！

そう祈るも、足音はどんどん近づいてくる。

追っ手がすぐ側まで迫り、皮膚を粟立《あわだ》てたその時、遠くから女性の声が響いた。

「まだ見つからないの？」

あわやというところで松明を持っていた宦官は踵《きびす》を返し、私から離れていく。

「はい。この近くにいるとは思うのですが……」

「まったく、あの話をする際は細心の注意を払えと言っていたでしょう！　それを立ち聞きされているなんて！」

「も、申し訳ございません」

もしかして、今の声の女性が首謀者だろうか。どこかで聞いたことがある声だった。

首謀者を突き止めれば、煌さんの危険は大きく減るはずだ。

辺りに人気《ひとけ》がなくなったことを確かめ、私は少しだけ茂みから顔を出す。

そして、宦官たちの近くにいる女性の顔が見えた瞬間、大きく目を見開いた。

――え？　なぜ彼女がここに……!?

まっすぐな黒髪を背中に流した女性が――春凜様が茂みを挟んだ向こう側に立っていた。

――偶然通りかかっただけ……よね？

そう思いたかったのに、春凜様は宦官たちにいつもとは違う冷淡な顔をして告げる。

「まあ、追及は後にしましょう。こんなこともあろうかと思って彼女を連れてきたの。欣依《きんい》」

春凜様が名前を呼ぶと、黒い頭巾を目深に被《かぶ》った黒衣の女性が暗がりから姿を現した。

頭巾のせいで顔は見えないが、華奢《きやしや》な体つきからして女性だろう。

「その方は……？」

欣依と呼ばれた女性を、宦官が訝しげに見すえて尋ねた。

「密かに後宮で流れている噂を聞いて見つけたの。何でも見通すことができる占術師よ。千里眼の持ち主だと言われているわ。欣依、密談を聞いていた者がどこにいるのか占いなさい」

春凜様の命令に欣依は「はい」と答え、懐から取り出した水晶を顔の前に掲《かか》げる。

すると水晶が光り、欣依の眉間に『視』の文字が浮かびあがった。水晶と頭巾越しに淡く青白い光を放っている。

——あれは何……!?

美しくも妖しい異様な光景に、私は大きく息を呑んだ。

あの文字は何だろう。恐怖を覚えると同時にひどく嫌な予感がした。あれはこの世の理《ことわり》を曲げる光だ。人々を導きながら、闇の中へと誘《いざな》う。なぜかそんな予感が……。

「視《み》えました。あちらです」

茂みの中で身を縮め震えていると、欣依のものと思われる低い女性の声が響いた。

私のいる茂みを指さしたのかもしれない。足音と松明の明かりがこちらに近づいてくる。

どうしよう。今逃げたら確実に捕まる。王の暗殺計画を聞いた私を生かしておくはずがない。

――煌さん！

命の危険を察知し、瞑目しながら彼の顔を思い浮かべた直後だった。

「翠蓮！」

煌さんの声が聞こえた気がして、私はパッと目を開ける。

――まさか。

声が聞こえた方向に顔を向けると、こちらに走りながら指を傷つける煌さんの姿が見えた。

血が滴り、それを見た彼の目が薄闇の中、獣のごとく赤い赫《かがや》きを放つ。

顔もまた殺気を帯びた鋭い表情に変わり、まるで別人のようだった。そうだ、人が違う。

――あれは……天煌様!?

私は驚きのあまり立ちあがり、宦官たちも瞠目して天煌様を見た。

「え、焔《えん》王……!?」

怯む宦官たちを、春凜様が冷や汗を浮かべながら「落ちつきなさい！」とたしなめる。

「ここで焔王を仕留めればいいのよ。これぞ絶好の機会だわ」

「そ、その通りだ。焔王を殺せ！」

三人の宦官は松明の代わりに剣を取り、天煌様へと斬りかかっていった。

天煌様は剣の柄《つか》を握りしめたまま動かない。三人がすぐ近くまで迫っているというのに。

「天煌様！」

慄然《りつぜん》として彼の名前を呼んだ直後、周囲を照らしていた満月が雲の下に隠れた。

視

辺りは人の姿が見えないほど暗くなる。

「ぐわぁっ！」

白刃の光が闇を裂き、男の呻き声が響き渡った。——立て続けに三度。

やがて満月が雲の下から姿を現し、また周囲一帯を淡く照らす。

月明かりが映し出した惨状を見て、私は悲鳴を押し殺すように両手で口を覆った。

三人の宦官が体を斬られ、血まみれで地面に倒れている。

そして彼らの近くには、返り血を浴びて佇む天煌様の姿が——。

「ひっ！」

夜叉《やしゃ》のごとき姿に恐れをなした春凜様は、悲鳴をあげて逃げ出そうとした。

だが、小龍が彼女の前へと素速く飛行し、逃亡を阻む。

「待てい！　逃がさぬぞ！」

小龍を目にした春凜様は驚きのあまり尻餅をついた。

「へっ、蛇の妖……!?」

「蛇じゃないわっ！」

すかさず小龍が反論し、ひどく傷ついた顔をする。

彼らのやり取りを眺めていると、門の方角から史厳さんと六名の衛兵が駆け寄ってきた。

「陛下！」

近くまで辿りついた衛兵たちに、天煌様は冷ややかに命じる。

「その女を捕らえろ。今宵の襲撃事件と関わりがありそうだ。必ず情報を吐かせろ」

衛兵たちは「はっ！」と答え、そのうち二名が春凜様の腕を片方ずつ摑んで立ちあがらせる。

春凜様は放心した様子で衛兵たちに腕を引かれ、去っていった。

とたんに私は力が抜けて、その場にへたり込む。

「翠蓮！　大丈夫か⁉」

小龍が慌てて私に近づいてきた。

「え、ええ。安心して力が抜けただけよ」

本当は胸に色んな思いが渦巻いていたのだけど、小龍に心配をかけたくなくてそう答える。

――春凜様、慎み深くて親切な人だと思っていたのに、煌さんの暗殺を企てていたなんて。

私に見せていた姿が偽りだったのかと思うと、ただ寂しくて悲しかった。

そしてもう一人、胸に爪痕を残したのが欣依という占術師だ。今はどこにも見当たらない。

月光によって周囲が明るくなった時には、忽然《こつぜん》と姿を消していた。

「翠蓮、本当に大丈夫か？　顔色が悪いぞ」

座り込んだまま俯いていた私に、小龍が心配そうに問いかけてくる。

いつまでも引きずっているわけにはいかず、私は無理やり笑顔を作って「ええ」と答えた。

「ありがとう、小龍。みんなを連れてきてくれて。あなたのおかげで助かったわ」

「カッカッカッ！　刺客を退治する花は若造に持たせてやったが、我のおかげで解決じゃな！」

小龍は呵々《かか》大笑して胸を張る。本当に調子のいい龍だ。

私は肩をすくめて苦笑し、顔つきを改めた。欣依のことは話しておいた方がいいだろう。

「ただ、もう一人いたの。春凜様につき従っていた人が。黒頭巾を目深に被った女性だったわ」

「どこかに逃げたということか。ならば周囲を捜してこよう。我は夜目がきくからな」

「ありがとう。気をつけてね」

私は胸騒ぎを覚えながら、探索に向かう小龍を見送った。事件の首謀者と思われる春凜様は捕まったのに、嫌な予感がいつまでも収まらない。欣依が消えたせいだろうか。

「立てるか？」

考え事をしていたところで突然声をかけられ、私は驚いてビクッと体を震わせてしまう。天煌様は眉を曇らせ、差し出していた手を引っ込めようとした。

怖がっていると思われたのだろうか。せっかく気遣ってくれたのに、むげにしたくない。

私は天煌様の手を摑んで立ちあがり、懐から取り出した手巾で彼の顔に付着した血を拭った。

「俺に構うな。怖いのだろう？」

天煌様が手を振り払って尋ねたが、「いいえ」と返し、怪我をした彼の指に手巾を添える。

「もう怖くはありません。あなたは二度も私を助け、身を案じてくださいました。本当は優しい人なのだとわかりましたから」

指に手巾を巻きつけながら告げると、天煌様は瞠目して私を見つめた。

「この俺が『優しい』だと……？」

「はい。冷たく装っていてもわかります。あなたは気づかないうちに優しさが出てしまうのではないですか？　でも、すぐに引いてしまって優しさが伝わらない。だから、恐ろしい印象ばかりが目についてしまう。不器用な方みたい。私はもっとあなたのことが知りたいです」

少し戸惑った様子の天煌様をまっすぐ見つめ、感じたことをありのままに伝える。

「度胸のある女だな。怖がるどころか、目の前で堂々とこの俺を評すとは……」

天煌様は意外そうにこぼすと、「面白い」と言って口角をあげ、私に顔を近づけてきた。

「先ほど、二度助けられたと言ったな？　ならば、お礼でもしてほしいところだが？」

「……えっ？　お礼？」

唐突な要求に、私は目を白黒させる。お礼とは、いったい何をすればいいのだろう。あげられるようなものも持っていないし。顔の距離が近すぎて、考えることに全く集中できない。

タジタジしながら後ずさる私に、天煌様は足を踏み出し更に迫ってくる。

「ほら、さっさとしろ」

そんなことを言われても、何を要求しているのかわからない。

困惑する私を面白がるように見つめていた天煌様が、フッと笑う。

「もういい。これで我慢してやる」

彼が告げた直後、おでこに柔らかな感触と熱を覚えた。

突然の行為に私は「きゃっ」と声をあげ、心臓を高鳴らせる。

――おでことはいえ、まさか接吻《キス》されるなんて……。天煌様って、こういう男性だったの？

煌さんに比べると、だいぶ女性慣れしているような……。

「天煌様、お戯《たわむ》れがすぎます」

ドキドキしていると、近くの草むらから男性の声が響いた。

史厳さんが頭痛をこらえるように額を押さえ、こちらを眺めている。

その隣には、気まずそうな顔をする衛兵たちもいた。

——近くにまだ人が残っていたなんて……。もしかして、さっきの全部見られていた？

私は恥ずかしくなって両手で顔を覆う。

「彼女は煌天様が唯一親しくされている妃です。ちょっかいを出すのはやめていただけないでしょうか？　煌天様が知れば非常に面倒なことになるので」

史厳さんは恐縮するように面を伏せながらも、天煌様に憚《はばか》ることなく意見した。

とたんに天煌様が不機嫌な表情になる。

「煌天の犬か。口うるさい奴め。興が冷めた」

私たちに背中を向けて離れていく天煌様だったが、最後にこう命令した。

「その娘のことは送ってやれ」

衛兵たちは「はっ」と答え、二名は天煌様の後を追い、もう二名は私のもとに残る。

態度は素っ気ないけれど、やはり優しい人だと思った。どんな状況でも私を気遣ってくれる。

私はなぜか高鳴る胸と口づけられた額を押さえながら、離れていく彼の背中を見送った。

その夜は動揺と緊張でなかなか眠ることができなかった。

動揺は天煌様の言動によるもので、緊張は煌さんに対するもの。

翌朝、私は煌さんに会うため小龍を連れて王の園林に向かった。

昨晩窮地に陥り、決意したことがある。それを煌さんに伝えたらどんな反応をされるのか考えると緊張して眠れなかったのだ。けれども、伝えないという選択肢はなかった。いつまでも本当の自分を隠したまま生きるのは嫌だから。小龍のことも、隠さず自由にしてあげたい。

「翠蓮！」

決意を胸に歩いていると、前方から私を呼ぶ男性の声が響いた。

「煌さん!?」

こちらへと駆け寄ってきた彼を見て、小龍が私の上衣にサッと隠れる。

焦った表情からすると、天煌様ではないだろう。史厳さんが言うには、時間が経過したり睡眠を取ったりして気持ちが落ちつくと、煌さんに戻るという話だった。

「どうしたのですか？」

私に会うため急いできたように見えて訊《き》いてみる。

「先ほど史厳に昨夜の顚末《てんまつ》を聞いたのです。あなたのことが心配で」

――やっぱり、煌さんだわ。

「怪我はありませんでしたか？　少し顔色が悪いのでは？」

煌さんが私の頰に手を添え、至近距離からじっと見つめてくる。

私の顔や心臓はとたんに熱を帯びた。彼に触れられると最近なぜか体の調子がおかしくなる。

「あの、私は大丈夫です。あまり眠れなかっただけで。そこまで心配しなくても……」

距離が近すぎると動悸《どうき》がひどくなる一方なので、私は少し身を引いて言った。

「あっ、すみません！」

必要以上に触れている自覚がなかったのか、煌さんは真っ赤になって手を離す。

「私のことより、あなたの方は大丈夫ですか？　昨夜の事件と春凜様のことは……？」

今は煌さんが抱えている問題の方が深刻で心配だ。春凜様の件についても知っておきたい。

「董《とう》春凜は寧《ねい》国から送り込まれた間者でした。我が国の武論派と一時的に手を組み、私を暗殺しようとしていたのです」

「武論派と春凜様が!?　いったいなぜ……？」

武論派――確か、煌さんが即位するまで焔の国政を牛耳っていた武断政治派閥のことだったはず。煌さんのことをもっとよく知りたくて、桜蘭様から政治についても話を聞いていた。

「私は武論派と対立していますからね。焔を弱体化させるために王を排除したい寧と目的が一致したのでしょう。寧は裕福ですが領土が狭く、版図の拡大を狙っているようでした。董春凜にも警戒はしていたのですが、まさか宴に乗じて私を暗殺しようとしていたとは……」

そんな政治的背景があったのか。彼の説明に納得しつつ、私はもう一つの疑問を口にする。

「欣依と呼ばれる女性があの場にいたことをお伝えしていたのですが、彼女については？」

「後宮をくまなく捜したそうですが、何の情報も得られなかったようです」

「……そうですか」

眉間で光る文字や欣依の姿を思い出すと、なぜか恐怖で体が震えた。

「怖い思いをさせて申し訳ありません。やはり顔色が悪いですよ。今日はもう休んだ方がいい。部屋まで送っていきましょう」

「いいえ、大丈夫です。今日はどうしてもお話ししたいことがあって来たのですから」

「……話したいこと？」

私は覚悟を決めて頷き、「小龍」と名前を呼ぶ。

「出てきてちょうだい」

一瞬驚いたように体を震わせる小龍だったが、すぐに袖の中から外へと飛び出した。

「き、君は……!?　昨日のへ――」

小龍を見て瞠目し、蛇と言いかける煌さんだったが。

「蛇ではないぞ！　我は翠蓮の守護龍にして最強の神獣・青龍《せいりゅう》じゃ！　翠蓮を不幸にしてみよ。我がこの鋭き爪で体を引き裂いてくれる！」

小龍は煌さんの言葉を遮り、小さな手をブンと大きく振って威嚇《いかく》した。

「もう小龍、脅してどうするの。仲良くしてちょうだい」

「その若造と仲良くじゃと？　御免じゃなっ」

プイと顔を背ける小龍。

煌さんは呆気に取られた表情だ。

――びっくりしているわよね？　帝国の人々みたいに気味悪がられてしまったら……。

嫌な記憶がよぎり、小さく震える私だったが、煌さんは小龍にニコリと微笑んで挨拶した。

「はじめまして、小龍。昨晩はありがとう。こうやって話ができてうれしく思うよ」

予想外の反応に、私はきょとんとして目をしばたたく。

「……怖くはないのですか？」

「全然。昨日も会ってますし。紹介してくれるのを待っていました。彼はあなたの友達ですか？」

普段と変わらず明るく話してくれる、彼の反応が私の心を勇気づけた。

「そうです。友達で相棒で、いちおう守護龍で、私が具現化させた絵の龍なのです」

「……具現化させた絵？」

私は「はい」と答え、一度深呼吸をして煌さんの赤い双眸《そうぼう》を見つめた。

「全てお話しします。私の異能や境遇についても。聞いていただけますか？」

「もちろんです。聞かせてください」

煌さんが真剣な顔をして頷き、私を見つめ返してくる。

今こそ勇気を出して伝えよう。彼に本当の私を知ってもらいたい。

「私には幼い頃、ある力が備わっていました。画仙が有していたと言われる異能、描いた絵を具現化できる能力です。私は画仙の再来と持て囃《はや》され、父からも大切にされて育ちました」

私は瞼を伏せ、過去へと思いを馳せながら述懐《じゅっかい》した。

「でも、父は私を愛しているわけではなかった。私の異能を求めていただけ。あの力を父は、他国に侵略する兵器として使いたがっていました。でも、私にそこまでの力はありません。自分が本当に描きたいと思う絵しか具現化できなかったのです」

小龍を具現化した日の記憶が脳裏に甦る。

あれは十年前、父に与えられた立派な部屋でお絵描きをしていた日のこと。

『龍を描け、翠蓮。他国の軍を壊滅させうる神獣を』

母と一緒に部屋を訪れていた父が初めにそう切り出した。

『主上、まだ幼いこの子に物騒なことをお求めにならないでください』

『お母さま、りゅうってなぁに？』

私は初めて聞いた名前に首を傾げて尋ねる。

『え、えーとね、空を飛べて、蛇を大きくして、角やたてがみとかが生えた生き物よ』

『へび？　それなら描けるわ！　つのとたてがみ、お手々もあった方がいいわよね』

あの頃は本当に絵を描くのが楽しかった。母の言葉を頼りに想像を広げ、ワクワクしながら仕上げたのだ。いつも側にいてくれる、かわいくて元気なお友達ができることを願って。

『できたわ！』

私は描きあげた絵を両親に広げて見せる。すると、私の右手と絵が光り、緑色の小さな生き物が紙から飛び出してきた。具現化が成功したのだ。

『まあ、何てかわいらしい！』

母が笑顔になって龍の頭を撫《な》でる。

『また小さなお友達が増えたわね、翠蓮。名前はどうするの？』

母に問われ、私は少しの間考え込んだ。

『そうね。小さなりゅうのおともだち。しょうりゅう――『小龍』にするわ！』

『しょ、小龍じゃと……!?　もちっと強そうな名前にしてはもらえぬか？』

小龍がかわいらしい容貌に反する古めかしい言葉遣いで訴えてくる。

『だめよ。かわいいあなたに強そうな名前は似合わないわ』

私は小龍の要求を却下し、細長い体を摑んで父に見せた。

『お父さま、ご希望のりゅうです。お父さまも小龍のこと、かわいがって――』

『違う、翠蓮！　そんなものは龍じゃない！　いったいいつになったらまともな力が身につくのだ？　つまらぬ小さな生き物ばかり具現化させおって！』

父が小龍を私の手から払い落とし、両肩を摑んで苛立ちをぶつけてくる。

『主上！』

母が私の体を守るように抱き寄せ、父から引き離した。

父は怒りをあらわにして言い放つ。

『もうよいっ！』

苛立ちながら去っていく父を私は呆然と見つめていた。

あの日からだっただろうか。父の態度が変わっていったのは。

「父は私に利用価値がないと思い始め、興味をなくすようになっていきました。そんな中、私の絵を唯一喜んでくれていた母が亡くなったのです」

私は母の最期を思い出し、胸を痛めて瞑目する。元々体の弱い人ではあった。父の寵愛を失い、皇后様たちからの嫌がらせがひどくなったことで心を病み、悪化したのだろう。私が九歳の時に肺病を患い、ろくな治療も施されることなく他界した。

「周りの人々は具現化した絵を気味悪がるばかりで、次第に私を疎み始めるようになりました。何の役にも立たない絵を描く無能な公主だと」

母を失い、守ってくれる人は誰もいなくなった。私の絵を心から求めてくれる人も。

「私は絵を描くのが楽しくなくなり、力を失いました。兄姉たちは皆、私を責め、虐げた。私や母を敵視していた皇后様の影響もあったのでしょう。私は父からも責められ、大好きだった絵を描かなくなったのです」

私は煌さんに深々と頭を下げた。

「黙っていて申し訳ありません。力を失った私には人質としての価値もないのです。有事の際、私を人質に交渉しても、父はあっさり私を見捨てることでしょう。私には何の後ろ盾もありませんから。もし異能を失っていなかったとしても、何の役にも立たないあんな力――」

「自分のことをそんなふうに言わないでください！　暗殺を未然に防げたのはあなたと小龍のおかげです。私はあなたの力に救われたのだ。その異能は人を守りうる、とても尊い力です」

煌さんが卑屈になった私の言葉を遮り、労《いたわ》るように両手を握りしめてくる。

「つらい思いをしましたね。でも、もう大丈夫です。あなたのことは何があっても私が守ります。これからずっと」

優しく体を抱きしめられ、私の胸は大きく高鳴り、次第に熱を帯びた。

国ぐるみで騙したと責められても仕方がないことなのに。彼はこんな私を受け入れて……。

胸が詰まって言葉にならなかった。代わりに込みあげる温かい感情と共に涙があふれ出る。

「……煌さん」

私は彼の腕の中で静かに泣いた。

自分を慰《なぐさ》め理解してくれる、そんな存在ができるのは涙が出るほどうれしいものなのだ。

胸がどんどん熱くなり、鼓動は体に大きく音を響かせながら加速していく。触れられたままだと胸が高鳴る一方で息苦しい。なのに、もう少し彼の体温を感じていたくなる。

限界を迎えるまで彼に身を委《ゆだ》ねていたい。私にもこうして甘えられる存在ができたのだから。

どれくらいの時間、そのまま抱きしめられていただろう。

――半刻？　それとも、一刻？　煌さんの気持ちは本当にうれしいのだけど、さすがに長すぎるような……。私の体もそろそろ限界だわ。

熱で頭がボーッとして動悸もひどいし、このままの状態でいたらきっと心臓が持たない。

「ごめんなさい、煌さん」

彼の胸を軽く押し、少しばかり距離を取る。

「何だか心臓の調子が悪いので、部屋に戻らせていただきます」

そう言って走り出すと、煌さんはわけがわからなそうに声をあげた。

「えっ、翠蓮!?」

私は彼の言葉に振り返ることなく走り続ける。

どうしてこんなに胸がドキドキするのだろう。心臓の病にでもなってしまったのだろうか。

走っているのに彼と離れたら少し症状が落ちつくなんて、病だとしたら本当に不思議な病だ。

とりあえず部屋で寝て気持ちを落ちつかせよう。医官に相談するかは、その後決めればいい。


どうしよう。彼女のことが心配すぎて何も手につかない。

仕事にも身が入らず、私はソワソワしながら執務室を歩き回っていた。

――翠蓮、大丈夫だろうか。昨日はあれ以降会ってもらえなかったが。

突然心臓の不調を訴えて走り出したので心配でたまらず、ほどなくして彼女の部屋を訪ねた。

対応に出た暎暎によると、念のため医官に診てもらい、問題はなかったという話だが。翠蓮は不調が続いているということで会ってくれず、不安は募る一方だった。

今朝は園林にも現れなかったし。

もう一度訪ねてみようか。今なら口うるさい史厳も席を外していてちょうどいい。

頷いて執務室を出る私だったが、走廊《ろうか》の先から話し声が聞こえて立ち止まる。

「白秘書監、一昨日の晩については陛下に報告されましたか?」

私の護衛を務めている宦官の声だ。史厳も近くにいるらしい。

「一昨日の晩についてとは？」

「その、天煌様が姚妃様の額に接吻された件です」

――な、何だと……？

私は護衛官の言葉に強い衝撃を受け、胸に著しい不快感を覚えた。

「天煌様がしたことは逐一報告するようにと、陛下に命じられておりましたので」

「その件は伝えなくて結構です」

「で、ですが……」

「いいのです。面倒極まりないことになるとわかってますから」

「……承知いたしました」

――天煌が翠蓮に接吻？　まさか、彼女が私に会ってくれなかったのは、天煌のことが好きになったから？　……いや、彼女が詐病なんてするはずがない。心の清らかな人だから。

ただ、護衛官の話によると、天煌はかなり積極的な性格で女性に対しても臆するところがないらしい。ぐずぐずしていては天煌に彼女を奪われてしまう。負けてはいられない。

私は天煌に対し闘志を燃やしながら、史厳の脇を通り過ぎようとする。

「陛下！　どちらに向かわれるのです？　政務のお時間ですよ？」

当然史厳が気づき、問いかけてきた。

「ちょっと翠蓮のところに行ってくる」

「何をおっしゃいます？　朝と夕方以外あなたに自由はありませんよ。仕事をしてください」

「もちろん仕事はちゃんとする。睡眠時間を削って必ず全部終わらせるから」

「あなた昨日、姚妃様のことが気になって一睡もしてないでしょう？　ちゃんと寝てください。過労死しますよ？」

史厳は私の仕事や体調に関わる問題にはより一層口うるさく、決して引かない男だ。

だが、私もここで引くわけにはいかない。彼女のことが心配で、会いたくてたまらないから。それにこのまま引き下がったら、天煌に男として負けそうな気がする。不安と嫉妬で頭がおかしくなりそうだった。だから、今日だけは己の意思を貫きたい。

「どうしても翠蓮に会いたいんだ。王の責務は果たすから彼女のもとへ行かせてもらうぞ！」

私は史厳の横を素速く通り過ぎ、走り出した。

「陛下！」

史厳が呼び止めてきたが、振り返ることなく外へと飛び出していく。

「やはり、面倒極まりない……！」

大声で愚痴をこぼす史厳に心の中で詫《わ》びながら、私は紅華宮に全速力で向かうのだった。


煌さんに抱きしめられた時のことを思い出すと、まだ胸が少しドキドキする。

私は臥牀に横たわり、念のため体を休めていた。昨日から続くこの不調はいったい何なのだろう。医官は笑って、心配しなくて大丈夫だと言っていたけれど。

「姚妃様。陛下がお見えになりましたが、どうしましょうか？」

まじめに体の心配をしていると、部屋の外から暎暎が問いかけてきた。

「陛下が？　こんな時間に？　ちょっと待って」

どうしよう。まさか夕方前にやって来るとは思わなかった。昨日よりはだいぶ体調も落ちついたけれど。このままでは避けているように見えるかもしれない。心配をかけているだろうし、何より彼に会いたい気持ちが勝ってしまう。たとえまた体の調子が悪くなったとしても。

私は大急ぎで髪と衣服を整え、暎暎に許可を出す。

「お通ししてもらえる？」

「かしこまりました～」

暎暎が返事をした直後、煌さんが「翠蓮！」と声をあげて入室してきた。

「心配しました。体調の方はいかがですか？」

両腕に手を添えながら問われ、私は体と胸に熱を覚えつつ答える。

「ええ、もう大丈夫です」

触れられると調子が悪くなるのだけど……。彼に余計な心配をかけたくない。

「それより、こんな時間にどうされたのですか？　まだ園芸の時間には早いですが」

「え、えーと、あなたのことが心配で……。でもせっかくですから、少し出かけませんか？体調が大丈夫なようでしたら。あなたに見せたいものがあります」

「……見せたいもの？」

いったい何だろう。少し首を傾げつつ「わかりました」と頷く。

小龍は散歩に出かけているようだから、置いていくしかない。

私は煌さんに手を取られ、心臓の不調を押し隠しながら外へと足を踏み出した。

こうやって彼と出かけるのは初めてだ。何を見せてもらえるのか、少しワクワクする。ただ、手を繋ぐのは初めだけかと思っていたのに、ずっと放してはくれず胸の高鳴りが収まらない。

結局、後宮の景色を楽しむ心の余裕はなく、気づいた時には立派な倉庫のような建物の前に辿りついていた。警備も厳重で、何名もの衛兵が建物を取り囲んでいる。

「さあ、こちらです。中に入りましょう」

私は「ええ」と頷き、奥へと進んでいく煌さんに、屋内の様子を観察しながら尋ねた。

「あの、ここはどこなのでしょうか？　高価そうな骨董品がたくさん」

房《へや》のあちこちに棚や台座が置かれ、高価そうな壺や絵皿、掛け軸などが飾られている。

「宝物庫です。ここには国宝が納められています」

「宝物庫!?　なぜそんな場所に私を……？」

見せたいものというのは、国宝だったのだろうか。

「好きな物を選んでください。あなたに差しあげます」

「はい？」

――ちょっと待って……。国宝なのよね!?

「なぜこんな高価な物を？　理由がわかりません」

「刺客を捕らえるのに協力してくれたではないですか。そのお礼です」

「たいしたことはしてないのに、お礼にしては豪華すぎます。受け取れません！」

「遠慮しないで。私の気持ちですから。お気に召す品物がありませんでしたか？」

「いえ、そういうことではなくて……」

国宝なだけあって、どれも素晴らしい品々だ。特に、牡丹を見つめる雉《きじ》を描いた花鳥画。花弁の赤と羽色の緑の対比が見事で美しい。

淡く繊細な画風に懐かしさを覚え、下部に押された落款《らくかん》に目を留める。陸璋《りくしょう》という花鳥画の大家の作品だった。子どもの頃、父の宮殿で何度か見たことがある。私の好きな画家だ。

「本当に何もいりません。ただ、絵画を鑑賞するのは好きなのです。よかったらまたこの素晴らしい絵を見せていただいてもいいですか？」

「もちろんです。差しあげてもいいのですが、あなたはそれを良しとしないようだ。無欲で慎み深いところもあなたの魅力ですからね。絵を見たくなったら遠慮なく言ってください。あなたが望むならいつだってここに連れてきましょう」

煌さんは私の願いを快く受け入れ、柔和な笑みを浮かべて見つめてくる。

「あ、ありがとうございます」

私はまたドキドキしながらお礼を言った。

彼の気持ちがうれしいと思うのに、なぜか気恥ずかしくてまともに顔を見られない。

見つめられたままでいるのは落ちつかず、別の絵画に目を移す。

これまた見事な山水画が花鳥画の隣に飾ってあった。落款は関桂《かんけい》。山水画の大家の作品だ。

想像力をかき立てられた私は頭の中で紙を広げ、山の輪郭をなぞるように手を動かす。

思わず絵に夢中になりすぎて、煌さんがどんな表情で私を見ているのかもわからなかった。


「それでね、特に絵画が素晴らしかったの。小龍、あなたにも見せてあげたかったわ」

宝物庫に行った翌朝、私は煌さんと出かけた件を詳しく小龍に話して聞かせた。

だが、小龍は面白くなさそうにプイと顔を背けてしまう。

「我には芸術品の価値などわからぬ。若造もいるなら散歩をしていた方がずっとよいっ」

そう言って窓から飛び出していく小龍を、私は小さく溜息をついて見送った。

煌さんのことが気に入らないのだろうか。それとも、置いていかれたから拗ねているのか。

離れていく小龍の背中を見つめていると、部屋の外から暎暎の声が響いた。

「姚妃様、また陛下がお見えになっていますが」

「えっ、煌さんが？　こんな時間に？」

まだ園芸を手伝いにいく時間より少し早い。この後会う予定なのに。何かあったのだろうか。

「お通しして」

「かしこまりました～」

暎暎が返事をした後すぐに扉が開き、入り口に煌さんが姿を現す。

「失礼します、翠蓮」

「おはようございます、煌さん。いったい何のご用で——って、えっ!?」

用件を聞こうとした私は部屋に入ってきた宦官たちを見て、驚きの声をあげた。

「その卓子に置いてくれ」

煌さんの命令に三人の宦官が「はっ」と答え、手にしていた荷物を室内へと運び込む。

「置いたら戻っていいぞ」

「御意」

荷物を置いて退室していく宦官たちを、私は目をしばたたきながら眺めていた。

卓子の上には紙の束や複数の顔料、絵筆などが並べられている。

「あの、あれは……?」

「画材一式です」

目を丸くしたまま尋ねた私に、煌さんは笑顔で答えた。

「国宝は遠慮されましたが、こちらなら喜んでもらえるのではないかと思いまして」

「……あれを私に?」

「はい。絵を描きたそうに見えたから。私の気持ちです。受け取ってもらえませんか?」

——私が絵を描きたそう?

もしかして、宝物庫で絵を鑑賞していた時、彼にはそんなふうに見えたのだろうか。

無意識に手を動かしていたかもしれないが、絵を描きたいかというと、よくわからない。

ただ、せっかく持ってきてくれた贈り物を断ろうという気にはならなかった。

何より私に喜んでもらおうと贈り物を用意してくれた彼の気持ちがうれしい。

「ありがとうございます。あなたのお気持ちということですし、いただいておきます」

「そうですか。よかった」

煌さんの笑顔を見て、私の胸はまたにわかに熱を帯びた。どうして贈り物をされた私より彼の方がうれしそうなのだろう。私にも煌さんに与えられるものがあればいいのに。

「あの、もしよければ何か描いてみませんか？」

「私が？　絵をですか？」

「はい。あなたが描いた絵を見てみたいです」

そう言って煌さんがキラキラした目を向けてくる。

どうしよう。期待の眼差しがまぶしい。絵から遠ざかって八年。うまく描ける自信はない。

でも、これが贈り物に対するお礼になるのであれば――。

「わかりました。簡単なものでいいのでしたら。画材をいただいたお礼に何か描いてみます」

ここまで良くしてもらっているのだ。少しでも彼の期待に応えたい。

「お願いします！」

煌さんは笑顔で言って、紙と顔料の準備をしてくれた。

さて、何を描けばいいだろう。手本になりそうなものがあればと、周囲を見回してみる。

臥牀の側に置かれた牡丹の鉢植えが目に入った。昨日、煌さんがお見舞いに贈ってくれたものだ。あれならちょうどいいかもしれない。

私は筆に顔料をつけ、牡丹の輪郭を紙に写していく。幾重にも連なる花弁は、赤に白い顔料を足して陰影をつけた。花の中央に黄色い雄しべを入れ、緑の顔料で茎や葉を描き込む。鉢植えを観察しながら形を調整し、光源となる箇所に淡くぼかしを入れて完成だ。

「できました」

筆を置いて告げると、完成画を見た煌さんが目を見開いて賞賛した。

「す、素晴らしいです！」

そうだろうか。改めて自分の描いた絵を見直してみる。

形が少し歪《ゆが》んでいて、線にたどたどしさが残っていると思うのだけど。

「見たままではなくて、どこか味があって、惹きつけられます。私は宝物庫にあった絵より、あなたの描いた絵が好きです」

――名だたる大家の絵より？　こんなに褒めてもらえたの、お母様以来――いえ、以上だわ。

私は胸にくすぐったさを覚えながら、煌さんを見あげて申し出る。

「あの、また描いてもいいでしょうか？　こんな絵で喜んでもらえるのでしたら」

「はい！　あなたの描く絵がもっと見たいです！」

彼の笑顔を見て気づいた。自分が喜ぶことより、相手に喜んでもらう方がうれしいのだと。

人は大切な誰かの喜ぶ顔が見たくて、贈り物をするのだろうか。

私も煌さんを笑顔にできるのなら何だって贈りたい。どんなことでもしたいと強く思った。

その日から私は毎日のように絵を描いて煌さんに贈った。

煌さんはとても喜んでくれて、彼の笑顔を見るのは私も本当にうれしかったのだけど――。

「煌さん、これはあなたへのお礼なのです。それなのに、お礼にお礼を返さないでください！」

卓子に置かれた贈り物の山を見て、思わず私は声を荒らげる。そこには陸璋が描いた神獣の素描、大家による名画を収めた画集、新鋭の人気画家が描いた私の素描まであった。国宝より、ある意味貴重な品々だ。このままではお礼が増えていく一方で、置き場もない。

「気にしないで。私の気持ちですから。遠慮なく受け取ってください」

「さすがに遠慮します！」

笑顔の煌さんに、心を鬼にして告げた。私も彼の喜ぶ顔が見たくて絵を描き続けてきたけれど、お礼の品の方が遥かに高価で心苦しい。そろそろこの繰り返しを断ちきらなければ。

「これ以上お礼をいただくのは本当に申し訳ないので、最後にさせてください。何か描いてほしいものはありますか？　あなたの好きなものを描いて贈ります」

「……何でもいいのですか？」

「はい。私が描けるものなら何でも」

煌さんは少しの間、腕を組んで考え込み、窓から空を見あげて答えた。

「草花以外では鳥が好きです。空を自由に飛び回る姿がうらやましくて」

「……鳥」

その答えに、私は少し動揺してしまう。子どもの頃以降、生き物は一つも描いていない。小龍以外は皇后様に消された嫌な思い出があったからだ。

「あの、難しいでしょうか？」

瞼を伏せて沈黙していた私に、煌さんが遠慮がちに問いかけてくる。

つらいからといって、いつまでも目を背けていたら前には進めない。

私は顔をあげ、煌さんの双眸を見すえて告げる。

「いいえ、大丈夫です。描けます！」

彼には贈り物を与えてもらっただけではなく、生きる喜びや楽しさも教えてもらった。

目に見える形で感謝の気持ちを伝えたい。

さっそく卓子の上に画材を準備し、筆を取ってしばし考え込む。

どんな鳥を描けばいいだろう。煌さんから連想する色は朱《あか》。生命の充実や甦りの象徴である朱雀《すざく》を描こう。彼が末永く健やかに暮らしてくれることを願って。

思考を巡らせながら、紙に絵筆を走らせていく。

素直で賢くて彼の力になってくれそうな鳥。かわいくてもふもふしていて、見ているだけで心が癒やされるような。私に小龍がいるように煌さんの相棒となってくれるような鳥がいい。

頭の中で構想を固めた私は、赤い鳥の輪郭を繫げ、より細かく鮮明な絵に仕上げていく。

体は丸々としていて首回りはひとときわもふもふに。炎を連想して、羽毛に黄色みも加える。

目の形を人より丸く描き、赤い光彩に黒紅の瞳孔を足して完成だ。

――できたわ！

紙から筆を離した瞬間、完成した絵と私の右手からまばゆい光が放射した。

右手の甲には、発光するように『画』の文字が浮かびあがっている。

「翠蓮⁉　これは……？」

煌さんが驚愕《きょうがく》の声をあげた直後、光を放っていた絵から赤い鳥が飛び出してきた。

描きあげたばかりの絵とそっくりだ。

鳥は部屋を一周飛び回り、私の肩に止まって明るく挨拶をする。

「はじめまして、主様《ぬしさま》！　僕を生み出してくださり、ありがとうございます！」

私は吃驚して肩に目を向けた。

「しゃべった⁉　小龍と同じ……？」

まさか、失われた力が戻ったのだろうか。

「今の光は何じゃ⁉」

驚きのあまり言葉を失っていると、散歩に出かけていた小龍が慌てて窓から入ってきた。

「あの鳥は……⁉」

刮目《かつもく》する小龍を尻目に、鳥は私の前で羽ばたいて告げる。

「主様、あなたがご主人様です。どうか僕に名前を与えてください」

――本当に力が戻ったの？

「主様？」

しばらく呆然とする私だったが、鳥に呼びかけられ、居住まいを正して返す。

「ごめんなさい。できれば煌さん、そこにいる彼を主人と思ってくれないかしら？」

「翠蓮、あなたが生み出した鳥ですし……」

「いいえ、その子はあなたのために描いた鳥なのです。私の思いとして受け取ってください」

「僕は構いませんよ。主様の願いですから」

鳥が私たちの会話に割って入り、煌さんの方へと飛んでいく。

遠慮がちな顔をしていた煌さんだったが、鳥が肩に止まると、うれしそうに微笑んだ。

「ありがとうございます。では、私の側に置くことにしましょう。名前は、……そうだな、『雛雀《すうじゃく》』にしよう。朱雀の雛《ひな》のようにも見えるし」

「……す、雛雀ですか。わかりました。これからどうぞよろしくお願いしますね、ご主人様」

雛雀は煌さんに挨拶し、飛びあがって窓辺に止まる。そして、外を見ながら小声でこぼした。

「チッ。もっと強そうな名前がよかったわ」

――え？　今、愛らしい見た目にそぐわない言葉が聞こえたような……。空耳かしら？

「翠蓮、異能が戻ったのじゃな！　もっと描いてみよ。もっと仲間が欲しいぞ～！」

耳を疑っていると、小龍が笑顔で私に近づき、頬をすり寄せてきた。

強がってばかりいるけれど、本当はひとりで寂しかったのだろうか。

小龍の願いを叶《かな》えてあげたいし、私も本当に力が戻ったかどうか確かめたい。

「ええ、試してみるわ」

私は新しい紙と筆を準備し、今度は犬の絵を描く。

ほどなくして、赤茶色の体毛に覆われたもふもふの猗々《チャウチャウ》が完成した。

けれども、先ほどのような光は発生せず、絵にも変化はない。

「……だめみたいね」

あまりうまく描けなかったからだと考え、めげずに他の絵にも挑戦する。

だが、家鴨《あひる》を上手に描いてみても、変化なし。

更に時間をかけて猫や鼠《ねずみ》を描いてみても、絵の中の生き物が動くことはなかった。

「どれもだめね。雛雀は具現化できたのに。何か法則でもあるのかしら？」

私は意気消沈して筆を置き、小龍もがっかりした顔をする。

すると、雛雀が人間っぽく腕を組むような素振りをして考察した。

「主様の力は戻ったばかりで、まだ安定していないのでしょう。あと、絵に対する思い入れや描いている時の心境が力に影響するのだと思われます。大きくて強力な生き物ほど具現化が難しく、相当な画力と霊力も必要になるようです。絵の完成度も重要ですよ」

「あら、あなた物知りなのね」

賢い鳥を想像して、願いを込めたからだろうか。

「当然です。僕は朱雀の化身。高い知性を備えた神獣ですから。そこの蛇とは出来が違います」

――え？　この子、かわいらしい見た目に反して毒がある……？

「蛇じゃとぉ!?　我は最強の神獣・青龍じゃ〜！」

すまし顔の雛雀に向かって小龍は激昂《げきこう》した。

「何とも頭の悪そうな台詞《せりふ》ですね。見るからにひ弱そうで、青龍の原形も留《とど》めてないじゃないですか。とても僕と同じ神獣には見えない」

「貴様とて神獣には見えぬわ〜！　我よりひ弱そうなちんちくりんではないか！」

「ち、ちんちくりんですって？　よくも僕が気にしていることを！　僕は君より遥かに頭がいい！　高速の飛行能力もある。君の体じゃ、のろのろと飛び回ることしかできないでしょう？」

「これでも素速く動けるのじゃぞ！　多くの仲間が悪女によって消されていく中、我だけがこの俊敏性で生き延びたのじゃ。我は偵察能力にも長《た》けておる。守護龍として長年主人を守り通してきたのじゃ。生まれたてのひよっこが少し飛べるくらいで威張るでないわ！」

「少し生まれるのが早かったからって、何を偉そうに……。このじじくさい蛇がっ!!」

「ぐぬっ、一度ならず二度までも……！　もう許さぬ！　この鋭き爪で引き裂いてくれる!!」

「そんな軟弱な爪でやられるか！　僕こそこの鉤爪《かぎづめ》で引っかいてやる!!」

「ふたりともやめなさい！」

声をあげて制止するが、二匹は取っ組み合って喧嘩《けんか》をやめようとしない。

「せっかく仲間ができたのに、どうしてそんなに仲が悪いの？　離れなさい！　……きゃっ」

二匹を引き離そうとしたところでどちらかの爪が手を傷つけ、私はつい悲鳴をあげてしまう。

「翠蓮！」

煌さんがとっさに私の手を取り、心配そうに傷を確かめた。

右手の甲に浅い線が刻まれ、そこからうっすらと血が滲んでいる。

――あっ！　まずいわ。

嫌な予感がして煌さんの顔を見あげると、目の色が血のように濃い赤へと変わっていた。

「……彼女を傷つけたのはどいつだ？」

指のひっかき傷を見て、彼が殺気立った低い声音で問う。これは確実に天煌様だ。

あまりの迫力と鋭い視線に、小龍と雛雀はビクッと大きく体を震わせた。

「僕じゃありませんよ。僕はちゃんと周りを見て行動してます。主様を傷つけたのは蛇です！」

「嘘をつくなっ！　我ではないぞ！　この小さき手を見よ。このように丸みを帯びた爪で人を傷つけられるはずがなかろう。翠蓮を引っかいたのは雛の雀《すずめ》じゃ！」

小龍はオロオロと天煌様に手を見せて弁明し、雛雀を指し示す。

「なっ！　さっき鋭き爪って言ってたじゃないか！　調子のいい蛇だな！」

「何じゃと～!!」

二匹は天煌様の存在を忘れ、また取っ組み合いの喧嘩をしようとした。

だが、カチッと響いた物音を聞いて静止する。天煌様が二匹を睨みながら剣を抜いたのだ。

「申し訳ありませんでした！」

天煌様が放つ殺気に二匹はぶるぶると震え、互いの体を抱き合いながら謝罪する。

天煌様はフンと鼻を鳴らして剣を収め、今一度私の手を見てから外に向かって問いかけた。

「誰かいるか！」

すぐに暎暎が「ただいま！」と声をあげて、戸口に姿を現す。

「医官を呼べ。翠蓮が怪我をした」

「かしこまりました。少々お待ちを〜！」

暎暎が慌てて出ていったため止めることができず、私は天煌様に視線を向けて訴えた。

「医官を呼ぶほどの傷ではありません。舐めておけば治ります」

天煌様は「そうか」とあっさり言って、私の右手を取る。

そして、唇まで右手を持ちあげ、傷口をぺろっと優しく舐めた。

「ひゃっ！　何をされるのですか⁉」

「舐めておけば治るのだろう？　お前の綺麗な肌にこれ以上傷を残したくないからな」

右手の甲に唇を寄せたまま見つめられ、私の心臓は更に大きく跳ねあがる。

「舐めておけば治るというのは喩《たと》えです！　軽い傷だから放っておいてもいいという」

私はあたふたしながら言って、高鳴る胸を押さえた。煌さんばかりか天煌様まで過保護すぎるのではないだろうか。気持ちはうれしいけど心臓に悪いから、ほどほどにしてもらいたい。

「……何か僕のご主人、さっきと全然性格が違いますね。やたらと積極的なような……」

「奴はな、血を見ると性格が変わるのじゃ。二重人格というやつじゃな」

「な、なるほど。何か見せつけられているような気分になりますね。見ている方が恥ずかしい」

「まったくじゃ。我らの存在を忘れ、イチャイチャしおって」

ひそひそささやき合う二匹を天煌様がギロリと睨みつける。

小龍と雛雀はまたビクッと震えて体を抱き合った。

「俺の知らない間に奇妙な生き物が増えたようだな。あの鳥は何だ？」

天煌様が雛雀を顎で示して、私に尋ねてくる。

「彼は雛雀。小龍と同様、私の描いた絵が具現化したものです」

天煌様にも自分の全てを知ってもらいたい。

私はこれまでの経緯を交えながら異能について説明した。子どもの頃、画仙の力が使えたこと。八年ぶりに絵を具現化できたこと。まだ力が不安定で、成功率が低いということも。

天煌様は最後まで何も言わず、真剣な表情で話を聞いてくれた。

「……なるほど。聞いたことがある。六神仙の末裔だけが受け継ぐ力だな。それで、その鳥だけ具現化できたというわけか。成功した理由が気になるところだが、なぜその鳥を描いた？」

「それは、煌さん——煌天様のご希望でして。雛雀は煌天様へのお礼として描いたのです」

「煌天へのお礼だと？」

天煌様の眉が不愉快そうに歪む。煌さんだけにお礼をしたから面白くないのだろうか。

「天煌様にもお礼がしたいのですが、何がいいでしょう？　絵を描いて贈りましょうか？」

「お礼？　絵が具現化しても困る。あんな生き物をもらっても、うるさくてかなわんからな」

「そうおっしゃらずに。絵ではなくてもいいので、ぜひ何かお礼をさせてください」

天煌様は軽く鼻を鳴らし、満更でもなさそうに口を開く。

「別にいらんのだがな」

素っ気ない言葉とは裏腹に機嫌はよさそうだ。素直な性格ではないのかもしれない。

少しうれしそうに口角をあげた彼を見て、私は微笑みながら思考を巡らせる。

何を贈ればいいだろう。困ると言われたけれど、絵を描いてもよさそうだ。

まだ不安定とはいえ、せっかく力が戻ったのだから、天煌様たちや国のためにも役立てたい。

◇　◇　◇

やる気をあらわに頷く翠蓮を、欣依は水晶を通して視ていた。これまでのやり取りも全て。

「寧の公主は捕縛され、嶺の公主は具現化の力を取り戻しました。全て私の予言通りです」

垂簾《すいれん》の奥にいる人物に、彼女は視たままを報告する。

部屋は薄暗く、二人以外には誰もいない。この部屋の主人は相当に警戒心が強いようだ。

奥にいる人物はしばらく考え込むように沈黙していたが、おもむろに口を開いた。

「お前を使ってみる気になった、欣依。聞かせてもらえるか？　姚妃がこの後どう動くのか」

欣依は頭《こうべ》を垂れて「御意」と答え、黒頭巾の影でほくそ笑む。

計画通り、後ろ盾を得ることに成功した。考えていた策が本格的に動き出すのはこれからだ。

第三章 神仙の末裔と異能の代償

透かし彫りの窓から西日が差し、描き散らかした絵を照らしている。

私は卓子《つくえ》の前に座り、絵筆を握りながら考え込んでいた。

天煌様にも絵を贈りたいのに、なかなかうまくいかない。鷹《たか》や狼《おおかみ》の絵など強そうな生き物を中心に色々と描いてみたけれど、どれも出来がいまいちで具現化できなかった。

失敗作の束を見て、深い溜息をつく。

何だか気持ちが沈んできた。最近、煌さんの様子がどこかおかしいし。よくボーッとしたり、溜息をついてばかりいるのだ。どうしたのか尋ねても、仕事が忙しいだけだとしか言わない。

『疲れているだけだから心配しないで。あなたは好きなことをして楽しく過ごしてください』

そんなふうに笑顔で返されたら、それ以上何も訊《き》けなかった。

——疲れているだけには見えなかったのよね。何か隠しているのではないかしら？

「翠蓮、そろそろ植物の手入れをしにいく時間じゃぞ！」

腕を組んで物思いにふけっていると、小龍が後ろから声をかけてきた。

もうそんな時間なのかと、窓の外を見て立ちあがる。

「今から行くわ」

私は園芸用の作業着に着替え、小龍と一緒に部屋を出た。

このままではずっと彼のことが心配で、絵を描くことも園芸作業も楽しめそうにない。

やっぱり煌さんにちゃんと話を聞いてみよう。今日会ったら必ず。

意気込んで王の園林《ていえん》へと赴いてみたが、煌さんはまだ来ていなかった。

いつもなら作業を始めている時間なのに……。少し心配しながら植物に水をまく。

小龍も小さな手と柄杓《ひしゃく》を使って、水に濡《ぬ》れないように注意しつつ作業を手伝ってくれた。

柄杓は小龍の体の大きさに合わせて、煌さんが特注で作ってくれたものだ。

作業をしていても身が入らず、どうしても彼のことばかり考えてしまう。

――煌さん、今日は忙しいのかしら？　もう日が暮れてしまうわ。

不安を募らせながら茜色の空を見あげていると、外廷の方角から赤い鳥が飛んできた。

「主様～！」

鳥は風のような速さで飛行しながら声をあげ、私の近くに降り立つ。

「雛雀《すうじゃく》！」

彼が来たということは煌さんもいるはず。期待して周囲を見回すが、彼の姿は見当たらない。

「あれ、煌さんは？」

私は拍子抜けして尋ねた。

雛雀はいつも煌さんと一緒なのに。雛雀だけが来るなんて、何かあったのだろうか。

「ご主人様はお仕事が忙しく、しばらくここには来られないことを伝えにきたんです」

「……しばらく？」

「ええ。伝言は以上なので、僕はこれで」

「待ちなさい！」

飛び去ろうとする雛雀をとっさに呼び止める。煌さんと話ができないなら彼に訊くしかない。

「煌さんに何があったの？　しばらく来られないなんて。最近、いつもと様子が違うわ」

「いえ、ご主人様は本当に忙しいだけで――」

「雛《ひな》の雀《すずめ》よ、貴様を生み出した主《あるじ》が問うておるのじゃ。正直に答えぬか！」

「話して、雛雀！」

私と小龍に鋭く問い詰められ、雛雀は戸惑いをあらわに口を開く。

「実は、先日の事件で寧《ねい》との関係が悪化し、戦が始まりそうな状況なんです。今は軍議が続いていて、終わるのは夜遅くになると言っていました。軍議によっては明日、ご主人様も出陣することになるかもしれず。全てが決まるまでこの件は主様に話さないように言われてまして」

心臓が居心地の悪い音を立て、胸に動揺を広げた。そんな深刻な問題を抱えていたなんて。

私は焦燥に駆られながら思考を巡らせる。煌さんは明日、戦場へ行ってしまうかもしれない。

こういう時、妃は何をすればいいのか。必死に記憶を探り、母との会話を思い出す。

あれは私が七歳の頃、編み物をしていた母に、何を作っているのか尋ねた。

母は房《ふさ》飾りだと答えた。

『嶺《りょう》にはね、大切な人が危地へ赴く際、縄結《じょうけつ》と呼ばれる房飾りを編んで贈る風習があるの。主上が明日、視察のため戦地へ赴かれるから。危険はほとんどないみたいなんだけどね』

あの時の言葉が脳裏に甦り、私は作業をやめて走り出す。

「おい、翠蓮！　もう戻るのか？」

後を追ってくる小龍に、走りながら頷いた。

形だけとはいえ、私は煌さんの妃だ。彼のためにできることがあれば何でもしたかった。


夜のしじまに包まれた王の寝殿を、月明かりが厳かに照らしている。

私は自室での作業を終わらせ、寝殿の前で煌さんが戻ってくるのを待っていた。

夜も遅かったので、護衛として宦官も近くに控えている。いちおう守護龍として小龍も。

春とはいえ、大陸北部の夜はまだかなり寒い。

手をこすり合わせながら待っていると、煌さんが雛雀や史厳さんたちを従えてやって来た。

「お帰りなさい、煌さん」

瞠目する煌さんに、私は小走りで近づいていく。

「翠蓮？　なぜここに……？」

「心配になって来たのです。寧と戦になりそうだという話を聞きました。大丈夫ですか？　最近とてもお忙しいようですし、煌さんの体が心配です」

彼はギロリと雛雀を睨みつけ、私に面白くなさそうな顔をして尋ねた。

「俺のことは心配ではないのか？」

「……え？　天煌様!?」

離れた場所からはよくわからなかったが、表情や言葉遣いはまぎれもなく天煌様だ。

「ああ。軍議には俺がいた方がいいからな。面倒な役割ばかり任される。まあ、政務よりはましだが。それでお前はこんな時間にどうした？　煌天に会いにきたのなら、俺で悪かったな」

「いいえ、もちろんあなたのことも心配していました。煌さんも天煌様も変わらず大切に思っています。ですから、あなたにこれを」

懐から房飾りを取り出し、天煌様に差し出す。赤い組紐《くみひも》を吉祥《きっしょう》結びにして編んだ縄結だ。

「何だ、それは？」

「お守りです。嶺には大切な人が危地へ赴く際、房飾りを編んで贈る風習があって」

部屋に戻り、さっきまで一生懸命編んでいた。ただ、作製するのは初めてで、急いでいたせいか、ほつれも目立つ。

「見てくれは悪いですが、心を込めて編みました。無事戻ってこられるように祈って。もし戦場に赴くことになったら持っていってくれませんか？　戦にならなければ一番いいのですが」

「いや、寧はこちらに攻め込む気のようだ。俺は明日、兵を率いて国境へ赴くことになった」

「そ、そんな……」

「心配するな。焔《えん》と寧では兵力に開きがある。五日とたたずに勝敗は決するだろう。必ず無事に戻る。俺にはこのお守りもあることだしな」

房飾りを受け取った天煌様は、指に触れて眉をひそめ、私の頬に手を添えた。

「体が冷えきっているな」

そう言って上衣で体を包み込むように抱きしめられ、私は狼狽《ろうばい》して裏返った声をあげる。

「天煌様!?」

「何をする、強気な方の若造！　翠蓮から離れぬか！」

「体を温めてやっているだけだ。風邪を引かせたくないなら黙っていろ」

抗議する小龍だったが、天煌様の反論に「ぐぬ……」と呻《うめ》き声をもらして押し黙った。

私の心臓はどんどん熱を帯びて加速していく。最近、煌さんの方は全く触れてこなかったけれど、天煌様は違う。せっかく心臓の調子が落ちついてきていたのに……。

慌てふためく私の頭に顎を乗せ、天煌様は更に強く体を抱きしめてくる。

鼓動の速さに戸惑いを覚えていると、天煌様の後ろに控えていた史厳さんが口を開いた。

「天煌様、夜も遅いですし、そろそろ」

史厳さんの他、護衛の宦官たちが困惑した表情でこちらを見ている。

天煌様はチッと舌打ちして、私から体を離した。

そして、私の肩に上衣をかけ、寝殿の方へと向かいながら護衛たちに命令する。

「送っていってやれ」

五名のうち二名が「御意」と言って頭を垂れた。

私はドキドキしながら天煌様の背中を見つめる。やっぱり優しい男性だ。煌さんとは違って強引だけど。彼はあそこまで私に触れてこない。それがちょっぴり物寂しく思えてしまう。

——物寂しいって、何を考えているの？　触れられたら触れられたで心臓がおかしくなるのに。私ったら、どうかしてしまったのかしら？

自分でも自分のことがわからず、首を傾げる。この感情を何と呼べばいいのか。

二人の男性に対する複雑な思いと胸の高鳴りに、ただ戸惑うばかりだった。

眠れぬ夜を過ごした翌朝。私はまた小龍を連れて王の寝殿に赴いた。戦場へ出立する前に煌さんとも会って話をしたかったからだ。

王の園林を通り過ぎると、史厳さんや護衛を従えてこちらに向かってくる彼の姿が見えた。

「煌さん！」

おそらく、もう人格が変わっているはずだと予測して彼の名を呼び、駆け寄っていく。

「翠蓮!?　どうしたのですか？」

「見送りにきたのです。昨日、あなたが戦場に行くという話を聞いて」

煌さんは目を丸くしたまま、肩に止まっている雛雀へ視線を移した。雛雀が話をもらしたのではないかと疑っているのだろう。

すぐに雛雀は煌さんから目をそらし、とぼけた顔で口笛を吹いた。

「なぜ何も話してくれなかったのですか？」

少し強い語調で訊《き》いた私に、煌さんはしゅんと肩を落として謝罪する。

「すみません。余計な心配をかけるかと思って。今このことを説明しに紅華宮《こうかきゅう》へ向かっていたところでした。方針が決まってから全部話すつもりだったのです」

私の側にいた小龍が、煌さんを見下すように鼻を鳴らした。

「まるで叱られた子犬じゃな。情けなや。人格が変わると、こうも違うのか」

「やめなさい、小龍。責めるつもりはなかったのです。これを渡したくて来たのですから」

私は小龍をたしなめ、懐《ふところ》から赤い房飾りを取り出して煌さんに手渡す。

「房飾り、ですか？」

「ええ、お守りです。無事に戻ってこられるように願いを込めて編みました」

これを渡すためにどうしても彼に会いたかった。煌さんにだけ絵を贈って、天煌様が気を悪くしたみたいだったから、彼のためにも房飾りを徹夜で編んだのだ。

「あなたが手ずから……？」

感激した様子で房飾りを見つめる煌さんだったが、ハッとして腰に佩《は》いていた剣に視線を移す。柄《つか》の円環には、昨日天煌様に渡した房飾りが結ばれていた。

吉祥文様の編み方が煌さんに渡した房飾りとそっくりなので、感づいたのかもしれない。

「実は昨日、天煌様にも渡していたのです。剣の柄につけてくれたみたいですね」

「……天煌にも、先に……？」

煌さんの眉間に皺《しわ》が寄り、とたんに不機嫌な顔になる。

天煌様の房飾りと意匠が同じだから、手抜きだと思われたのだろうか。

「ごめんなさい。みてくれは悪いかもしれませんが、気持ちはしっかり込めましたから。あなたを守ってくれるように。だから、必ず無事に戻ってきてくださいね」

努めて明るく告げると、煌さんは感極まった表情で私を見つめてきた。

「……翠蓮」

せつなそうな声で名前を呼ばれた直後、私の体は彼の力強い腕と広い胸に包まれる。

「こ、煌さん!?」

突然彼に抱きしめられ、私は裏返った声をあげて驚きと戸惑いをあらわにした。

名前を呼んでも腕の中でもがいてみても、煌さんはそのまま私を放そうとしない。

「おい、離れぬか、若造！　翠蓮が苦しがっておる！」

「宦官たちも皆、見てますよ、ご主人様」

煌さんの耳もとで小龍が騒ぎ立て、雛雀はごほんと咳払《せきばら》いをする。

彼らの声を聞いて我に返ったのか、煌さんは慌てて私から体を離した。

「す、すみません！」

「い、いえ……」

私は煌さんから顔を背け、火照《ほて》った頬を両手で隠すように押さえる。感謝の気持ちを伝えようとして、抱きしめてきただけだろうか。嫌なわけではなかったのだけど……。

ドキドキしながら考えていると、煌さんの後方に控えていた史厳さんが口を開いた。

「では陛下、そろそろ」

煌さんは残念そうに「ああ」と答え、雛雀に目を向ける。

「雛雀、君は戦場まで連れていけない。ここに残ってくれ」

「僕、そこにいる蛇とは違ってお役に立てますよ？」

「何じゃと～!?」

「小龍！」

雛雀に飛びかかろうとする小龍を、私はとっさに捕まえて胸に抱いた。

「兵力の差はあるが、戦場では何が起こるかわからない。王宮に累が及ぶ可能性もわずかながらある。翠蓮の側にいて、万が一の時は彼女を守ってほしいんだ」

「……わかりました。お任せください！」

「雛雀」

勝手に引き受けてしまった雛雀をたしなめるように呼んで、煌さんの顔を見つめる。

心配してくれる気持ちはうれしいけれど、雛雀には彼を補佐してほしいから複雑な心境だ。

不安を募らせていた私に、煌さんは安心させるように笑みを浮かべて言った。

「大丈夫です。必ず無事に戻ります。何かあっても、この房飾りが守ってくれるでしょう」

彼の言葉と笑顔のおかげで気持ちが軽くなる。彼の方が不安な立場なのに、逆に気を遣わせてしまった。煌さんを勇気づけるためにここまで見送りにきたのに。

このままではいけない。彼が少しでも安心して戦地へ赴けるように明るく送り出そう。

「ご武運を。無事のお戻りを心よりお待ちしています」

私は胸の前で拱手し、精一杯の笑顔で告げた。複雑な思いも不安も全部胸の中に押し込めて。

煌さんも笑顔で「はい」と返事をする。そして、一瞬だけ名残惜《なごりお》しそうな顔をした後、史厳さんたちを引き連れて門の方角へと去っていった。

離れていく彼の背中を見て、押し込めていた不安がまた胸に広がってしまう。

姿が見えなくなると全身を蝕み、しばらく何も手につかなくなるほど私を苦しめたのだった。


どうしてこんなに嫌な予感がするのだろう。

煌さんを見送った後、私は不安でずっと眠れない日々を過ごしていた。

天煌様は一騎当千と言われているほど強く、煌さんは戦略に長《た》けている。雛雀が大丈夫だと何度も念を押してくれたが、日が経過するにつれて胸にどんどん不安が降り積もっていった。

そして、出兵から十日目の午後――。

「……様。翠蓮様！　ねえ、聞いてる？」

桜蘭様に問いかけられ、私はハッとして顔をあげる。

「ごめんなさい！　ついボーッとしちゃって」

せっかく気晴らしになるからと茶会に招いてもらったのに、気もそぞろで申し訳ない。

用意してくれたお茶や茶菓子も私のぶんだけ手つかずだ。

「陛下のことが心配？　もう出兵して十日ですものね」

「え、ええ。そうですね」

図星を指され、内心狼狽しながら相づちを打つ。

天煌様は、五日もあれば勝敗は決すると言っていたのに、いまだ何の情報も入ってこない。

「桜蘭様は陛下が心配ではないのですか？」

「うーん、何日も眠れていない様子のあなたほどではないわね」

私は思わず手で目もとを隠した。確かに眠れていないが、そんなにクマがひどいのだろうか。

「ふふ。陛下は素敵な方だと思うけど、私には祖国に恋人がいるわ。だから、私に遠慮せず惚《の》気《ろけ》ちゃってもいいのよ？　最近陛下とイチャイチャしているのでしょう？」

「い、いえっ！　良くはしていただいていますけれど、イチャイチャとかは……」

「あら、つまらないわね。面白い話が聞けるかと思ったのに」

慌てふためく私を見て、桜蘭様はニヤニヤと笑う。どうやら、からかわれているようだ。

「春凜様は捕まってしまうし、焔と寧も戦になって、さすがの私も塞ぎ込んでしまうわ。私も気晴らしがしたいと思って、あなたを呼んだのよ」

桜蘭様は珍しく眉を曇らせ、憂鬱そうに溜息をついた。彼女もやはり心配ではあったのか。

桜蘭様は情報通だから、何か知っているかもしれない。

「あの、桜蘭様。戦況について何かご存じではありませんか？」

桜蘭様は悩むように腕を組み、しばらく私を見すえてから口を開いた。

「情報を仕入れている太監から聞いた話によると、戦況は思わしくないそうよ。今のは話すべきか迷ったのだけど。あなた、余計な心配をしてしまいそうだから」

「……戦況は思わしくない？」

「ええ。でも、あくまで噂話だから、はっきりしたことはわからないわよ？」

桜蘭様の話を聞いて、私の顔から一気に血の気が引いた。

「翠蓮様、大丈夫？　お顔が真っ青よ。手も少し震えているわ」

「……い、いえ。大丈夫です」

桜蘭様は心配そうに私を見つめ、また溜息をもらして告げる。

「やっぱり話さない方がよかったのかしらね。茶会はまた別の日にやりましょう。その様子だとあなた、茶会どころではないでしょう？」

正直、彼女の申し出はとてもありがたかった。不安で居ても立ってもいられなかったから。

「ごめんなさい、桜蘭様。茶会はまた改めて」

私は桜蘭様に一礼して、すぐに部屋を出る。

煌さんたちのことが心配で仕方ない。何もせずにはいられなかった。

脇目も振らずに後宮の大路《おおじ》を駆け、木々の多い西の園林《ていえん》へと向かっていく。

まずは彼を捜し出さなければ。最近はいつもこの辺りで過ごしていたはずだ。

「雛雀！　雛雀！」

周囲を見回しながら名を呼ぶと、雛雀が木々の間から私に向かって飛んできた。

「どうかしましたか、主様？」

「雛雀！　あなた前に、高速の飛行能力があると言っていたわよね？　寧との国境まで偵察に向かうことはできる？　戦況を確かめてきてほしいの」

私の真剣な顔を見て、丸々としていた雛雀の目がキリッと鋭くなる。

「わかりました。すぐに行って戻ってきます。僕が役に立つことを証明してみせますよ」

「ありがとう。お願いね」

西の空へと飛び立つ雛雀を、私は祈るように手を組みながら見送った。

――どうか、何事もありませんように。

空を見あげてひたすら祈る。そんなことしかできない自分が歯がゆくてたまらなかった。


雲が少しずつ黄昏《たそがれ》の色を取り込み、西の空へと流れていく。

「おい、翠蓮。いつまでそうしているつもりじゃ。今日は冷えるから風邪を引いてしまうぞ」

紅華宮の前で空を見あげていると、小龍が心配そうに声をかけてきた。

「私は大丈夫よ」

小龍に微笑んで返し、また西の空に目を向ける。部屋にいても気になって仕方がないから、外にいた方がいい。雛雀が戻ってきたらすぐわかるように。

「……む？　翠蓮、あれを見よ！　火の玉のような光が近づいてくるぞ！」

小龍が北西の空を指さして告げる。

そちらに視線を移すと、高速で飛行してくる赤い光が視界に入った。

「雛雀！」

私は彼に向かって手を振り、居場所を伝える。

雛雀は「主様〜！」と声をあげ、空に向かって掲げた私の手に降り立った。

「どうだったの、雛雀？」

深刻そうな表情の彼に、矢も盾もたまらず尋ねる。

「だいぶ押されているようでした。焔国軍の動きはなぜか寧国軍に全て読まれているらしくて。まるで未来が視えているかのように」

「……未来が視える？」

その言葉を聞いて、私は欣依のことを思い出した。何でも見通すことができるという占術師。

まさか、彼女が関わっているのだろうか。

いや、根拠の乏しい憶測だ。今は余計な詮索をしている場合ではない。

「煌さんは、天煌様はご無事なの？」

「僕が見かけた時は無事でしたが。休戦協定を結んでいるはずの蒙奴《もうど》から寧の伏兵が現れて、かなり危険な状況でした。今はどうなっているか……」

私は口もとを押さえ、「……そんな」と声を震わせた。

「すみません。僕に備わっているのは飛行能力だけで戦闘能力はないため、どうにもできず」

――どうすればいいの？　このままじゃ天煌様たちが……。

嫌な想像をすぐに首を左右に振って打ち消す。

弱気になっていてはだめだ。今は考えなければ。私に何ができるのか。

ふいに、ある考えが私の脳裏をよぎった。

やるべきことが見えた私は、踵《きびす》を返して走り出す。

「翠蓮、どうしたのじゃ⁉」

小龍が私を追いながら尋ねてきたが、話す時間も惜しくて答えずに紅華宮へと駆け入った。

できるかどうかはわからない。でも、やるしかない。これは私にしかできないこと。

――絵を具現化させて皆を助けたい！

急いで自室に戻り、卓子の上に画材を並べる。まず大事なのは何を描くかだ。生半可な生き物ではいけない。状況を覆せるほど強力な存在でなければ。

何がいいだろうと顔をあげた時、壁に飾ってあった神獣の素描が目に入った。

以前、煌さんが贈ってくれた陸璋の作品だ。朱雀、青龍、白虎《びゃっこ》、そして玄武《げんぶ》。

四神の中でも玄武は生命と水を司る神獣だとされている。寧との国境付近には河川が多い。

――これだわ！

私は筆を取り、紙に玄武の輪郭を走らせた。だが、つい陸璋の素描に目がいってしまう。

すぐにかぶりを振って自分の作品と向き合った。陸璋の絵にとらわれてはだめだ。私自身で創造しなければ、きっと力は宿らない。自分の手と頭で描《えが》くのだ。真心を込めて。

私の存在を受け入れ、自由に生きさせてくれた、煌さん。私を危険から守り、不器用な優しさを与えてくれた、天煌様。絶対に失いたくない。

——今、気づいたわ。二人が私にとってどれだけ大切な存在なのか。

彼らを想いながら絵に色をのせていく。

長めの手足と首を備えた亀のような体には、淡い緑を。体に巻きつく蛇の形を取った尾は黄色く、亀の甲羅は黄金色に輝かせる。体と尾の境目は階調を入れてぼかした。

蛇と亀の体が分離した色合いの濃い陸璋の作品とは違う、私だけの玄武だ。

——天よ、どうかこの絵に力を。焔や大切な人を守る力を与えてください。皆を守れるのなら私はどうなっても構いません。だからどうか……。

願いを込めながら、玄武の瞳に金色《こんじき》の瞳孔を描き込む。

——私の前に姿を現して、玄武！

絵が完成した瞬間、私の右手に『画』の文字が輝き、紙から強烈な光がほとばしった。

その光は開いた窓から外へと放射し、巨大な玄武の輪郭を形成して宙に浮かびあがる。

私の描いた絵が徐々に色味を帯び、現実の生き物として具現化した。

「あれは……!?」

空に浮かんだ玄武を見て、小龍と雛雀が驚きをあらわにする。

「我を喚《よ》び出したのはそなただな？」

窓辺に近づいて空を見あげると、玄武が私を見下ろし尋ねてきた。

「ええ、私よ。あなたの力を借りたいの」

玄武をまっすぐ見すえて答える。臆することはない。これは私が望んだ状況なのだから。

「具体的には何を望む？」

「焔から寧の軍を退けてほしいの。天煌様たちを守って。お願い！」

「願いを叶えるのは容易《たやす》い。だが、その代償にそなたの霊力を要求する。それでも構わぬか？」

「……霊力？」

「いけません。あの者は主様の生命力を要求しているのです。大きな力を使うほど霊力が必要になりますから。主様が強く願うと、霊力になって作用してしまう。玄武の要求に応じれば、おそらく数年から数十年寿命を縮めることになるでしょう」

眉をひそめた私に、雛雀が険しい表情で説明してくれた。

「構わないわ。それで天煌様たちを救うことができるのなら」

「翠蓮!?　だめじゃ！」

「いいのよ、小龍。玄武、私の霊力を差し出すわ。だからお願い、天煌様たちを助けて！」

私は少しの迷いもなく、玄武の目を見て懇願する。

「承知した。そなたの願いを叶えよう」

玄武がそう答えた直後、空に浮かんでいた巨体が霧散した。まさしく霧のように。

「消えた!?」

驚く小龍と雛雀の傍《かたわ》らで、私は動じることなく西の空を見あげて祈る。

――どうかご無事で。煌さん、天煌様。

彼らが助かるのなら、ここで命が尽きても構わないと思った。


戦場のあちこちで血が飛び交い、剣戟《けんげき》の音や断末魔が響いている。

俺は死角から斬りかかってきた伏兵の攻撃をどうにかかわし、即座に剣を振りおろした。

血しぶきが舞い、俺の顔や戦袍《せんほう》にまた血が付着する。

「天煌様！　お怪我は？　ご無事でいらっしゃいますか？」

近くにいた史厳が血まみれの俺を見て、心配そうに尋ねてきた。

「誰に訊いている？　これは全て返り血だ」

俺自身に傷は一つもない。だが、寧国軍の猛攻にだいぶ体力を削られていた。

敵は全て視えているのではないだろうか。焔国軍の布陣も俺の居場所も戦況も。あるいは軍の中枢に裏切り者がいるのか。そう思えるほど、敵は執拗《しつよう》に俺ばかりを狙い撃ちしてきたのだ。

「焔王はあそこだ！　かかれ！　焔王さえ仕留めれば我が国の勝利だ！」

怪訝《けげん》に思っていたところで響いた声に、ハッとして振り返る。

どこから湧いたのか、後方から新手となる敵兵が五十ほどこちらに近づいてきていた。

「陛下をお守りするのです！」

史厳が周辺にいた護衛部隊に指示を出す。

だが、多くの護衛はすでに倒されており、新たに現れた敵兵の半分も集まってこない。

本当にどうなっているのか。敵は完全にこの戦の情報を掌握している。

戦は何よりも情報が重要だ。いくら兵力に差があっても、動きを全部読まれていては、勝ちようがない。精鋭揃いだった護衛部隊が、もうほとんど残っていないとは。

寡兵ながら奮戦する俺たちだったが、敵軍の猛攻に押され、川沿いまで追い込まれてしまう。

敵軍の将兵と思われる壮年の男が俺の方へと近づき、不敵な笑みを浮かべた。

「ここまでのようだな、焔王。赤き獅子王として名を馳せた男が、今では袋の鼠《ねずみ》か」

俺の額から初めて汗が流れ落ちる。剣も人を斬りすぎて刃こぼれがひどく、これ以上は機能しそうにない。昼夜問わず奇襲され、体力も限界に近づいていた。さすがにまずい。

俺は震える手で剣の柄を握り、円環に結んであった房飾りに目を向ける。

――翠蓮。

戦場に咲く花のように強く美しい女性の姿が脳裏をよぎった。誰もが俺を恐れ、目を合わせようともしなかったのに。俺に畏怖ではなく優しさを向けてきた初めての人間。

――必ず無事戻ると約束したのにな。怪我は免れそうもないようだ。

俺は苦笑を浮かべながら目を伏せ、「すまない」とつぶやく。

「かかれ！」

俺たちを殲滅《せんめつ》しようと、敵将が自軍の兵に号令を出す。

敵兵たちが俺に向かって走り出した時だった。

川からドーンと大きな音が轟《とどろ》き、いくつもの水柱があがる。

そして、それらは蛇のように形を変え、敵兵へと襲いかかった。

「なっ!? 何だ、あれは!?」

敵兵たちは驚きをあらわにして逃走する。

水の蛇は焔の兵を避けて敵兵だけを攻撃し、下流の方角へと押し流した。

「寧の兵だけが襲われている……？」

流されていく敵兵を見て、近くにいた護衛の兵が呆然としてつぶやく。

「おい、あれを見ろ！」

別の兵が目を見開いて、東の空を指さした。

俺もそちらに視線を移して刮目する。

蛇の尾を持つ亀に似た巨大な生き物が、空に浮かびながら戦場を見下ろしていたのだ。

「ひっ！ 化け物だ！」

取り残されていた敵兵が短い悲鳴をあげ、恐怖のあまり腰を抜かす。

「こんなことが起こるとは、あの方は一言も……。撤退だ。全軍撤退せよ！」

敵将は戸惑いをあらわにつぶやき、残っていた自軍の兵に指示を出した。

寧国の兵は水蛇の攻撃を浴びながら、這々《ほうほう》の体で退却していく。

中には川へと引きずり込まれ、流されていく敵兵の姿もあった。

逃げ惑う敵兵たちを観察していた史厳が、呆然としたまま疑問を口にする。

「いったい何が起こったのでしょう？　あの玄武と思われる神獣は……？」

「翠蓮だ」

史厳が瞬《まばた》きをして「え？」と聞き返した直後、近くの兵が声をあげた。

「あっ！　神獣が消えた……？」

俺は玄武が霧散した空から剣の房飾りに目を移す。

翠蓮には絵を具現化できる能力があると言っていた。彼女が守ってくれたのだ。

「陛下！　合流が遅くなり、申し訳ございません！」

翠蓮の顔を思い浮かべていると、上流の方角から自国の援軍が駆けつけてきた。

「こ、これは……!?」

水浸しの戦場と撤退していく敵の軍勢を見て、やって来た兵たちは目を丸くする。

「状況はよくわかりませんが、敵は逃走しているようですな。我らはいかがいたしましょう？」

援軍の先頭にいた将兵が、困惑した表情でこちらに近づき、伺いを立ててきた。

俺は房飾りを見て微笑し、面もちを鋭く改めて告げる。

「追え。二度と焔の地に踏み入る気になれないほど徹底的に叩きのめしてやれ！」

兵たちは俺の命令に「はっ！」と声を揃え、潰走《かいそう》する敵軍を追撃したのだった。

茜空が徐々に群青を取り込み、夜の色に染まっていく。

——煌さん、天煌様。

私はずっと紅華宮の前で彼らの無事を祈りながら空を見あげていた。

玄武を見送ってからもう一刻は経過しただろうか。

何の報せもなく不安を募らせていると突然、頭の中で玄武の声が響いた。

〝願いは叶えたぞ〟

——え？

近くにいると錯覚して、思わず周囲を見回してしまう。

その瞬間、心臓がドクンと大きく高鳴り、視界が歪んだ。まるで天地が反転したかのように。

立っていられないほど強烈なめまいを覚え、私は地面に倒れ込んでしまう。

「翠蓮!?」

近くにいた小龍が慌てて近寄ってきた。

「おい、翠蓮！」

「主様!?」

紅華宮の屋根に止まっていた雛雀も私のもとへ飛んでくる。

「翠蓮～！」

「主様ぁ！」

私は泣きそうな二匹の声を聞きながら意識を失うのだった。

「……れん。……すいれん」

誰かが遠くから私の名前を呼んでいる。小龍だろうか。

応えたいのに、眠くて瞼が開かない。意識はまた闇に呑まれ、声も聞こえなくなる。

眠りの淵にどんどん沈んでいたところで、誰かの大声が私を呼び覚ました。

「翠蓮!!」

その声が暗闇の中にあった意識を覚醒させ、私は少しずつ瞼を開ける。

心配そうに見つめてくる男性の顔がぼんやりと目に映った。

「……煌さん?」

「翠蓮！　目が覚めたのですね？　よかった！」

煌さんは安堵の息をつき、笑顔になって私を見つめてくる。

「すいれ〜ん！」

「主様ぁ〜！」

小龍と雛雀は目を潤《うる》ませながら、私の胸に抱きついてきた。

「……え？　どうして？　私……」

「覚えていませんか？　あなたは力を発現させた後、倒れて五日も目覚めなかったのですよ」

困惑していた私は、煌さんの説明を聞いて「五日も!?」と吃驚の声をあげる。

言われてみると体がかなりだるい。まるで全身に錘《おもり》を載せられているようなひどい倦怠感《けんたい》だ。

「だから皆、とても心配しました。私たちはもちろん、暎暎も史厳も桜蘭殿も」

私は色んなことが気になり、ちゃんと話が聞きたくて上体を起こす。

「翠蓮、まだ寝ていてください。急に起きては……」

「立ちあがらなければ大丈夫です。それより、話を聞かせてください。戦は終わったのでしょうか？　あなたにお怪我は？」

「私はご覧の通り、平気です。戦の方も終わってみれば、焔の圧勝でした。私と護衛部隊だけは何度も奇襲を浴びたため、命を落とす者も多かったのですが、寧側の被害の方が甚大です。もう焔を相手に戦を起こそうという気にはならないでしょう」

彼の話を聞いて、ひとまずホッと胸を撫でおろす。戦が終わって本当によかった。亡くなった人々がいることを考えたら、素直には喜べないけれど。

「蒙奴側から伏兵が現れたという話も聞きましたが、それについては……？」

「ええ。当然追及しましたが、蒙奴は無関係だと主張しています。蒙奴の兵が現れることはありませんでしたし、関わりを示す証拠もなく、追及をかわされ続けているのが現状です」

私は蒙奴の地図を頭の中で広げ、眉を曇らせた。

蒙奴は焔と北方の領土を巡って長年争ってきた歴史がある。決して油断はできない。

「大丈夫です、翠蓮。追及を緩めるつもりはありませんし、今後更に警戒していきますから、あなたは心配しないで。戦に関することは私に任せて、体を休めてください」

「私ではお役に立てないでしょうか？」

「とんでもない。あなたの力がなければ私も兵も無事では済まなかったでしょう。あなたが戦況を変えてくれた。でも翠蓮、約束してください。二度とあのように大きな力は使わないと」

「え？　お役に立てるのに、なぜですか？」

「雛雀から話を聞きました。寿命と引き替えに玄武を使役したそうですね。私がそれを聞いた時、どんな気持ちだったかわかりますか？　どれほどの絶望を味わったか」

煌さんは胸を押さえながら、つらそうに顔を歪める。

「私はあなたを犠牲にしてまで生きていたいとは思いません。お願いですから、二度と寿命を縮めるようなことはしないでください」

「そうじゃぞ、翠蓮！　我が何でも言うことを聞いてやるから、二度とするな！」

「主様、玄武は二度と描かないでくださいね！」

必死に訴える彼らを見て、私は胸を詰まらせた。煌さんも小龍も雛雀も、こんなに心配してくれていたのだ。私の安全を何より大事に考えてくれている。その思いをむげにはできない。

「わかりました。もう皆に心配をかけたくありませんし、この力で人を傷つけたくありません。私もまだ生きていたいですし」

煌さんははっきり言わなかったが、玄武の力によって命を落とした人もいただろう。

「本当ですか？」

少し表情を明るくして訊いてきた煌さんに、微笑を浮かべて「ええ」と頷く。

「よかった。自然を操るほど強力な神獣でもなければ問題はないそうですから、それ以外の絵は自由に描いてくれて構いません。ただ、今はゆっくり休んでください」

煌さんが私を寝かせようと両肩に優しく手を添えた。

「そうですよ。主様は今、著しく体力を消耗している状態ですから、回復に努めてください」

「さあ翠蓮、横になるのじゃ。我が衾褥《ふとん》をかけてやろう」

雛雀は嘴《くちばし》で右側を、小龍は小さな手で左側の衾褥を掴み、横になった私の体にかけてくる。

本当に優しい子たちだ。役に立たない力だと悲観したこともあったけど、彼らを見ていると心から備わってよかったと思える。

もっと胸を張って生きられるようになりたい。煌さんたちと一緒に、これからもずっと。

私は初めて明るい未来を思い描きながら、ゆっくりと目を閉じた。


私の体調は日ごとに回復し、意識を取り戻してから七日が経過した。

そして、ある決意を胸に臨《のぞ》んだその日の午後――。

「こんにちは、翠蓮様。今日はお招きありがとう。体の方はもう大丈夫？」

「ええ。すっかり」

私の部屋にやって来た桜蘭様を笑顔で迎え入れて頷く。

今日は初めて私から桜蘭様を茶会に招待した。随分と心配をかけたみたいだったから。

「体調がよくなってよかったわ。あら、美味《おい》しそうなお菓子ね！」

卓子に並んだ月餅《げっぺい》や胡麻団子などの茶菓子を見て、甘党の桜蘭様は瞳を輝かせる。彼女のために高価な茉莉花《まつりか》茶を用意して、胡蝶蘭《こちょうらん》を飾ったりもしたのだけど、花より団子のようだ。

今日の茶会はこの前、途中で退席したお詫びも兼ねている。それと、もう一つ目的があった。

「茶会を始める前に少しいいでしょうか？　暎暎も、話したいことがあるの」

部屋の隅に控えていた暎暎は、きょとんとした顔で中央の席へと近づいてくる。

「はい。何でしょうか？」

「改まってどうしたの？」

二人の問いかけにすぐには答えず、一度深呼吸をした。おしゃべりな二人に話したら、後宮中に知れ渡ることになる。それでもいい。これからは自分を偽らず、堂々と生きたいから。

「小龍」

静かに名前を呼ぶと、卓子の下から小龍が二人の前にサッと現れた。

桜蘭様と暎暎は小龍を見て、目をぱちくりさせる。

「二人とも、翠蓮のことでは心配をかけたようじゃな」

二人は「なっ⁉」と吃驚の声をあげ、大きく体を震わせた。だいぶ怖がっているようだ。

帝国の宮女たちや皇后様の反応を思い出し、拳を握りしめる私だったが――。

「な、なっ、何てかわいらしいの！」

「聞きましたか？　今、愛らしい声でしゃべりましたよ！　しかも、ちょっと偉そうに」

『かわいい〜！』とはしゃぐ二人を見て、今度は私が目をぱちくりさせた。

「二人とも、怖くはないのですか？」

「驚きはしたけど、全然。見れば見るほど珍妙で愛らしさがあって、癖になりそうだわ」

「実は私、何度か見かけたことはあったのです。姚妃《ようひ》様が隠したがっているように見えたから、黙って密かに観察していたんですけど。こうやって紹介してくださってうれしいです。小龍ちゃんっていうんですね。私、暎暎です。どうぞよろしくお願いします〜！」

「小龍ちゃん、じゃと？　我は最強の神獣・青龍じゃ！　小龍様と呼ばぬか、無礼者！」

強がりな彼の反応に、桜蘭様と暎暎は怖がることもなく「ぷくく」と笑いをこらえる。

「それで、この愛らしくて不思議な生き物はいったい何なの？」

「実は、私が幼い頃に描いて具現化させた絵の龍なのです」

「絵の龍!?　それって、神仙の血を引く王族にだけ稀に宿ると言われる異能の力？」

桜蘭様が驚きをあらわにして尋ねてきた。

「力についてご存じなのですか？」

「まあね。洲《しゅう》にも別の異能を受け継ぐ王族がいるから」

「私の他にも異能を使える人が……？」

「ええ。この大陸には六つの国があるでしょう？　どの国も神仙が興《おこ》したと言われているわ。六神仙の末裔だけが、異能を受け継ぐ資格があるそうよ。だいたい各国で五十年から百年に一人の割合で、力を有した王族が生まれるのだとか。嶺の開祖は画仙だったわよね？」

私は桜蘭様の問いかけに目を丸くしたまま頷く。知らなかった。そんな法則があったなんて。

「神仙の力について、王族なら普通は知っているものなのでしょうか？」

「うーん、国家機密にしている国もあるらしいから。国によっては知らない王族もいるんじゃないかしら。私も嶺と洲の情報以外は把握していないわ。画仙は伝承になっているほど有名だからね。もしかして、寧との戦で現れたという玄武、あれもあなたが描いたものなの？」

「え、ええ。私が具現化させたものです」

桜蘭様と暎暎は大きく目を見開いて、口角を震わせる。さすがに恐ろしく思われただろうか。

「すごいです！　玄武については見かけた宮女もいて噂になってたんですけど、姚妃様が描かれた神獣だったのですね！　焰の軍を守ったという話ですし、救世主じゃないですか〜！」

「さすが大陸最強だったと言われる画仙の異能ね。玄武を具現化させて自国を勝利に導くなんて、力の次元が違うわ。嶺が他国を圧倒して帝国を築けたのは、画仙の異能があったからなのではないかしら？　本当にすごい力だわ！」

不安を覚えていた私だったが、二人に尊敬の眼差しを向けられ、たじろいだ。

何か、思っていた反応とは違う。こんなに賞賛されたのは初めてだから、少しくすぐったい。

——でも、よかったわ。気味悪がられずに受け入れてもらえて。

私は安堵の笑みを浮かべ、桜蘭様と席に着いて話を続ける。

そして、胡麻団子や茉莉花茶を味わいながら、彼女たちと思う存分茶会を楽しんだ。

王の園林に斜光が差し、淡い色合いの花々を橙《だいだい》色に輝かせている。

なぜか普段よりも一段と美しく見えた。鼻歌を歌って作業したい気分になる。

「何だか楽しそうですね。いいことでもありましたか？」

張りきって植物に水をまいていると、近くで剪定作業をしていた煌さんが問いかけてきた。

「え？　ええ。宮女たちに小龍のことを紹介したのですが皆、怖がらずに受け入れてくれて」

私は昼間のことを思い出しながら答える。怖がるどころか皆、小龍を『かわいい！』と言って愛でてくれた。私も異能のことをひたすら賞賛されて、小龍とタジタジしていたのだっけ。

「そうですか。焔には強くて珍しいものを好む人間が多いですから。あなたたちのことを知れば、皆に好まれると思っていました。よかったですね」

「はい。告白できたのは煌さんのおかげです。あなたが私を受け入れて、いつでも優しく接してくれたから、皆にも告げる勇気が持てたのです」

「私は当然の反応をしたまでですよ。優しい人柄に触れ、知れば知るほどあなたを好きになる。私が受け入れていなくても皆、あなたを知れば知るほど好きになっていたでしょう」

「そっ、それは……」

彼の発言をどう捉えていいのかわからず、私は言葉を詰まらせる。

――好きになるって、人としてってことよね？　きっと友愛の情みたいなものだわ。

「あっ！　いえ、今のは……」

誤解を招く発言だと気づいたのか、煌さんが真っ赤になって声をうわずらせた。

私たちはしばらく無言であたふたと視線をさまよわせる。

黙っているのも落ちつかず口を開こうとした時、遠くから「陛下！」と声が響いた。

私たちはハッとして、園林の入り口に視線を移す。

「この時間は姚妃と仲良く園芸作業をしているという噂は本当だったのですね」

色鮮やかな旗袍《チーパオ》風の衣裳を着た中年女性が、護衛や侍女たちを伴い近づいてきた。

王太后様だ。

「陛下、二人で少しお話ししたいことがあるのですが、よろしいでしょうか？」

王太后様に含みありげな視線を向けられ、私は小さく肩を震わせる。

空気を読むようにということだろう。ここは王太后様に配慮して離れた方がよさそうだ。

「私はこれで失礼しますね」

二人にぺこりと頭を下げて歩き出す。話は気になるけれど、居座るわけにもいかない。

「翠蓮！」

煌さんが呼び止めてきたが、微笑を浮かべて会釈するだけに留め、園林から出ていった。

翠蓮が園林の向こう側へと去っていく。まだ話したいことがあったのに。

うっかり告白めいた言葉を口にして否定しかけたことに対し、弁明したかったのだが。

「陛下、随分と姚妃を寵愛されているようだけど、約束は守っていただけるのでしょうね？」

王太后に、貼りつけたような笑顔で問われ、私はハッと目を見開いた。

「……大丈夫です。約束は忘れていませんから」

彼女と視線を合わさず、抑揚のない声で答える。

王太后はホッと息をつき、今度は朗らかな笑顔で口を開いた。

「それを聞いて安心しました。陛下は妃との間にお子をもうけるつもりはないと聞いていたから、つい心配になって。邪魔をしましたね。話は以上です」

心なしか軽快な足取りで去っていく王太后を、私は遠い目をして見送る。

本当は約束を忘れかけていた。翠蓮と過ごす日々があまりにも幸せすぎて。

でも、忘れてはいけない。近い将来、私は玉座から退き、何も持たないただの男になる。そんな私に翠蓮はついてきたいと思うだろうか。私には天煌のような積極性も男らしさもない。

彼の方がよほど頼もしいと思われているのではないだろうか。

まさか天煌と自分を比べて、自信をなくしてしまうとは……。

翠蓮には絶対に言えない。もう一人の自分に嫉妬しているなんて。

私は一度空を仰ぎ、大きな溜息をついたのだった。

第四章　お荷物公主の帰る場所

「はぁ〜」

朝靄《あさもや》が漂う王の園林《ていえん》に、煌さんの大きな溜息が響き渡る。

鬱々とした表情の彼を、私は心配しながら見つめていた。

王太后様が園林にいる煌さんを尋ねてから五日。それ以来、どこか煌さんの様子がおかしい。

「何かありましたか？　最近ぼんやりしていることが多いようですが、また問題でも？」

不安になって尋ねた私に、煌さんはぎこちない笑みを浮かべて答えた。

「いえ、何もありませんよ。個人的な悩みなので気にしないでください」

悩みがあるなら、何でも相談してもらいたいのだけど。

「話を聞きますよ。私では力になれないかもしれませんが」

「大丈夫です。あなたにお話しするようなことではありませんから」

寧《ねい》との戦を直前まで秘密にされていたことを思い出し、胸がモヤモヤした。あの時と同じだ。

何も話してくれない。私はそんなに頼りにならないのだろうか。彼の力になりたいのに。

内心落ち込んでいると、南の小路《こみち》から史厳さんが「陛下！」と声をあげて駆け寄ってきた。

「史厳、何かあったのか？」

「ええ、例の件なのですが――」

史厳さんが私をチラリと見て、煌さんに耳打ちをする。私には知られたくないことのようだ。

「……何？　それは本当か？」

「はい」

「……そうか」

腕を組んで考え込む煌さんに、私は遠慮がちに問いかける。

「どうしたのでしょうか？　何か問題でも？」

「い、いえ。ご心配には及びませんよ。すみませんが、私はこれで」

煌さんはばつが悪そうに答え、史厳さんと一緒に園林から去っていった。

やっぱり何も話してくれない。信頼されていないのだろうか。私が帝国の公主だから。

そう思うと、胸がズキンと痛んだ。どんどん不安が降り積もり、疑心暗鬼に陥ってしまう。

――私に良くしてくれているのも身分を考慮して？　それとも、ただの同情？

……やっぱり異性として好かれているわけではなかったのだわ。

私は胸の前で手を握りしめ、遠ざかっていく煌さんの背中を寂しい気持ちで見つめていた。

「はぁ～」

自室の卓子《つくえ》に頬杖《ほおづえ》をつき、つい溜息をこぼしてしまう。

「何じゃ、翠蓮。溜息ばかりつきおって。あの若造の陰気さが伝染《うつ》っておるぞ」

小龍が呆《あき》れ顔で指摘しつつ、私の暗い表情を見て、「ふぅ」と溜息をついた。

……彼にも伝染ってしまったようだ。

昨日園林で別れて以降、煌さんから何も連絡がない。今朝は庭いじりにも現れなかったし。

避けられているように思えてしまう。

不安を募らせていると、部屋の外から扉を叩く音と暎暎の声が響いた。

「姚妃《ようひ》様、魏妃《ぎひ》様がお見えになっていますが」

――魏妃……桜蘭様？　どうしたのかしら？

「お通しして」

「かしこまりました」

暎暎が答えた直後、桜蘭様が扉を開け、神妙な面もちで部屋に入ってきた。

「失礼するわね。話があって来たの。あなたに伝えるべきか迷ったのだけど。翠蓮様にも関係のある重要な情報だから」

「私に関係のある情報？　何でしょうか？」

「外廷に出仕している太監から聞いたのだけど、今王宮に嶺《りょう》から使者がやって来ているみたいなの。寧との紛争にまつわる協議と同盟の強化が目的だそうよ。その使者として来訪されたのが、姚威辰《いしん》様と姚魅音様なのですって。あなたのご兄姉よね？」

桜蘭様がもたらした情報を聞いて、私の心臓はドクンと居心地の悪い音を立てた。

姚威辰――嶺帝国の第二皇子で、皇后様の嫡男だ。魅音お姉様の同腹の兄でもある。幼い頃、二人には散々いじめられた。

「それで、そのお二人があなたとの面会を希望しているみたいなの。でも、陛下は拒んだのだとか。嶺の方は、翠蓮様の顔を見なければ会談は始められないとごねているらしくてね。このままでは同盟が決裂するのではないかと、臣下たちは気を揉《も》んでいるそうよ」

煌さんが抱えていた事情を察知し、私は震える手を握りしめる。

だからだったのだ。ずっと忙しそうにしていたのも。私に何も言わなかったのも。私が兄姉たちに虐げられてきたことを知っていたから。

「余計なお世話かもしれないけれど、嶺と焔《えん》の関係が悪化したら、あなたも困るかと思って」

心配そうに見つめてくる桜蘭様に、私は微笑を浮かべて言った。

「お気遣いいただき感謝します。教えてくださって助かりました。暎暎、陛下に謁見を申請することはできる？　できるだけ早くお会いしたいの」

「わかりました。すぐ女官長に伝えます」

入り口にいた暎暎がまじめな顔をして頷き、部屋から駆け去っていく。

焔王の妃としてははっきり言っておかなければ。私は決意を胸に秘め、暎暎を見送った。

そして、返事を待つこと二刻あまり――。

「翠蓮！　どうかしましたか？　あなたが私に謁見を申請するなんて初めてなので、心配になって飛んできました」

まだ昼間だというのに、煌さんが雛雀《すうじゃく》を連れて私の部屋にやって来た。

絵の練習をしていた私は立ちあがり、鋭く煌さんを見すえて確認する。

「煌さん、王宮に私の兄と姉が来ているそうですね。私との面会を要求しているのだとか」

煌さんにジロリと睨みつけられ、雛雀が「僕じゃありませんよ？」と首を振って否定した。

「煌さん、二人の要求を呑んでください。私、兄たちに会います」

「し、しかし――」

「あなたが私のことを気遣って拒んでくださったことはわかっています。でも、寧や蒙奴との関係が悪化している今、帝国との同盟に亀裂を生じさせるわけにはいきません。あなたと国の足枷《あしかせ》にはなりたくないのです。だから、どうか私の願いを聞き入れてください」

いつまでも彼の優しさに甘えているわけにはいかない。彼と焔のためにできることがあるなら何でもしたかった。たとえ最も会いたくない人たちに罵声を浴びせられることになっても。

覚悟を胸に見すえていると、煌さんはしばらくの間考え込み、意を決した様子で口を開いた。

「わかりました。ただし、私もご一緒します。何かあってもあなたを守れるように」

「……煌さん」

見つめ合う私たちの間に小龍が割って入り、やる気をあらわに主張する。

「我も行くぞ、翠蓮！　主の守護龍じゃからな。あの兄妹が何をしてこようと守ってやる！」

煌さんと張り合っているのだろうか。がんばろうとしている姿がかわいらしくて頼もしい。

「ありがとう、小龍。煌さんも。頼りにしていますね」

私は小龍と煌さんにホッとした表情で微笑みかける。

彼らが側にいてくれるだけで本当に心強い。どんな苦難も乗り越えられるような気がした。


史厳さんが走廊《ろうか》を先導し、私はその後ろにいる煌さんに続いて赤い絨毯《じゅうたん》の上を進んでいく。

雛雀は煌さんの脇を飛んでいて、小龍は私の上衣の中だ。

身なりを整えた後、私たちは王宮内にある控え室に向かった。そこに兄たちが滞在している。

煌さんたちが一緒に来てくれて安心したが、やはりあの二人に会うのは緊張して息苦しい。

わざわざ私を呼んで、何を話そうというのだろう。

少し不安になって歩いていると、史厳さんが観音開きの立派な扉の前で立ち止まった。

「こちらのお部屋でお待ちです」

「……わかりました。私が先に入ります」

史厳さんの言葉に頷き、覚悟を決めて扉へと手を伸ばす。

まさかここまで来て嫌がらせをされることはないはずだ。

「お兄様、お姉様、翠蓮です」

控えめに叩扉《こうひ》して伺いを立てると、室内から「どうぞ」と女性の声が響いた。

私はドキドキしながら扉を開ける。

すると、花柄の艶《あで》やかな襦裙《じゅくん》をまとった女性が私の名を呼び、笑顔で駆け寄ってきた。

「翠蓮、久しぶりね！　とても会いたかったわ」

「……魅音お姉様？」

「また会えてうれしいぞ、翠蓮。元気にしていたか？」

白と金の豪奢な長袍《ちょうほう》をまとった男性も、朗らかな表情で近づいてくる。

久しぶりに会ったのですぐには気づかなかったが、四つ年上の兄である威辰だ。体型は中肉中背で、顔立ちにもこれといった特徴がない。だが、黒い長髪を収めたきらきらしい小冠《しょうかん》や金糸で飾り立てられた衣裳でわかった。派手な装飾を好む気質は昔と変わらない。

変わったところといえば、この態度だ。兄も姉も私に笑顔を向けたことなど一度もなかった。

戸惑って顔を強《こわ》ばらせていた私に、姉が笑みを浮かべたまま話しかけてくる。

「ここでの生活はどう？　焔王に関しては悪い噂があったから、ずっと心配していたのよ？」

「お、おい、魅音っ。人前だぞ」

私の後方にいた煌さんの存在に気づき、兄が小声で姉をたしなめた。

「お初にお目にかかります。朱《しゅ》煌天です」

煌さんが部屋に足を踏み入れ、私の隣から兄たちに挨拶をする。

「朱煌天？　では、あなたが……」

「……焔王陛下……？」

兄と姉は瞠目して煌さんを見つめた。

「……嘘。噂とは全然違うじゃない」

姉が頬を赤く染め、陶然とした様子でつぶやく。

「はじめまして。嶺帝国の第二皇子・姚威辰です。要求に応じていただき感謝します」

兄が拱手して煌さんに挨拶し、ボーッとしたままの姉を肘で小突く。

姉はハッと目を見開き、煌さんに向かって拱手しながら笑顔で口を開いた。

「姚魅音です。お目にかかれて光栄ですわ、陛下」

煌さんは無表情で二人に会釈し、さっさと話を進める。

「翠蓮と話がしたいとのことでしたが」

「ええ。妹がこちらでどのような扱いを受けているのか心配で。でも、見た限りでは心配する必要はなかったみたい」

姉が私の耳飾りや簪《かんざし》に目を留めて微笑み、煌さんの方に近づいていく。

私が身につけているのは以前煌さんに贈ってもらった、見るからに高価な装飾品だ。

「妹を大事に扱っていただいているようですわね。感謝いたしますわ、陛下」

姉が煌さんの手を両手で握り、艶然とした笑みを浮かべる。

二人の姿を見て、なぜか私の胸にズキンと痛みが走った。

「わかっていただけたのであれば、もうよろしいでしょう？　彼女は後宮へ戻します」

「まだ会ったばかりですわよ。もう少し話がしたいですわ。ぜひあなたもご一緒に」

姉が豊満な胸を押しつけるようにして煌さんの腕を取る。

彼を誘惑しているのだろうか。二人が触れ合っているのを見ただけで胸が疼《うず》く。

煌さんはどう思っているのだろう。あんなに美人で魅力的な姉に迫られて。

不安を募らせる私だったが、煌さんは姉の手を軽く振り払って言った。

「いえ、遠慮いたします。話は明日の会談で。それまでゆっくり休まれるとよいでしょう」

私の手を引いて立ち去ろうとした煌さんを、兄が呼び止める。

「お待ちを！　翠蓮と兄妹だけで話をさせていただきたい。あなたの前では本当のことを話せないかもしれないからな」

「お兄様！　私はこの国でとても大事に扱っていただいています」

「彼の前では何を言っても信じられないな。俺と魅音とお前の三人だけで話をしよう。積もる話もある。会談の席に着くのはそれからだ」

すかさず煌さんが兄を睨むように見すえて尋ねた。

「あなた方が彼女を傷つけないと言いきれますか？」

「何を言っておられる？　翠蓮は私の妹ですよ？　そうでなくとも、貴国の兵に囲まれた王宮で私たち二人に何ができる？　そんなに心配なのであれば、武器はそちらに預けましょう」

「言葉で彼女を傷つけないとも言いきれないのでは？」

煌さんに鋭く追及され、兄は苛立ちをあらわにして言い放つ。

「下手に出ていれば失礼極まりないな！　もういい。会談は中止にして帰らせてもらおう！」

「お待ちください！　陛下、どうか三人で話をさせてください」

私は退室しようとした兄を引き留め、煌さんに視線を移して願い出た。

「ですが、翠蓮……」

「大丈夫。彼らも今の状況では何もできないでしょう。私には守ってくれる存在もいますし」

上衣をギュッと握り、内側に隠れている小龍を示唆《しさ》する。隠れることに不満を示した小龍に、『あなたは秘密兵器だから』と言って納得させたのだ。小龍を見られたら厄介なことになりそうだから隠れてもらったが、いざという時は頼りになるかもしれない。

「彼女を傷つけることはないと約束できますか？」

尚も警戒して確認する煌さんに、姉が胸に手をあてて頷く。

「当たり前ですわ！　翠蓮は私たちの大切な妹です。家族を傷つけるなんてありえません！」

「当然、約束する。その証として、やはり武器は預けよう。さあ、受け取ってください」

煌さんはしばらく二人を吟味するように見すえ、兄が差し出した剣を受け取って告げた。

「翠蓮、私は部屋の外にいます。何かあったらすぐに呼んでください」

「わかりました」

私はホッとして頷き、部屋から出ていく煌さんを見送る。

だが、彼がいなくなると急に心細くなってきた。

どうしよう。嶺との関係を悪化させるわけにはいかないから、兄たちの要求に応じたけど。

「翠蓮」

姉に名を呼ばれ、私はビクリと体を震わせる。

「そんなに警戒しないでちょうだい。私たちはあなたを助けにきたのよ」

「……私を助けにきた？」

「そうだぞ。焰王の前では、ああ言っても、やはりつらかっただろう。人質のようなものだったからな。俺たちはお前を帰国させるべく、やって来たのだ。俺が考えた計画では——」

「待って。さっき思いついた策があるの。お兄様の計画よりずっと穏便に解決できるはずよ」

「ん？　どんな策だ？」

「私が翠蓮の代わりに焰王の妃になるわ。だから翠蓮、あなたは帰国しなさい」

姉の発言に、兄も私も大きく目を見開いた。

「何を言っている、魅音？　お前、いったいどういうつもりだ？」

「焰王が気に入ったの。眉目秀麗で紳士的で思いやりもあって、大陸最強と謳《うた》われるほど強いのでしょう？　戦にも連戦連勝で今一番勢いのある王の妃なら悪くないと思うのよね」

「だがそんな話、後で聞いて、父上がどう思われるか……」

「あら、お父様も、できるだけ穏便な形で翠蓮を帰国させるように仰《おお》せだったじゃない。そのためなら手段は問わないと。手違いがあったことにして、私が焰王の妃になればいいわ」

姉が言葉を発するたびに、私の心臓はズキズキした痛みを伴い加速していく。

——お姉様は何を言っているの？　今更私の代わりに煌さんに嫁ぐですって？

「うーむ、確かにそれが一番穏便に済む策ではあるか。お前を置いていくのは気が進まんが、本人が望んでいることだし、切り札がこちらにあれば後で取り戻すこともできよう」

含みありげに私を見た兄は、笑みを浮かべて告げる。

「翠蓮、魅音が身代わりになってくれるというのだ。言う通りにしよう」

「焔王のことは私に任せて、あなたは帰国しなさい」

——さっきから勝手なことばかり……。

「お断りします。私を虐げてきた人々のもとになど戻りたくありません！」

私は拳を握りしめ、きっぱりと拒絶した。

——この立場だけは絶対に譲りたくない。もう彼らの言いなりになどならないわ！

「私が代わってやろうって言っているのに……。姉の善意を無駄にするつもり？」

「善意？　お姉様は陛下の妃になりたくて、勝手に代わろうとしているだけでしょう？　私は彼の側にいたいのです。ようやく幸せを手に入れた。お姉様なんかに渡したくありません！」

姉が「なっ!?」と驚きの声をあげ、怒りに目を剝《む》く。

私は臆することなく姉を見すえた。

たとえ同情で親切にしてもらっていただけだとしても、彼と一緒にいたい。

今、気づいた。この婚姻がどれだけ私に幸せを運んでくれていたのか。

「優しくしてやっていれば、つけあがって。あんたなんてね、所詮は政の道具なのよ！　焔王だってあんたに利用価値があると思ったから大事に扱っているだけ。卑しいあんたには王の妃なんてふさわしくない。その高価な耳飾りや簪も似合わないわよ、全部私に寄越しなさい！」

「お、おい、魅音」

私に摑みかかろうとした姉を、兄が戸惑いながらたしなめる。

だが、激昂した姉は私の耳飾りを摑んで、引っ張り取ろうとした。

私は「やっ」と声をもらして抵抗する。

すると、小龍が懐《ふところ》から勢いよく飛び出してきた。

「やめよ、性悪娘！　翠蓮から離れぬか～！」

「きゃっ！」

小龍に体当たりされ、姉は短い悲鳴をあげて後ずさる。

「……なっ、何なの？　この気味の悪い蛇は!?」

「あの蛇、しゃべったぞ!?」

「へっ、蛇じゃと……!?」

二人の言葉に小龍は怒りに体を震わせ、外に向かって声を張りあげた。

「入ってまいれ、若造！　性悪兄妹が翠蓮を傷つけたぞ～！　……我の心も」

その直後、扉がドン！　と大きな音を立てて開け放たれる。

煌さんが別人かと思えるほど怖い顔をして、部屋に駆け入ってきた。

史厳さんや雛雀も後に続いてやって来る。

「どういうことでしょうか？　彼女を傷つけることはないと約束されたはずですが？」

煌さんが兄と姉をギロリと睨みつけ、説明を求めた。

「い、いえっ、傷つけてはいませんよ。意見の行き違いがあり、軽く口論しただけですので」

兄は煌さんに慌てて弁明し、姉に鋭い視線を向ける。

姉はハッと我に返った様子で口を開いた。

「私ったら、嫌ですわ。意見が合わなかったから、つい興奮して。妹のための申し出だったのですよ？　こちらの方で手違いがありましてね」

「手違い？」

「ええ。本当は私が焔に嫁ぐ予定でしたの。でも、何者かの陰謀で翠蓮が嫁ぐことになってしまって……。私は兄と一緒に誤りを正しに来たのです。焔王陛下、翠蓮は嶺に帰国させます。代わりに私をあなたの妃にしてください」

姉は媚びた笑みを浮かべ、再び煌さんの手を取る。

「あなたにとっても悪い話ではないはずですよ。私は帝国随一の名家・甘《かん》氏の娘。対して翠蓮は何の後ろ盾もない宮女の娘です。私が妃になれば帝国に色んな面で便宜を図れましょう。富も力もこの美貌も全てあなたのものになるのです。出自の卑しい翠蓮よりずっと価値が――」

腕にすがりつこうとした姉の手を払いのけ、煌さんは発言を遮るように言った。

「私にとって翠蓮以上に価値のある女性はいません。たとえ何の力も持たなくとも。彼女以外の妃なんて必要ない。魅音殿、あなたには塵《ちり》ほどの興味も湧きません。お引き取りください」

「なっ……!?」

姉は驚きと怒りに目を剝き、顔をどんどん紅潮させていく。

そして、唇をギリッと嚙《か》み、拳を強く握りしめながら部屋の外へと歩き出した。

「お、おいっ、魅音！」

怒りに任せて部屋から出ていく姉を、兄が慌てて追う。

私は呆然としながら兄たちを見送り、戸惑いをあらわに煌さんを見つめた。

「あの、煌さん。大丈夫なのでしょうか？　姉にあんなことを言って」

彼の言葉は本当にうれしかったのだが、二国の関係を考えると素直には喜べない。

「大丈夫です。あなたは気にしないでください。政治的な問題は私が何とかしますから」

——また気にするな、だなんて……。私は蚊帳《かや》の外なのね。

「私では頼りにならないでしょうか？」

「そういうことではありません。私はただ、あなたに余計な心配をかけたくなくて」

「私も一緒に悩んで、あなたの力になりたいのです。ここのところ肝心なことは何も話してくれなくて、あなたに避けられているような気さえしました」

「い、いえ！　決して避けていたわけではありません。あなたには知られたくなかったのです。私のふがいない部分を。ただ自分に自信がなかった」

煌さんは慌てて私に弁明し、一度瞼を伏せてから真剣な表情で口を開いた。

「私は遠くない将来、退位して王宮を離れます。新たな時代にふさわしい者に国を託した後、血にまみれた自分は消えようと心に決めていたから」

「……煌さん」

彼が隠していた思いを知り、私の胸は込みあげてきた感情で張り裂けそうになる。

何て悲しい決断をしたのだろう。辿ってきた過去を想像するだけで胸が苦しくて仕方ない。

――彼は己を責めながら生きてきたのね。きっと罪を償《つぐな》うために玉座についたのだわ。

「ずっと迷っていたのです。こんな自分があなたと親しくなってもいいのか。誰かを愛してもいいのか。私はあなたを――」

「おい、まじめな話をしているようじゃが、我らがいることも忘れるでないぞ！」

煌さんが何かを言いかけた時、小龍が呆れ顔で口を挟んだ。

「ご主人様は主様のことが絡むと、周りが見えなくなってしまうようですね」

「その通りです。今は色恋より政治的なことを考えていただきたいのですが。使者の機嫌を損ねてしまって、どうするおつもりなのですか？」

雛雀と史厳さんにも鋭く指摘され、煌さんは気まずそうに「あっ」と声をあげた。

「いつもはわきまえていらっしゃるのに、まったく頭が痛い」

「すまない、史厳。翠蓮を貶《おとし》められ、つい頭に血がのぼってしまって……。少し言い過ぎた。今宵開く予定だった歓待の宴で関係の改善に努めよう」

「かしこまりました。では、私は宴の準備がありますので」

史厳さんは煌さんと私に拱手し、頭の痛そうな顔で退室していった。

こうなってしまった責任を感じて、私は煌さんに頭を下げる。

「申し訳ありません。私が始めに姉の機嫌を損ねてしまったから」

「いえ、あなたは何も悪くありません。大丈夫ですから、とりあえず後宮へ戻りましょう。部屋まで送ります」

そうは言われても、気性の激しい姉がこのまま引き下がるとは思えない。

「あの、私にできることがあったら何でもおっしゃってくださいね」

煌さんは少し困ったように微笑みながら「わかりました」と答えてくれた。

私は不安な気持ちもあり、彼の言葉に甘えて部屋まで送ってもらう。

だが、意地悪な姉の顔が頭にちらつき、いつまでも嫌な予感を払拭することができなかった。


「ああっ、腹が立つ！」

苛立ちを抑えきれず、魅音は卓子に置かれた花瓶を払い落とす。

ガシャン！　と派手な音を立てて花瓶が割れ、生けてあった花が床に散乱した。

「翠蓮があんないい男と幸せになるなんて許せないわ！」

「お、おい、魅音。落ちつけよ」

物に当たり散らす魅音を、威辰が困惑した表情でなだめ、意見を求める。

「どうする？　帝国の公主を侮辱したとして同盟を破棄しようか？」

「何を言っているのよっ。それだと、勅命《ちょくめい》を果たすことができないじゃない！」

魅音は爪を噛み、どうすれば目的を果たすことができるのだろうと思考を巡らせた。

あの失礼極まりない焔王と生意気な翠蓮を、どうすれば苦しめられるのか。

方法を考えていた時、彼女の頭にある作戦が思い浮かんだ。

「お兄様が考えた計画。あれに私が少し手を加えるわ。穏便には済まないでしょうけど」

「難しい任務だからな。亀裂が入ってしまうのは仕方あるまい。お前が考えた案を聞かせろ」

「ええ。おそらく今夜、私たちを歓待する宴が開かれるわ。そこで一つ提案があるの」

「何だ？」

魅音は威辰に近づき、ささやきかけるように策を伝える。翠蓮を絶望の淵に沈める計画を。

「……なるほど。それなら可能だ。ある程度準備はしていたからな。俺はここに潜ませていた間者を使って種を仕込んでこよう」

「ええ、お願い」

魅音は退室していく威辰を見送り、床に落ちた百合を踏みつけながら不敵な笑みを浮かべた。

「お前の幸せを全部壊してあげる。見てなさい、翠蓮」


なぜか急にゾクッと寒気を覚え、皮膚が粟立《あわだ》った。

私はまた嫌な予感を覚えて自室の席から立ちあがり、窓の外を見る。誰かに覗かれていたわけではない。外に人の姿はなく、茜空に不気味なほど赤みがかった月が浮かぶばかりだ。

「どうかしたか、翠蓮？　少し顔色が悪いようじゃが」

「いいえ、何でもないわ。私は大丈夫よ」

心配そうに声をかけてきた小龍に、小さく首を振って微笑する。

「不安ならば行くのをやめてはどうじゃ？　あの兄姉、何か企《たくら》んでいるやもしれぬぞ？」

確かにその心配はあった。二人は今宵開かれる宴に、私の参席を希望してきたのだ。史厳さんからその話を聞いて、私は承諾した。要求を拒否して二人の機嫌を損ねるわけにもいかない。

「そうね。でも、油断さえしなければ大丈夫よ。宴が開かれるのは焔の王宮で、周りにいるのは味方ばかりだもの。私には守護龍がいることだしね」

「ま、まあ、そうじゃがな」

小龍はごほんと咳払いをして、偉そうに胸を張った。

「ただ、あなたはまた私の衣服の中に隠れていてね」

「何ぃ？　それは秘密兵器だからか？」

「え、ええ、そうよ。勝手に出てこないようにね。あなたは最終兵器でもあるのだから」

「……最終兵器か。であれば致し方あるまい」

彼が納得してくれたことに安堵し、私は苦笑いを浮かべながら思う。兄たちの機嫌を取るための宴なのに、小龍がうろついていたら厄介なことになりかねない。だからごめんね小龍、と。

「姚妃様、陛下がお見えです」

心の中で謝っていると、部屋の外から暎暎の声が聞こえてきた。

宴の前に迎えを寄越すとは聞いていたが、まさか煌さんが迎えにきたのだろうか。とても忙しいはずなのに。待たせるわけにもいかず、外に向かって「どうぞ」と声をかける。

すると扉が開き、煌さんが面目なさそうな顔をして部屋に入ってきた。

「すみません、翠蓮。また嫌な相手に会わせることになってしまって。私としては、あなたを宴に参加させたくはなかったのですが」

「大丈夫です。宴に出て兄や姉と顔を合わせることくらい、問題ありません」

私は笑みを浮かべて返し、震えそうになる手を握りしめる。あんなことがあった後だと二人に会うのは少し怖い。でも、会談を成功させるために私も妃としてできることをしなければ。

「姉君に関してはご心配なく。先ほど連絡が入りまして、体調不良で欠席されるようです」

「魅音お姉様が……？」

――体だけは丈夫な方なのに。何かあったのかしら？

「警備は万全の態勢であたっていますので、あなたは余計な心配などせず宴を楽しんでください。兄君のことは気になるでしょうが」

「え、ええ」

姉の欠席に何かありそうで気になったが、そこまで心配しなくても大丈夫だろうか。近くには煌さんがいる。いちおう『最終兵器』もいることだし。

「それでは、行きましょうか」

煌さんの言葉に「はい」と頷き、一緒に部屋を出る。

だが、暎暎は心ここにあらずといった様子で部屋の入り口に突っ立ったまま動こうとしない。

彼女は私の専属侍女だから、何か行事などがある際はつき従ってくれるはずなのに。

「暎暎？　どうしたの？」

声をかけると、暎暎は我に返った様子で目を見開き、私に頭を下げた。

「す、すみません！　ついボーッとしちゃって」

慌てて動き出す暎暎を心配しながら見つめる。忙しすぎて疲れが溜《た》まっているのだろうか。

私は色んなことが気になりながらも決意を翻《ひるがえ》すことはできず、彼らと会場に向かった。


楽師たちによる洞簫《ふえ》や琵琶《びわ》の賑《にぎ》やかな演奏が会場に響き渡る。

中央の広間では、天女のような衣裳を着た宮妓たちが、曲に合わせて踊りを披露していた。

客席の前には贅を尽くした宮廷料理や酒瓶が並び、客人たちの食欲をかき立てている。

帝国から来た使節団を歓待する宴は、意外なほど和《なご》やかな空気の中、進行した。

兄なんかは「ハハハッ」と機嫌よく笑い、酒杯を片手に広間の演目を楽しんでいる。

「焰の酒は美味《うま》いな！　料理もなかなかだし、女性も美しい」

私は広間を挟んで反対側の席にいる兄を時折、注意深く観察していた。

罵倒ぐらいはされる覚悟をしていたのだけど、思いのほか上機嫌のようだ。宴への参席を求めた割には私に全く絡んでこないし。取り越し苦労だったのだろうか。

物思いにふけっていると、楽師や宮妓たちの演目が終わり、兄が笑顔で話しかけてきた。

「どうだ、翠蓮、お前も楽しんでいるか？」

ようやく絡んできたか。私はゴクリと息を呑み込み、居住まいを正して答える。

「はい。宮妓たちの踊りが見事だったので」

「そうだな。だが、何も口にしていないではないか。焔の酒と料理は口に合わんのか？」

「そのようなことはありません。ただ、今は何かを口にする気にはなれなくて」

――緊張で何も喉を通りそうにないもの。

「そうか。だが、宴の席でずっと辛気くさい顔をしているのもどうかと思うぞ。酒でも飲んでみろ。楽しい気分になる」

「いえ私、お酒はあまり……」

「飲めないのか？　まあ、焔の酒は度数が高くて癖もあるしな」

兄が後方に控えていた従者に視線を向け、「アレを持ってこい」と命令した。

「はっ、ただいま」

従者は急いで使用人専用の裏口へと向かっていき、大きな酒瓶を手に戻ってくる。

従者から酒瓶を受け取った兄は、私のいる席へと移動し、目の前の卓子に置いた。

「それは……？」

「帝国から持参した最高級の白酒だ。土産《みやげ》として献上しようと思っていたのだが、せっかくだ。お前が飲んでみろ。口当たりがまろやかで癖がないから、酒に弱い者でも飲みやすいぞ」

半ば強引に酒を勧められ、下戸《げこ》である私は「でも」と言って戸惑いをあらわにする。

「まさか、毒が入っているんじゃないかと疑っているのか？　兄が妹に毒を盛るとでも？」

「いえ、そういうことではなく……」

「わかった。俺が毒味をしてやる。それなら安心して飲めるだろう」

「あっ、お兄様！」

兄は私の意思も聞かず、酒杯になみなみと酒を注いで一気にあおった。

「どうだ？　何ともあるまい。酒の度数も低く、香り高くて上品な味だぞ」

そう言って余裕の表情で私に笑いかけ、卓子に置いてあった別の杯に酒を注ぐ。

「さあ、お前も飲め」

「お兄様、でも私……」

「この俺がここまで勧めてやっているのに、恥をかかせるつもりか？」

辞退しようとしたところで兄の眉が吊りあがり、にわかに怒気をはらんだ。

「どうやら、お前は帝国と良好な関係を築きたくないようだな！」

「威辰殿、そういうことでしたら私が――」

間に割って入ろうとした煌さんに、私は「大丈夫です」と告げて、兄に申し出る。

「お兄様、私、飲みます。少しでいいのでしたら」

兄は思い通りにならなければ気が済まない性格だ。私が飲まなければ。

「ああ。酒に弱い者にたくさん飲ませるつもりはない。少し飲んだだけで気分がよくなるぞ」

兄に「さあ」と酒を勧められ、私はビクビクしながら杯を手に取る。

兄はあれだけ飲んだのに平気だったのだ。少しぐらいなら大丈夫なはず。

覚悟を決めて、少量だけ酒を口に含んで飲み込む。強い酒の臭気と熱気が私の喉を襲った。

——何これ!? 本当にこれで度数の低いお酒なの？

どんどん体が熱くなっていき、私はめまいを覚えて卓子に手をついてしまう。

「どうした、翠蓮？ たいして強くもない酒なのに。お前、そこまで下戸だったのか？」

兄が私の顔を覗き込み、ニヤリと笑った。なぜこんなに強い酒を飲んで平気なのだろう。

——まさか兄は、どんなに度数の高い酒でも酔わないほど上戸《じょうご》だったということ？

「仕方がない。少し休んでいろ。そのうち気分もよくなってくるさ」

席に戻っていく兄をぼんやり眺め、額を押さえる。顔も体も熱くて燃えてしまいそうだ。

なぜ兄は酒の度数を偽って飲ませるようなまねをしたのか。

——ただの嫌がらせ？ それだけならまだいいけれど。

「翠蓮、大丈夫ですか？」

「え、ええ。少し酔いが回っただけです」

心配そうに問いかけてきた煌さんに微笑を浮かべて答える。

衆人の前で醜態をさらすわけにはいかない。私は王の妃なのだから。

居住まいを正そうとするが、くらりとよろめき、卓子に両腕をついてしまう。

「翠蓮！」

とっさに煌さんが北側の席から駆け出し、私の体を支えてくれた。

「退席しましょう。私がつき添います」

彼の言葉を聞いて、兄が不快そうに眉をひそめる。

「おや、陛下。宴の主催者たるあなたが退席するのですか？　たかが酔った妃一人のために、我々帝国の使者を置いて。あなたがそういう姿勢なら、我らも考えなくてはいけませんな」

「私は大丈夫――うっ」

煌さんの手を押し戻そうとする私だったが、吐き気を覚えて右手で口もとを押さえた。

――だめ、吐き気まで。さすがにここにはいられないわ。

「翠蓮、やはり私も一緒に……」

「いえ、一人で出ていけます。お兄様には申し訳ありませんが」

煌さんの申し出を固辞してどうにか立ちあがり、兄に視線を向ける。

「仕方あるまい。無理はするな」

煌さんは少しの間苦悩の表情を浮かべ、後方の壁際に控えていた暎暎を呼んだ。

「暎暎、彼女を介抱してやってくれ。様子を見て医官を呼ぶように。歩けるようなら後宮へ連れて戻って構わない。護衛の兵を十分つけるように忘れるな」

暎暎が「かしこまりました」と答え、私の方へと駆け寄ってくる。

「さあ、姚妃様」

私は嶺との関係がこじれなかったことに安堵し、暎暎に体を支えられて会場から出ていった。

月明かりと篝火《かがりび》が照らす道を、眠気に耐えながら護衛たちと北上していく。

「大丈夫ですか、姚妃様？　このまま後宮へ戻ってしまっても」

ふらふらになって歩いていると、体を支えてくれていた暎暎が心配そうに問いかけてきた。

「ええ。薬湯を飲んだら頭痛と熱気はかなり収まったわ」

あまり心配をかけまいと、私は微笑を浮かべて返す。宮殿を出る前に暎暎が用意してくれた薬湯のおかげで吐き気などの症状は改善した。代わりに眠気がひどいけど。

「早く自分の衾褥《ふとん》で休みたいわ」

「では、戻りましょう」

暎暎の言葉に頷き、彼女の力を借りてゆっくり前へと進んでいく。

だが、少し進んだところで意識が遠のきかけて立ち止まった。

「姚妃様？　本当に大丈夫ですか？」

「ちょっと眠気が……」

――大丈夫だと思っていたのだけど。どんどんひどくなっていくわ。

「このままではいけませんね。近くの建物で少し休んでいきましょうか。護衛の方に運んでもらうわけにはいきませんし」

暎暎は戸惑いながら周囲にいた八名の護衛たちに視線を向ける。

「ええ。男は妃に触れてはいけない決まりなので」

「さすがに姚妃様を抱えて運ぶのは……。陛下の嫉妬も怖いですし」

護衛たちは苦笑いを浮かべて頷いた。

「じゃあ、あちらの殿舎に行きましょう。王族のための休憩室があったはずです」

私は返事をする余裕もなく、暎暎に支えられて近くの殿舎へと連れられていく。後宮へ続く道から少し外れた場所にひっそりと佇む小さめの殿舎だ。屋内から淡い明かりがもれている。

だが、私たちが全員殿舎の中に入った瞬間、突然明かりが消えた。

「申し訳ありません、姚妃様」

小さく謝罪する暎暎の声が聞こえた直後、護衛の悲鳴が耳朶《じだ》をなぶる。

「ぐわぁっ！」

驚きのあまり、眠気に支配されかけていた意識が覚醒した。

立て続けにキンッという金属音や耳障《ざわ》りな濁音が響き、護衛たちの叫声があがる。

——いったい何が起こっているの？

目が少し闇に慣れてきたものの、状況は全く把握できない。

薄闇の中、周囲を見回していると、突然近くの宮灯が一つつき、少し明るくなった。

「これは……!?」

視界に入った惨状に、私は悲鳴を押し殺すように両手で口もとを覆う。

壁や柱には血が飛び散り、護衛たちが全員血を流して床に倒れていた。

「最終兵器とはいえ、もう我慢はできぬ！　いったい何があったのじゃ？」

小龍が私の上衣の中から外へと飛び出し、眼前に広がる惨状を見て絶句する。

そして、柱の陰に人が潜んでいることに気づいて誰何《すいか》した。

「何奴じゃ！」

一拍置いて、黒装束をまとった五人の男たちが、血のついた剣を手にして姿を見せる。

そして、彼らの更に奥から現れた女性を見て、私は目を剝いた。

「魅音お姉様!?」

姉が不敵な笑みを浮かべ、私たちの方に近づいてくる。

「性悪娘め、謀ったな！」

小龍が目を三角にして姉へと飛びかかった。

「捕らえなさい」

姉が余裕綽々《しゃくしゃく》の表情で誰にともなく命令する。

すると、近くの柱から布袋を手にした男が現れ、素速く小龍に被せて捕獲した。

「なっ……!?　何をする！」

「こういう生き物を従えていることがわかっていれば、どうってことないわ」

袋に閉じ込められた小龍を見て、姉がしたりげに笑う。

「出せ〜！　出さぬか〜！」

「小龍！」

すぐに私は小龍のもとへ向かおうとするが、暎暎が腕を摑み止めてきた。

黒装束の男たちが彼女に代わって私の体を取り押さえる。

「暎暎といったかしら。よくやってくれたわね」

暎暎は微笑みかけてくる姉を警戒するように見すえて口を開いた。

「約束は守ってもらえるんですよね？」

「もちろんよ。これは両親を閉じ込めてある建物の地図。こっちはその建物の鍵よ」

姉は暎暎に近づき、折りたたまれた紙と鍵を手渡す。

「……暎暎？　どういうことなの？」

呆然としながら尋ねる私だったが、暎暎はつらそうに眉を歪めたまま何も答えない。

「その子の両親は皇城にも出入りしている宝石商でね。身柄を預からせてもらっていたのよ」

私は姉の言葉から、ここに至るまでの経緯を推察した。

——まさか、姉は暎暎の両親を人質に……？　それじゃあ、ここに連れてこられたのも、暎暎に渡された薬湯を飲んでからこんなに眠いのも、全部姉が……。

「ご命令通り、姚妃様をここまで誘導しました。私はこれで失礼してもいいでしょうか？」

「あら、だめよ。外に出て騒がれたら困るもの。あなたには翠蓮と馬車に乗ってもらうわ」

「そんな！　それじゃ、私の両親は……」

「心配しないで。私、とっても優しいんだから。あなたの両親がいる町の近くで降ろしてあげるから、その後は好きになさい。でも、このことを誰かに伝えれば、妃の誘拐に関与したあなたは捕まるでしょうね。黙って王宮から去った方が身のためよ」

暎暎は血が滲むほど唇を噛み、強く拳を握りしめた。

「それじゃあ、行きましょうか」

姉が歩き出そうとしたところで、布袋を持っていた男が困惑した表情で尋ねる。

「公主様、この蛇はいかがいたしましょう？」

「蛇じゃとぉ？　我は最強の神獣・青龍じゃ～！　我に手を出してみよ。天罰が下るぞぉ!!」

小龍は袋の中で暴れ続けながら姉たちを恫喝《どうかつ》した。

姉は少し怯えた顔をして半歩後ずさり、くねくねとうごめく袋を凝視《ぎょうし》する。

「本当に気味が悪いわね。殺して祟《たた》られでもしたら嫌だし……。とりあえず一緒に馬車に乗せなさい。その蛇の処遇はお母様の判断を仰ぐことにするわ」

「蛇じゃないわっ！」

荒ぶる小龍が入った袋を男も気味悪そうに見つつ、殿舎の外へ運んでいく。

私も二人の男に両側から腕を摑まれ、外へと連れ出されていった。

だが、殿舎を出てすぐ急激な眠気に襲われ、前方に倒れ込んでしまう。

男たちが体を支えていたおかげで転倒は免れた。ただ、眠気は増すばかりで、意識を保っていることができない。視界は闇に閉ざされ、深淵へと呑み込まれていく。

──煌さん、天煌様……。

彼らの顔を思い浮かべたところで、私の意識はプツリと途切れたのだった。

◇　◇　◇

暗闇の向こうから、馬車の車輪が回る音と小龍の声が聞こえてくる。

「出せ～！　出すのじゃ～！」

「うるせぇぞ！　黙れ！」

男の怒声と、何かが壁にドンと投げつけられるような物音が響いた。

「ぎゃっ」

「ちょっと、乱暴はやめてください！」

小龍の悲鳴と暎暎の声も耳に届く。

彼らの声が意識を覚醒させ、私は少しずつ瞼を持ちあげていった。

「……小龍？」

目を開けた私に気づき、暎暎が近づいてくる。

「姚妃様!?　よかった。気がつかれたんですね！」

「……ここは……？」

「帝国へ向かう荷馬車の中です」

まだボーッとしていた私だったが、暎暎の言葉で一気に目が覚めた。

「帝国!?」

――そうだ。私、お姉様に謀られて――

「小龍は？　無事なの？」

ハッとして周囲を見回すと、荷台の隅に落ちていた布袋がぴょんと飛びあがった。

「我のことは心配するな。ピンピンしておるぞ」

小龍が袋ごとぴょんぴょん飛び跳ね、元気であることを示す。

「……そう。よかった」

彼は絵の龍だから、水以外には強いようだ。

私は袋を見て安堵し、改めて周囲を観察した。荷台にいる見張りは二人。脱出するのはかなり難しい。小龍だけでも逃がしてやりたいが、手を縛られているから不可能だ。

前方で固く縛られた手を見て嘆息していると、暎暎が気遣わしげに尋ねてきた。

「喉は渇いていませんか？　軽食ならありますので、おなかがすいたら言ってくださいね」

「いいえ、結構よ」

「……そうですか」

素っ気なく答えた私に、暎暎は少し寂しそうに微笑する。

その顔を見て、私は軽い罪悪感を覚えた。両親を人質に取られていたのなら仕方がないと思う気持ちもある。でも、彼女にどう接していいのかわからない。簡単に割りきることは……。

「町が見えてきたぞ。降りる準備をしろ」

俯いていたところで前方の御者台から男の声が響き、しばらくして馬車が止まった。

「侍女は降りろ」

荷台にいた男に命じられて暎暎は立ちあがり、迷うような顔をしてから私に目を向ける。

「姚妃様、許していただけないと思いますが、申し訳ありませんでした。どうかお元気で」

深々とお辞儀して馬車から降りていく暎暎を、私は複雑な気持ちで見送った。

「さあ、急ぐぞ！」

御者台から男の声と馬に鞭《むち》を入れる音が響き、おもむろに馬車が動き出す。

——どうしよう。このまま帝国へ向かうしかないのかしら。なぜお姉様たちは私を帝国へ？

思い当たる節はあった。右手の甲を見つめ、小龍が閉じ込められている袋へと視線を移す。

私は大丈夫だが、小龍は消されてしまうかもしれない。父と皇后様は力の弱点を知っているから。小龍だけでも逃がしたいのに、何も手段が思い浮かばない。

私は絶望的な気持ちになりながら、暗くなっていく荷台を眺めることしかできなかった。


翠蓮に無事であることを示すため袋ごと飛びあがった時、違和感があった。

もしやと思い、我はもう一度飛びあがる。やはり、袋を縛っていた紐が緩んでいた。

——固く結ばれていたのに、なぜじゃ？　……まさか、あの時か？

見張りの男に袋ごと投げ飛ばされ、暎暎に抱きあげられた時のことを思い出す。

『ちょっと、乱暴はやめてください！』

あの時、見張りから隠すような角度で抱え、密かに紐の結び目を緩めていたのだろうか。

試しに飛びあがって結び目に頭をぶつけてみる。もう少し暴れたら紐がほどけそうだ。

だが、今はまだ脱出すべき時機ではない。じきに外は暗くなる。試みるのはその時だ。

狙い通り、荷台には夕日が差して少しずつ暗くなり、見張りの男が動き出した。

「暗くなってきたな。明かりをつけるか」

——今じゃ！

我は勢いよく飛びあがり、紐に圧力を加える。一度で紐が解け、すかさず袋から飛び出した。

「あっ、あの蛇！　待て！」

見張りの一人に気づかれたが、幌《ほろ》の隙間から素速く外へと逃げていく。

「どうした？」

「蛇が袋の紐を解いて逃げた！　どうする？　後を追うか？」

「いや、この暗さでは簡単には見つかるまい。捜す時間が無駄だ」

「そうだな。蛇一匹逃がしたところで支障はあるまい。公主を皇城へ運ぶのが最優先事項だ」

「……チッ、小賢《こざか》しい蛇め！」

真上から御者や見張りたちの悔しそうな声が聞こえてきた。遠くに逃げたと思っているのだろう。我は馬車の下に隠れてニヤリと笑い、腕を組んで考え込んだ。

これからどうしよう。王宮へ戻って若造に報せるか？　だが、ここがどこだか定かではない。

近くにいて翠蓮を逃がす時機を探るべきか。しばらくここに身を潜めていることにしよう。

小龍だけでも逃げることができてよかった。どうかそのまま焔の王宮へ戻ってほしい。

私は荷台の床に座り込み、小龍の無事を祈り続けていた。心細いけれど、これでいい。

そして、孤独と不安に耐えながら馬車に揺られること数日――。

私を乗せた馬車はついに嶺帝国の京師《みやこ》に辿りついた。

皇城の正門を通過し、一度立派な馬車に乗り換えた後、後宮へと運ばれていく。

馬車は色鮮やかな建築群を通り過ぎ、ひときわ壮麗な宮殿の前で停車した。

庇《ひさし》と庇の間にある扁額《へんがく》には、金筆で『乾黎宮《けんれいきゅう》』と記されている。

幼い頃、何度か訪れたことがあった。皇帝が居住する宮殿だ。

宦官の指示に従い馬車から降りると、宮殿の前にある階《きざはし》の下に黒い冕服《べんぷく》を着た長身痩軀《そうく》の男性が立っていた。玉飾りを連ねた冕冠《べんかん》に白髪混じりの黒髪を収めている。長い口髭《くちひげ》と眉間の皺《しわ》が厳《いか》めしい印象を与える、五十絡みの男性。嶺帝国皇帝・姚峰堅《ほうけん》。父の姿が近くにあった。

「よく戻ってきたな、翠蓮。息災だったか？」

父に笑顔で声をかけられ、私は困惑をあらわにする。

父が自ら私を出迎えるなんて……。あんな笑顔を向けられたのも、子どもの時以来だ。

「長旅で疲れたでしょう。部屋に飲茶《ヤムチャ》を用意してあるわ。中に入りましょう」

誰かと思えば、皇后様が父の後ろから作り笑いを浮かべて話しかけてきた。

彼女に笑顔を向けられたのは初めてだ。余計に警戒してしまう。

「さあ、入るがよい」

「いいえ、お父様。用件があるなら今ここでおっしゃってください」

私は馬車の前に立ち止まったまま要求した。できることなら早く焔に戻りたい。

「まあ！　主上のお心遣いをむげにするなんて、何て無礼な……！」

「よい、皇后。急に戻るように言われて、翠蓮も戸惑っているだろうからな」

気色ばむ皇后様をたしなめ、父は鋭く顔つきを改める。

「単刀直入に言おう。帝国のためにお前の力を使ってほしい」

予想はしていたものの、私は父の言葉に目を見開き、若干動揺してしまう。

「お前に異能が戻ったことは、焔に潜ませていた間者から聞き及んでおる。玄武を召喚して、寧の兵を退けたらしいな。その力を帝国のためにも役立ててほしいのだ」

——やっぱり私の力が目当てだったのね。

わかってはいた。父にとって興味があるのは、画仙の力だけなのだと。

「手始めに、南の犀《さい》国軍を玄武で退け、帝国の権威を示してはもらえまいか？」

「お断りいたします」

即答した私に、皇后様は「なっ!?」と吃驚の声をあげ、眉を吊りあげる。

「煌さんと——焔王陛下と約束したのです。もう寿命を縮めるほど大きな力は使わないと。何より自分の力でいたずらに人を傷つけたくありません！」

私は父の目を見すえ、敢然と主張した。

「下手に出ていれば……。お前、主上に逆らおうというの!?」

「何を言われても従うつもりはありません。人殺しの道具にされるなんて真っ平ですから」

彼らに従うだけの人生なんて御免だ。もう自分の心を殺して生きたくない。

「何と生意気な！　主上、これは反逆です！　首を縦に振るまで痛めつけてやりましょう！」

「それには及ばぬ！　翠蓮、もう少し考えてみてはくれぬか？　これは命令ではない。父がこうして頼んでおるのだ。これまでお前を顧《かえり》みてやれなかったことは謝る。だから――」

「どのように頼まれても意思を変えるつもりはありません！」

頑《かたく》なな態度を取る私に皇后様が目を剝き、厳罰を求めるように「主上！」と声をあげる。

父は少しの間眉間に皺を寄せて瞑目し、苛立ちを押し殺して告げた。

「しばらく部屋に閉じ込めておけ。頭を冷やせば、どうすることが一番いいか気づくだろう」

「……かしこまりました」

皇后様は不満そうに唇を嚙《か》み、後方にいた宦官たちに指示を出す。

「さあ、翠蓮を捕らえなさい。部屋に連れていくのよ！」

私は二人の宦官に両腕を取られ、彼女が指し示した方向に引きずられていった。


皇后様が私を部屋へと突き飛ばし、勢いよく扉を閉ざして言い放つ。

「力を貸すと言うまで絶対に出したらだめよ！　食事も与える必要はないわ。しばらくそこで自分の選択を後悔していなさい！」

命に応じる宦官の声と遠ざかっていく足音を聞きながら、私は部屋を観察した。

まさかここに閉じ込められるとは……。力を失ってからずっと過ごしていた納屋と言っていい房《へや》。縦長の構造で、入り口の反対側に粗末な臥牀《しんだい》がある。私が出ていってから手つかずだったのだろう。臥牀の側には小龍の寝床である綿入りの籠が置かれ、房の中央にある粗末な卓子も椅子も埃《ほこり》だらけだ。

私の脳裏に虐げられていた頃の記憶が甦る。自分の選択に後悔はないけれど、どんどん不安な気持ちになってきた。つらい時、側にいてくれた小龍も今はいない。私一人だけ――。

「翠蓮！」

寂しさを募らせていると、どこからか小龍の声が聞こえた。

まさかと思いながら周囲を見回し、臥牀の近くにいた小龍を見つけて瞠目する。

「小龍!?　どうしてここに……？」

「馬車の下に隠れて後を追ってきていたのじゃ。見張りの隙を突いて主を逃がすつもりだったが、ここに来るまで契機を掴むことができなくてな。ここにはあの穴を通って忍び込んだ」

小龍が近くの壁に空いた小さな穴を指さした。朽ちて修繕もされずに放っておかれた穴だ。

それにしても、ここまでついてきていたなんて……。気持ちはとてもうれしいけれど。

「なぜ来てしまったの？　ここには力の弱点を知る人もいて危険なのに。あなただけは――」

「心配はいらぬ！　我は最強の神獣で主の守護龍である。主《あるじ》を守るために動くのは当然じゃ！」

「……小龍」

私は胸を詰まらせながら小龍を見つめた。子どもの頃から一緒にいてくれた唯一の友達。

――彼が側にいてくれるのなら、もう怖くはないわ。

「ありがとう。頼りにしているわね」

「任せるがよい！　まずはここから脱出せねばな」

「そうね。外の様子はどう？」

「入り口に見張りが一人いるだけじゃが、扉に錠がかけられておる。脱出は難しそうじゃな」

小龍の言葉に頷き、改めて周囲を観察する。壁に空いた穴は小さすぎて私では通れない。天井近くに明かり取りの窓があるが、梯子《はしご》がなければそこから出るのは不可能だ。

「房から脱出できたとしても、その先のことも考えないといけないわね」

「そうじゃな。今から脱出経路を確かめてこよう。見張りに隙がないかも探ってくるぞ」

「ええ。よろしく頼むわね」

「任せよ！」

穴から飛び出していく小龍の後ろ姿を見て、私は安堵の笑みを浮かべる。

小さな守護龍の存在がとても頼もしくて心強い。小龍がいてくれて本当によかった。

明かり取りの窓から正午前のまばゆい光が差し込んでくる。

小龍が出ていってから半日以上経過した。

どこまで調べにいっているのだろう。捕まったりしてないといいけれど。心配すぎて落ちつかず、部屋を歩き回っていた私の目に鈴蘭を象《かたど》った耳飾りが映る。以前煌さんから贈ってもらったものだ。眠る時に外して卓子に置いていた。それを手に取り、私は彼のことを思う。

煌さんは今どうしているだろう。私が帝国へ連れ去られたことに気づいただろうか。

物思いにふけっていると、部屋の外から鍵を開ける金属音が響いた。

扉が開き、きらびやかな襦裙《じゅくん》をまとった佳人が姿を現す。

「顔を見にきてやったわよ、翠蓮。相変わらず辛気くさい顔をしているわね」

「……魅音お姉様」

「聞いたわよ。お父様の命令に背いたそうね。本当に愚かな子」

姉が私を見下すように凝視し、意地悪な笑みを浮かべて近づいてくる。

「今からでも考え直した方がいいんじゃない？　このままじゃ、飢え死にしてしまうわよ？」

私は無言で姉から顔を背けた。小龍が野苺《のいちご》や野草を採ってきてくれるから、当分は大丈夫だ。

「本当に生意気ね！　絵を一枚描けばいいだけでしょう！　意地を張らずに従いなさいよ！」

姉は私の両腕を摑んで揺さぶり、激しく言い募る。それでも無言を貫く私に苛立ちをみなぎらせる姉だったが、手にしていた鈴蘭の耳飾りを見て、何かを閃《ひらめ》いた様子で言った。

「焔王を大事に思っているようだけど、嶺と焔はお前のせいで戦になるかもしれないわね」

「……それはどういうことですか？」

沈黙を破って尋ねた私に、姉はニヤリと笑って答える。

「実は、六日前から焔王がお前の返還を求めてきていたのよ。連日伝書鳥や早馬を飛ばしてね」

六日前？　どうやってそんなに早く突き止めたのだろう。六日前といえば暎暎と別れた日だ。

「お父様は黙秘を貫いていてね。そしたら焔王は今朝、国境に兵を集結させて威嚇《いかく》してきたのよ。これ以上要求を無視するようなら帝国に攻め込む用意があると言って。当然お父様はお前を返す気なんてないから、戦争は避けられないわね。そうなれば全部お前のせいよ」

血の気を引かせる私を見て、姉はすっきりした顔で話を続ける。

「今の焔に帝国と戦う余裕などあるかしら？　お父様に従っておいた方が身のためよ。時間をあげるから、気が変わったら言いなさい。じゃあ、またね」

嘲るように笑って去っていく姉を、私は困惑しながら見送った。

――だめ！　寧や蒙奴《もうど》とも問題を抱えているのに、帝国と争うなんて。帝国と焔が戦争になる。

煌さんは私のことが絡むとたまに冷静さを欠いてしまう。彼を止めないと。何を考えているの？

でも、どうやってここから出れば……。

「待たせたな、翠蓮。今戻ったぞ！」

周囲を見回していると、壁に空いた穴から小龍がひょっこり顔を出した。

「小龍！　どうだった？　周りの様子は」

「警備の手薄な地点は見つけたぞ。じゃが、城の外へ出るにはいくつか壁を越えねばならぬ」

「……壁を越える」

私は腕を組んで考え込む。私の身体能力では壁を越えるのは難しそうだ。小龍なら可能だが。

――そうだわ！　絵に描いた生き物なら……。

「どうじゃ？　無理そうか？」

「いえ、やれそうなことがあるわ。小龍、どこかから紙と筆と墨を持ってくることはできる？

墨が難しければ木苺でもいいわ」

「うむ。それならどうにかできるじゃろう。少し待っておれ！」

小龍は胸を張って応え、壁に空いた穴からまた外へと飛び出していった。


そして、待つこと一刻（三十分）後。

私は卓子の上に画材を並べ、集中力を高めるために一度深呼吸をする。

紙と筆は秘書室から拝借したという記録用の竹紙と毛筆で、墨はやはり木苺だった。絵は描きにくいが、小龍が一生懸命運んできてくれたものだ。今は贅沢など言っていられない。

まずは木苺を絞り、湯呑みに墨の代用となる果汁を溜める。

絶対に具現化させてみせよう。ここを出て煌さんに会うために。やる気をみなぎらせながら卓子の前に座り、筆を果汁に浸す。私を乗せて運べる大きな飛行生物が理想だが、この画材では無理だ。雛雀も絵の完成度が重要だと言ってたし。密かに脱出できそうな生き物の方がいい。

――だから、私が描くのはこれよ。

題材《モチーフ》を決め、想像《イメージ》をふくらませながら紙に筆を走らせていく。

庭いじりで目にしていたから、特徴はよく知っている。もふもふした毛並みに、少し突き出た鼻。そして重要なのが、立派な爪を生やした手。体も手も実際より大きめに描こう。力強く、あっという間に地面を掘ることができるように。岩さえ砕く強靱《きようじん》な爪も必要だ。

もふもふした毛並みを細かく描いていき、果汁の墨で毛色の濃淡を表現する。

――お願い。戦を止めるためにどうしても煌さんに会いたいの。だからどうか力を貸して！

願いを込めながら、赤紫色のつぶらな瞳を描き込む。

絵が完成すると、右手に『画』の文字が浮かびあがり、紙から光が放射した。

徐々にその光は弱まっていき、紙の上に猫ほどの大きさの赤い生き物が出現する。

「おお、もふもふした生き物が現れたぞ！　あれは土竜《もぐら》じゃな？」

私は頷きながら微笑み、小龍と絵が具現化したことを喜び合った。

うまくいって本当によかった。かわいらしい見た目だけど、この子はどんな性格だろう。

「わいを生み出したのはあんたでんな？」

ワクワクしていたところで土竜に話しかけられ、私は目をぱちくりさせた。

なぜか言葉遣いが訛《なま》っている。小龍の口調や雛雀の腹黒さといい、どうして望んでもいない要素が加わってしまうのだろう。疑問に思いつつ、土竜の問いかけに「そうよ」と答える。

「あなたにお願いがあって喚《よ》んだの。この床を掘って、外に繋げることはできる？」

私は壁際の床を指さして尋ねた。臥牀の近くに一カ所だけ床板が破れて露出した地面がある。

「もちろんでっせ。この手で掘られんもんはおまへん」

「じゃあ、お願い。私が通れるくらいの大きさでね」

「がってん！」

言葉遣いは変わっているが、素直で従順な性格のようだ。

壁際まで移動した土竜は高速で両手を振り回し、地面を掘り進めていく。

「おお～、速いぞ！」

どんどん深くなっていく穴と掻き出される土を見て、小龍が瞳を輝かせた。

私も祈るように手を組みながら作業を見守る。

そして、待つこと半刻あまり――。

「繋げましたで～」

地面にできた穴から土竜がひょっこり顔を出した。穴の大きさは私の肩幅くらいはある。

「ようやった！　ようやったぞ～！」

小龍は土竜を褒めながら、よしよしと頭を撫でた。

土竜は気恥ずかしそうに首の後ろを掻き、照れ笑いを浮かべる。

小龍が警備の手薄な地点を探ってくれているし、この調子なら城から出られるかもしれない。

「それじゃあ、行きましょう！」

私は気合いを入れて穴に向かい、砂まみれになりながら部屋を脱出したのだった。

自室に戻っていたところで、ふと思い出した。あの緑色の蛇について確認することを。

見張りによると、途中で逃げられたという話だったが。

魅音は道を引き返し、再び翠蓮の房に向かっていく。あの蛇はきっと翠蓮が具現化させた生き物だ。何かの障害になる可能性もあるし、ちゃんと確かめておいた方がいいだろう。

翠蓮が閉じ込められている房の前に辿りつくと、見張りの宦官が魅音に向かって拱手した。

「これは、公主様」

「何も異常はない？」

「はい。中から少し声が聞こえた程度で」

「声が聞こえた？」

「ご存じありませんか？　翠蓮公主は昔から独り言が多いようなのです。気になって部屋を確かめたこともありますが、誰もおらず。ご心配には及びませんよ」

独り言と聞いて、嫌な予感がした。見つかりにくい話し相手、あの蛇がいたのではないかと。

直ちに宦官から鍵を奪って解錠し、部屋の扉を開け放つ。

「これは……!?」

もぬけの殻となった部屋を見て、魅音は目を剝いた。どこから入手したのか卓子には筆や紙が置かれ、奥の床には大きな穴が空いている。あそこから脱走したのだ。

「急いで兵を集めて捜しなさい！　お父様とお母様にも報せるように！」

宦官は「御意！」と答え、慌てて部屋から去っていく。

魅音は誰もいない穴を覗き込み、ギリッと唇を嚙んで走り出した。

「逃がさないわよ、翠蓮！」


小龍が道から外れた園林を先導し、周りに人がいないか確認して土竜に指示を出す。

「ここなら大丈夫そうじゃ。早う掘れ、土竜！」

土竜は「がってん！」と応え、塀の側に穴を掘り始めた。

私は作業の様子を見守りながら、今後について考える。ここまでは順調だ。城を出たら、装飾品と引き替えに北へ向かう馬車に乗せてもらって、それから――。

「翠蓮！　見つけたわよ！」

思考を巡らせていたところで聞こえた声に、私はハッとして振り返る。

「魅音お姉様!?」

道の向こうから姉が血気に逸《はや》った様子でこちらへと駆け寄ってきた。もう気づかれたのか。

「急げ、土竜！」

小龍も姉が来たことに気づいて、土の中にいる土竜を急き立てる。

「逃がすものですか！」

「翠蓮、もう穴はほとんど繋がっておる！　早う逃げよ！」

「で、でも――」

「あの性悪娘は我が何とかする。急ぐのじゃ！」

小龍はそう告げるや、近づいてくる姉に飛びかかった。

「翠蓮に近づくな、性悪娘！　我が成敗してくれる！」

小龍に体当たりをされ、姉は立ち止まって身をすくめる。

「ちょっと、何なのよ、この蛇！　やめて……っ。やめなさい！」

姉が髪を引っ張られて抵抗していた時、道の方から「公主様！」と男性の声が響いた。

駆けつけてくる二名の宦官を見て、私は危機感を募らせる。さすがにもう逃げきれない。

「小龍、もういいわ。こっちに来なさい」

「いや、今諦《あきら》めれば完全に逃げる機会を失ってしまう。我も土竜も消されてしまうじゃろう。だから翠蓮、主だけでも逃げよ！　ここで諦めるな！」

「小龍！」

何度呼んでも、小龍は戻ろうとしない。決死の表情で宦官たちに立ち向かっていく。

「今度こそ役に立ってみせよう。我を生み出し優しさを与えてくれた、大切な主のために！我こそは小龍。最強の神獣・青龍じゃ！　それ以上近づいてみよ。我が叩きつぶしてくれる！」

体当たりしてきた小龍を、宦官たちは驚愕の表情で凝視した。

「うわっ、何なんだ、この蛇は！」

「たいした力はない。たたっ斬ってやれ！」

宦官たちが振り回してきた刀を、小龍は素速い身のこなしで幾度もかわす。

「くっ、この蛇、素速さだけはあるぞ！」

「落ちついて狙いを定めろ！」

尾っぽを少し斬られてしまう小龍を見て、私は泣きそうになりながら叫んだ。

「小龍！　お願いだから、もうやめて！　あなただけでも逃げるのよ！」

焦燥を募らせていたその時、私の目に悪夢のような光景が映る。

皇后様が四人の宦官を引き連れ、こちらへと向かってきた。

「翠蓮を捕まえなさい。あの蛇には水を。異能の弱点は水よ。水をかければ全て消滅するわ」

宦官たちは「御意」と答え、一名は近くの井戸へ、残りは私の方へと駆け寄ってくる。

「小龍、早く逃げて！」

声を張りあげるが、小龍は近くの宦官を追い払うことに夢中で、新手には気づいていない。

私はたまらず小龍の方へと走り出した。

ようやく新手の宦官たちが近づいてきていたことに気づく小龍だったが。

「翠蓮、我がこの世から消えたとしても諦めるな。幸せになろうと足掻《あが》け。願いは力になる」

小龍は一歩も引かず、孤軍奮闘しながら私に語りかけてくる。

「だから、挫《くじ》けることなく思いを描《えが》き続けよ。我はどこにいても主を――」

走りながら小龍に向かって右手を伸ばした瞬間だった。小龍の体に水が降り注ぐ。

彼の後方に目を向けると、宦官の一人が水の入った桶を下へと傾けていた。

濡れた小龍の体を見て、私は背筋を凍らせる。

一瞬、時が止まったように思えた。

動き出さなくてもいいのに、小龍の輪郭はどんどんぼやけていく。

「我を生み出してくれたこと、感謝しておる。主に出会えてよかったぞ」

最期の言葉を残して、小龍は霧散するように消えた。

「……小……龍……？」

何が起こったのか、すぐには理解できず、私は震える声をもらす。

今、目の前で起きたことが信じられなかった。信じたくなかった。

だが、伸ばしていた右手の先に、小龍はもういない。その下の地面に水が染み込むのみ――。

「……あ、ああ、いやよ、小龍……。小龍――っ!!」

彼がいない現実を突きつけられ、私は泣き叫んでその場にくずおれた。

ずっと側にいてくれた、愛らしくて小さな龍はもういない。この世のどこにもいないのだ。

守ってくれなくてもよかった。ただ側にいて話を聞いてくれるだけで救われていたのに。

「捕まえなさい」

慟哭《どうこく》する私を冷ややかに見下ろし、皇后様が近くにいた宦官たちに命令する。

宦官たちが私を取り囲み、手を伸ばしてきた。

私は抵抗することもできず、ただ地面にぽたぽたと涙を流し続ける。

最愛の相棒を失い、もはや立ちあがる力も逃げる気力もなくしてしまっていた。

◇　◇　◇

鳥の鳴き声が私の意識を呼び覚ます。部屋はいつの間にか暁《あかつき》の光で満ちていた。

臥牀に横たわっていたものの一睡もできなかった私は、のっそりと上体を起こす。

小龍を失ってから一晩が経過していた。涙も涸《か》れ果て、ただ息をすることしかできない。

修繕が施された部屋に連れ戻され、無為な時間を過ごすこと半日。皇后様の命を受けた宦官に土竜も消されてしまい、何もする気になれなかった。もはや何の希望もない。

「……これからどうすればいいの？　……ねえ、小龍」

小龍の寝床だった綿入りの籠を見つめ、つい問いかけてしまう。

彼と過ごした日々を思い出し、また目に涙を浮かべていた時だった。

『ここで諦めるな！』

どこからか小龍の声が聞こえた気がして、私はハッと目を見開く。

『翠蓮、我がこの世から消えたとしても諦めるな。幸せになろうと足掻け。願いは力になる』

最後まで諦めず、私を守ろうと闘ってくれた小龍の姿が脳裏をよぎった。

いつも側にいて励まし続けてくれた、大事な大事な友達。私が自分の手で生み出した。

——そうよ、諦めてはだめ。私にはまだできることがあるわ。

一人でも闘おう。小龍のように諦めることなく、命をかけて。

二度と失いはしない。大事なものはこの手で取り戻してみせる。

私は毅然《きぜん》と顔をあげ、部屋の外に向かって問いかけた。

「誰かいますか？」

画材は取りあげられ、壁も床も穴は塞がれてしまっている。正攻法でいこう。

「はい、何でしょうか？」

扉の近くにいた見張りの宦官が屋外から尋ねてきた。

「父に話があります。すぐに会わせてください」

私は拳を強く握りしめて主張する。願いを叶えるためなら、どんなことだってしよう。


それからしばらくして、私は皇帝の寝殿である乾黎宮に連れていかれた。

「翠蓮、どうしたのだ？　話とは何だ？」

父が気遣わしげな顔で私を居室に迎え入れる。高価な壺や絵画が飾られた豪奢な部屋だ。

「気が変わりました。私、お父様のために絵を描きます。その代わり、焔には手を出さないと約束してください」

淡々と告げた私に、父はうれしそうな表情で口を開く。

「おお、そうか！　もちろんこちらから焔に手を出したりはせぬぞ。向こうが戦を仕掛けてくれば守備するほかないが。極力、戦にはならぬよう全力を尽くすと約束しよう」

「では、画材を用意していただけますか？」

「ああ、すぐに手配しよう。誰か！」

宦官たちに意気揚々と命令する父を、私は冷ややかな目で見つめる。

ただ、心の中では体が熱くなるほどの闘志を燃やしていた。


集中できるからと言って、庭に面した部屋を用意してもらい、窓際の席に座る。

もちろん思惑があってのことだ。大きな梅窓《ばいそう》から忍び込む風がさわやかで心地いい。

絵筆や顔料の下準備をしていると、庭の向こうから兄の威辰がやって来た。

「あら、どうしてお兄様がここに？」

私の後方に立っていた魅音お姉様が不思議そうに尋ねる。

「翠蓮がようやく折れて、帝国のために絵を描くと母上が教えてくれてな。父上から特別に許可をいただいてここに来た」

「なるほど、野次馬ってわけね」

「それはお前もだろう！」

姉の隣にいた皇后様は「ふふっ」と笑って兄に話しかけた。

「あなたなら興味を示すと思ったのよ」

「そうですね。あいつが屈する姿を目に焼きつけたいところです」

父は彼らに目もくれず、私のすぐ側に立ち、優しく肩を叩いて告げる。

「では、頼むぞ。強力な神獣であれば玄武でなくても構わぬ。好きなように描けばよい」

私は無表情で「わかりました」と返した。

言われなくても、好きなように描くつもりだ。私が思い描いている絵を。

絵筆を握り、筆先に緑の顔料を染み込ませる。描きたい絵はすでに決まっていた。

角と牙と爪は立派で鋭いものに。長い胴体の上部には二本の強靭な腕を。ふさふさしたたてがみと長い髭もしっかりと描く。彼がずっと欲しいと言っていた、大きな体と力も与えてあげたい。あらゆる敵を退けられるように。願いを込めながら紙に筆を走らせていく。

あの愛らしい顔や体も好きだから、大きさを自在に変えられる能力も備わっているといい。彼らしさを失わないように。愛嬌《あいきょう》があって優しい性格も変わらないでほしい。

小さな龍の姿を思い浮かべつつ巨大な体を描き、色をのせていく。表皮は緑で内側は鶸《ひわ》色、角や牙は白く、たてがみと髭は黄金色に。鱗《うろこ》まで細かく描き込み、青味を加えて輝かせる。

小龍の面影が残る優しい表情に仕上げていると、私の脳裏に彼の言葉がよぎった。

『我がこの世から消えたとしても諦めるな。幸せになろうと足掻け』

私は小龍を思いながら懸命に絵筆を動かす。彼がいなければ幸せになんてなれるはずがない。

――だから絶対に諦めないわ。あなたを取り戻すことを。

『願いは力になる』

――ならば、どうかこの絵に宿って。もう一度私の前に姿を現して。お願いよ、小龍！

最後の仕上げとなる金色《こんじき》の瞳を描き込むと、私の右手に『画』の文字が浮かびあがった。

その直後、完成した絵から強烈な光がほとばしる。

あまりのまばゆさに、その場にいた全員が目をつぶった。

光は徐々に弱まっていき、私は少しずつ瞼を開ける。

窓の外に目を向けると、青緑色の巨大な龍が宙に浮かび、こちらを見下ろしていた。

「あれは……!?」

兄が目を見開き、真っ先に驚きの声をあげる。

「……龍よ。青龍だわ！」

姉は怯えて声と肩を震わせ、父は恍惚《こうこつ》とした表情でつぶやいた。

「これが画仙から受け継ぎし真の力か。……素晴らしい」

私は絵から飛び出した龍を戸惑いながら見あげる。小龍を甦らせたい一心で描いたのだけど、あの龍は本当に彼なのだろうか。父たちを睨みつけている顔が威圧的で恐ろしい。

別の龍ではないかと不安になったが、彼は私を見て微笑み、うれしそうに口を開いた。

「また会ったな、翠蓮。礼を言うぞ。我に新たな体を与えてくれて」

「……小龍！」

彼は彼のままだと確信し、私は窓を飛び越え、小龍のもとへと駆け寄っていく。

体に抱きついた私を小龍が腕で優しく包み込み、私たちは少しの間再会を喜び合った。

「行くぞ、翠蓮。しっかり摑まっておれ！」

小龍が私の体を手でそっと摑み、背中に乗せて告げる。

地上から飛び立つ私たちを見た姉が、ハッとした様子で声をあげた。

「ちょっと、翠蓮が逃げるわよ？　早く何とかして！」

兄も我に返ったように「ああ」と応え、外で警備をしていた宦官に指示を出す。

「直ちに弓矢を持て！」

弓矢を手にしていた宦官が、すぐさま兄のもとへと駆けつけた。

兄は受け取った弓を引きしぼり、私たちに照準を合わせて矢を解き放つ。

予想外の速さだった。背を向けていた小龍はすぐ反応できず、矢は私の腕をかすめてしまう。

「きゃあ！」

私は悲鳴をあげ、痛みのあまり小龍のたてがみから手を放した。

重力にあらがえず、私の体は庭の池に向かって落下していく。

「翠蓮！」

小龍がすぐに気づいて私を追ってきた。だが、追いつく前に私は池に落ちてしまう。

水に弱い小龍は助けに入ることができず、空中で動きを止めた。

先に警備の宦官が池に入ってきて、私の体を引きあげる。

水深はあまりなかったため、私は溺れることなく、兄のいる池のほとりまで運び込まれた。

すかさず私の方へと向かってくる小龍だったが。

「それ以上近づくな。翠蓮が怪我をするぞ」

兄が私の首に短刀を突きつけて警告したため、小龍は「ぐっ」と声をもらして停止した。

兄の言葉はただの脅しではない。彼は妹を平気で傷つけられるような男だ。小龍もそれがわかっているから迂闊《うかつ》には近づけないのだろう。

彼が躊躇《ちゅうちょ》している間に宦官たちが私と兄の周りを取り囲み、小龍に向かって弓矢を構えた。

悔しそうに牙を噛む小龍に、私は痛みをこらえて懇願する。

「小龍、焰に逃げて。煌さんに伝えて。私のことはいいから、戦だけはしないように。お願い」

小龍はしばらくの間私を見つめ、何かを決意したような表情で空へと飛び立った。

私は少しホッとして、北へと遠ざかっていく小龍を見送る。

力を抜いた瞬間、腕に急激な痛みが走り、意識を失いそうになった。

「翠蓮？　おい！」

前方に傾いた私の体を、兄がとっさに支えて呼びかける。

「直ちに医官を手配せよ！」

父が宦官たちに慌てて指示を出した。

「翠蓮に万一のことがあったらどうする！　まったく、無茶をしおって」

「弓の名手である私がいなければ逃げられていましたよ。感謝してほしいところなのですが」

「お前という奴は……」

朦朧《もうろう》とする意識の中、言い合う父と兄の声が聞こえてくる。

――どうか無事で。……小龍、煌さん、天煌様……。

私は彼らの顔を思い浮かべながら祈り、闇の淵に意識を沈めたのだった。


嶺との国境。焔の陣営として築いた天幕に、張りつめた空気が流れている。

最奥の席に着き、苛立ちを募らせていると、史厳が天幕の中に入ってきた。

「嶺からの返答は？　何か動きはあったのか？」

私は即座に席から立ちあがって尋ねる。

「いえ、今のところは何も。こちらの要求は無視されたままです」

史厳は首を横に振って答え、溜息をついた。

引き連れてきた将兵たちが冷や冷やした様子で私の顔色を窺《うかが》ってくる。

「最後通告をしてからだいぶたった。出陣する準備をしろ。嶺に攻め込む」

「お待ちください！　現在の兵力で帝国を相手にするのは無謀です。寧と蒙奴の国境にも兵力を割《さ》いていることですし。どうか落ちついてください」

「翠蓮が危険にさらされているかもしれないのだぞ！　落ちついてなどいられるか!!」

引き留めてきた史厳に、私は苛立ちを抑えきれず言い放った。

十数名の将兵が詰めていた天幕は、廃墟のように静まり返る。

やがて、戸惑う将兵たちの声が小さく波及していった。

「……陛下がここまで感情的になられるとは……」

「……恐ろしい。まるで怒った時の天煌様を見ているようだ」

ビクビクする将兵たちの様子を見かねた雛雀が、私に提案する。

「ご主人様、まず僕が嶺を偵察してきますから」

「お願いしましょう。ひとまず冷静になって情報収集を」

史厳が「頼みます」と言って、雛雀を天幕の外へと促した。

私は一人でも出撃したくなる気持ちをどうにか抑え、拳を握りしめる。冷静さを欠いていることはわかっていた。だが、動かずにはいられない。彼女を虐げ続けた帝国に渡すわけには。

翠蓮から聞いた帝国での昔話を思い出し、怒りが再燃する。

彼女がいなくなって改めて、どれだけ大切な存在であるかに気づかされた。

どんな状況にあっても側にいてほしい。自分が王宮から去ることになろうとも。最後まで責任を持って守り抜き、彼女を幸せにしたい。

「ご主人様～！」

決意を新たにしていたところで、外から雛雀の声が響いた。

まだ出ていって間もないというのに、雛雀が天幕の中に戻り、慌てた様子で口を開く。

「南の空から巨大な飛行生物が……、龍が向かってきます！」

「……何!?」

私はすぐに外へ飛び出し、南からやって来る緑の飛行生物を見て、大きく目を見開いた。

暗闇の中、遠くから女性の声が聞こえてくる。

「主上、このまま翠蓮を生かせば、帝国にとって必ず害になります！」

どこか刺《とげ》があって甲高い。皇后様の声だ。

私は眠りから覚醒し、ゆっくり瞼を開けていく。

雲龍紋の彩色が施された天井と赤い緞帳《どんちょう》が目に入った。かなり立派な部屋のようだ。

「翠蓮は私たちを騙して逃げようとしたのですよ、お父様。帝国に力を貸す気がないのだとはっきりしました。反逆罪に処すべきです！」

「その通りですわ。焔の軍が今にも帝国に攻め込もうとしています。万が一、翠蓮が敵の手に渡り、帝国の脅威となる前に処刑してしまうべきですわ！」

姉と皇后様の声が立て続けに響いた。二間続きの隣部屋にいるのだろうか。

「翠蓮が目覚めたら今一度意思を確認する。それまで待つがよい」

今度は少し狼狽《うろた》えたような父の声が聞こえた。

話の内容からして、今は起きあがらない方がいいだろう。何を言われても帝国に力を貸す気なんてない。答えればきっと殺されてしまう。

臥牀に横たわったまま目をつぶっていると、こちらに近づいてくる誰かの足音がした。

「翠蓮。ねえ、起きなさいよ！」

私の肩を揺さぶって言い放った姉に、父が離れた場所から声をかける。

「無茶をするな。翠蓮は我が子の誰よりも価値がある。使える可能性はまだあるのだからな」

「……また翠蓮と比べて、私の方が劣っていると……。この私がこんな子にっ……」

間近でしか聞こえないほど小さなつぶやきが耳に届いた。

「ねえ、起きてよ。翠蓮、起きなさい」

姉が優しく呼びかけつつ、怪我をした私の腕をギュッと強く摑んだ。

私はたまらず「痛《い》っ！」と苦痛の声をもらしてしまう。

「あら、目を覚ましたのね。それとも、寝たふりをしていたのかしら？」

口調は柔らかいものの凶悪な姉の笑顔に、ゾクッと皮膚が粟立った。

「お父様、翠蓮が起きましたよ」

姉の言葉に父はホッとしたような笑みを浮かべ、臥牀へと近づいてくる。

「翠蓮！　具合はどうだ？　医官の話では、思ったほど傷は深くないということだったが」

「翠蓮、お父様があなたに話があるそうよ」

「……話？」

「ああ、改めて頼みたくてな。翠蓮、また帝国のために神獣を描いてはもらえぬか？　昨日のことは水に流そう。だから父のために力を貸してほしい」

私は昏《くら》い目をして、父を見つめる。こんな時だけまた父親面《づら》をするのか。

でも、これは逃げ出す好機かもしれない。とりあえず父を油断させて——。

「お父様、そのように甘い考えではいけません。また飛行生物を具現化させて逃げ出す恐れがあるではないですか。絵を描かせるにしても、厳重な警備の中でないと」

「その通りです。水を用意した兵に囲まれながら、牢《ろう》の中で描かせるくらいでなければ」

「……なるほど。悪いが翠蓮、そうしてもらえるか？」

——そんなことをされたら逃げようがないわ。せっかく描いたかわいい子たちもまた消されてしまう。あんな思いをするのは、もう嫌っ！

私の脳裏に、小龍たちを消されたつらい記憶がよぎった。役立たずと罵《ののし》られた記憶まで。

私なんて消えた方がいいのだろうか。力があっても争いの火種にしかならない。

……そうだ。私が消えればいい。

この世からいなくなれば、煌さんたちが戦う理由もなくなるだろう。彼らを、焔を守れる。

私は毅然と顔をあげ、父に向かって言い放った。

「お断りします。私はお父様の欲望を満たす道具にはなりません！」

「なっ……!?　何と無礼なっ！」

皇后様が驚きと怒りをあらわにし、姉も目を剝いて父に訴える。

「お父様、お聞きになりましたでしょう？　これはお父様に対する明らかな反逆です！」

「こうなればもう処刑するしかありませんわ。帝国の災いとなる前に消すのです、主上！」

二人に激しく言い募られ、父は逡巡するように眉根を寄せて告げた。

「翠蓮、最後に訊くぞ？　判断を誤れば命を失うことになる。帝国のため画仙の力を使え！」

「いいえ。何度問われても同じです。私はあなたのために人を殺す兵器にはなりません！」

――父の兵器となって誰かを傷つけるくらいなら消えた方がいいわ！

即答した私に、さすがの父も苛立ちをみなぎらせ、「もうよい！」と吐き捨てる。

「誰か、翠蓮を牢へ連れていけ！　利用価値のないお前など、もう娘ではないわ！」

父の命令に応じ、二名の宦官が部屋に駆け入ってきて私の体を拘束した。

怒りをあらわに退室していく父を、私は冷めきった目で見送る。娘を利用価値があるかどうかでしか測れないのだ。私もこんな人を父だと思うことなく、この世に別れを告げられる。

ただ、利害など顧みず私を守ろうとしてくれた彼のことだけは……。

私は目を閉じ、二人の男性の顔を思い浮かべて謝罪した。

――ごめんなさい、煌さん、天煌様。


皇城の中心部、普段は出陣式などが催されている広大な広場に異様な空気が漂っている。

今日の催しは公主の処刑だというのだから、人々が戸惑うのも無理はない。

警備を担当する兵たちが広場を取り囲むように陣取り、私を見てひそひそと話している。

「公主が処刑とは……。いったい何をやらかしたんだ？」

「勅命を拒んで主上を激怒させたという話だぞ。何か馬鹿なことでも言ったのだろう」

「あの公主は皇后様やご兄姉方にも疎まれていたらしい。命がいくつあっても足りないな」

私は兵たちの嘲笑を浴びながら、二名の宦官に連行されて広場の中心部へと向かった。

「見ろ。皆、お前を嘲《あざわら》っているぞ。父上の命に逆らうなんて本当に愚かなことをしたな」

最期までいびりたかったのか、姉や皇后様と一緒についてきた兄が私を揶揄《やゆ》する。

「泣いて謝ればお父様に取りなしてあげてもいいわよ？　命令に従うことが前提だけどね」

「私があなたたちに謝るようなことをしたでしょうか？」

「……本当に生意気な子ね！　あの世で後悔するといいわ！」

冷たく問い返した私に、姉が目を剝いて言い放った。

「あなたたち、そんな罪人といつまでも話してはいけないわ。穢《けが》れが伝染《うつ》るわよ？」

苛立つ姉と兄を皇后様が立ち止まってなだめる。

「そうですね。血が飛んでくるかもしれないので、ここまでにしましょう」

「あら、それは嫌ね。私たちはお前が死ぬのを遠くから見守っていてあげる。じゃあね、翠蓮」

意地悪な笑みを浮かべる姉に私は何も返すことなく、処刑場へと向かっていった。

広場の中央で待ち構えていた処刑人が、私を漢白玉《しろだいりせき》の石畳にひざまずかせる。

すると、広場の北側にいた父が神妙な面もちで問いかけてきた。

「翠蓮、最後にもう一度だけ訊く。命令に従う気はないか？　今ならまだ助けてやれるぞ？」

「ありません。私の異能にそこまで未練があるのですか？」

皮肉めいた私の言葉を聞き、父の眉と肩が怒りに震える。案外怒りっぽい人だ。

「刑を執行せよ！」

父の命令に処刑人は「御意」と答え、補佐役の宦官が持ってきた鬼頭刀《きとうとう》を手に取った。

私はこれまでのことに思いを馳せながら瞑目する。命令を拒んだことに悔いはない。

でも、胸が苦しい。寂しくて仕方がない。彼らにもう会えないことが……。

親しかった人々の顔が脳裏をよぎった。私が生み出した獣たちの姿も。

──ごめんね、小龍、雛雀。最後に一目だけでも会いたかった。煌さん、天煌様……。

降りおろされる刀の気配が小さな風となって肌に伝わった。

ザシュッという耳障りな音が耳朶をなぶる。

首を斬られたと思うのだが、覚悟していた痛みはいつまでも襲ってこない。

すぐ近くで何かが倒れる物音が響き、私は恐る恐る瞼を開いていった。

そして、胸に矢を受けて倒れている処刑人の姿を見て瞠目する。

思いもよらない光景に言葉を失っていると、周囲にいた兵が声をあげた。

「あれを見ろ！　龍だ！　背中に人がいるぞ！」

私は北の空を見あげて、極限まで目を見開く。

紅蓮《ぐれん》の戦袍《せんぽう》をまとった長身の男性が、小龍の背に跨《また》がりながら弓を構えていたのだ。

「……煌さん!?」

彼は私に近づいてくる兵をことごとく射貫き、地上へと降り立つ。

──違うわ。あれは天煌様！

近くで見ると目の色が血のように濃い。顔つきも刃を思わせるほど鋭く、別人だとわかった。

天煌様は弓矢を捨てて剣に持ち替え、向かってくる兵を次々と斬り伏せていく。

「……王よ。あれは焔王だわ！」

姉が天煌様を指さして叫び、兄は吃驚する兵たちに慌てて指示を出した。

「何をしている？　早く龍と焔王を止めろ！　殺しても構わん！」

兄に鼓舞されて攻撃を仕掛けていく兵たちだったが、瞬く間に返り討ちにされてしまう。

まさに一騎当千。疾風迅雷《しっぷうじんらい》の反撃だった。

神業《かみわざ》のような剣技で敵を蹴散らし、私の周りに誰も寄せつけようとしない。

小龍も強靱な腕と尾を駆使した攻撃で兵を跳ね飛ばし、どんどん敵の数を減らしていく。

「……強すぎる。化け物だろ」

「全く歯が立たない。獅子王と龍なんかに勝てるわけが……」

半刻とたたずに数十の味方を倒され、近くにいた兵たちは青白い顔をして後ずさった。

「怖じ気づくな！　向こうは一人だ。数で押し込め！　弓矢も準備しろ！」

「水よ。龍には水が有効だわ！　桶に汲んだ水をたくさん持ってきなさい！」

兄と皇后様が怯える兵たちに焦燥を滲ませて命令する。

数名の兵が小龍を取り囲み、桶に汲んだ水を勢いよく放水した。

だが、地面の近くにいた小龍は空へと飛んで難なく回避する。

「……だめだ。飛行生物に水をかけるなんて……」

「かといって、弓矢も中《あた》らないぞ。あんな巨体なのに、何て素速さだ」

弓を射ていた兵たちは狙いを定めきれず、戸惑いの声をもらしながら視線をさまよわせた。

小龍を弓で射落とそうとしていた兄も矢が全く中らず、悔しそうに「くそ！」と吐き捨てる。

天煌様に標的を変えるが、ことごとく剣ではじき飛ばされ、地団駄を踏んだ。

天煌様は人間離れした身体能力で私を守り、小龍は射撃をかわしつつ次々と敵を倒していく。

「援軍を呼べ！　城中の兵をここに集結させるのだ！　大砲も持ってこい！」

護衛に囲まれていた父が、兵が減るばかりの戦況にイライラしながら命令した。

近くにいた衛兵が「御意！」と答え、慌てて南の門へと走っていく。

「そろそろ引き際だな。来い、小龍！　翠蓮を連れて脱出する」

天煌様が周囲の状況を確かめ、宙に浮かぶ小龍に向かって指示を出した。

小龍は「うむ」と頷き、巨体を翻して私たちの前に降り立つ。

「しっかり摑まっていろ」

天煌様が私の体を横に抱え、小龍の背中に飛び乗った。

「……天煌様」

彼の顔を見あげた瞬間、私は胸に熱い思いが込みあげてきて泣きそうになる。

――また助けにきてくれた。私、やっぱりまだ生きていたい。望んではいけないことかもしれないけれど、彼とずっと一緒にいたいわ。

思わず胸にすがりついた私を天煌様が一度強く抱きしめ、落ちないように体勢を安定させる。

「出発しろ」

天煌様が号令を出すと、小龍は頷いて地上から飛び立った。

「翠蓮が逃げていくわよ？　焔王と幸せになるなんて許せない！　お兄様、何とかして！」

「し、しかし、弓矢も全く中らないし……」

「あの女の娘を幸せになどさせてたまるものですか！　威辰、早く止めなさい！」

手も出せず戸惑う兄に、姉と皇后様が悔しそうに言い募る。

「あの性悪親子ども、この期に及んで……！」

空中から彼らの様子を目にした小龍が苛立たしげにつぶやき、地上へと方向転換した。

「小龍、どうしたの？」

「やり残したことがある。摑まっておれ！」

小龍が迫ってきていることに気づき、姉が慌てふためきながら兄の後ろに隠れる。

「ちょっと、龍が戻ってきたわよ、お兄様！」

兄は再び弓を引きしぼり、小龍に向かって矢を発射させた。

高速で飛んできた矢を小龍は難なくかわし、兄に向かって尾を翻す。

小龍の尾をくらった兄は横に払い飛ばされ、その先の塀に激突して「ぐわぁっ！」と叫んだ。

「きゃあっ！　お兄様！」

「威辰っ！」

姉と皇后様が悲鳴をあげて兄のもとへ駆けつけようとする。

だが、その前に小龍が先回りをして立ちふさがった。

「……あ、ああっ……」

小龍にギロリと睨みつけられ、姉と皇后様は腰を抜かして震えあがる。

「翠蓮に対する数々の恨み、ここで晴らしてくれる！」

再び尾を繰り出そうとした小龍を、私はとっさに「待って」と制止した。

「……翠蓮。これまでのことは謝るわ。だから、助けてちょうだい」

「私も謝ります。どうか私たちのことは見逃して」

怯えながら訴える姉たちを静かに見下ろしながら考える。大切なものを守りたい。二度と失うことがないように。そのためには弱い私のままでいてはだめだ。

「謝っている態度には見えませんが？」

威圧的な態度で問うと、二人はビクッと体を震わせ、膝をついて叩頭《こうとう》した。

「いいでしょう。一度だけ助けてあげます」

二人は頭をあげ、微笑む私を見てホッとした顔をする。

「ですが今後、焔や私の大切なものを傷つけようとしたら絶対に許しません。この力で地獄を見せてやりますから！」

私は鋭く顔つきを変え、胸に秘めていた決意を明らかにした。虐げられるばかりだった運命を変えたい。望む未来を切り開くためには、まず私自身が変わらなければ！

「……翠蓮、よね……？」

奮《ふる》い立つ私を見た姉が、顔から血の気を引かせてつぶやいた。

皇后様や近くにいた兵も青ざめた顔で私を見あげている。

「翠蓮、あの親子を許して本当によいのか？」

小龍は不満そうな表情で尋ねてきた。

「許すわけじゃないけど。そうね。あの人たちがこれで反省するとは思えないし……」

私は少しの間、顎に手をあてて考え込み、思いついた案を小龍に耳打ちする。

「……なるほど。よい案じゃ！」

「宮女たちは傷つけないようにね」

小龍は笑みを浮かべて頷き、姉が暮らしている殿舎へと向かっていった。

そして、手や尾を振り回し、殿舎を破壊する。一つでは飽き足らず、皇后様や父の寝殿まで。

「きゃあ！　私たちの住まいが……！」

「……やめて。やめてちょうだい！」

後宮から建物を破壊する物音と土煙があがり、広場からは姉と皇后様の悲鳴が響いた。

小龍はすっきりした顔をして空へと舞い戻り、私は笑顔で姉たちを見下ろして言い放つ。

「私たちを敵に回すと、こうなります。今後はよく考えてから行動なさってください」

犀と紛争している嶺に私たちと戦う余力はないはずだ。これだけ脅しておけば十分だろう。

「それでは、ごきげんよう」

微笑みながら残した私の言葉を合図に、小龍は北へと出立する。

帝国の人々は為す術《すべ》もなく、顔を強ばらせながら私たちを見送るしかなかった。

少しスカッとしていた私の耳に、低い忍び笑いが響く。

「……天煌様？」

振り返ると、天煌様が私を面白おかしそうに見て言った。

「思っていた女とはだいぶ違う」

私はハッと目を見開き、少し冷静になって考える。

——私ったら、つい感情に任せて過激な言動を……。

「もし脅しが通じず、嶺が焔に戦を仕掛けてきたらどうしましょう？　やっぱり私が焔にいたら、ご迷惑ではないでしょうか？」

何だかどんどん不安な気持ちになってきた。私の存在が争いの火種になる事実は変わらない。焔にとって厄介なお荷物になるのでは——。

「迷惑？　俺にとってお前以上に大切な存在はいないのに？　心配するな。たとえこの先、嶺が攻撃を仕掛けてきたとしても、俺が全て排除し、全力でお前を守る」

天煌様が私の懸念《けねん》を遮るように告げ、真剣な表情で見つめてきた。

私の心臓は大きく高鳴り、顔や体はどんどん熱くなっていく。

——ああ、また調子が悪くなってきたわ。彼に見つめられていると胸が落ちつかない。

とりあえず甘い空気を変えようと、私は彼から目を背けて尋ねる。

「でも、あなたはいずれ退位して王宮から去るのでしょう？　その時、私はどうすればいいのですか？　もう帰る国もないのに」

俯いていた私の顎に指をかけ、天煌様はまっすぐ目を見つめて告げた。

「たとえ王宮から去ることになっても俺の側にいればいい。……いや、もう離すつもりはない」

そう言って、強く抱きしめられた直後――。

「俺の近くがお前の帰る場所だ」「私の近くがあなたの帰る場所です」

声が二重に聞こえた気がして、私は鼓動を高鳴らせながら目をしばたたいた。

「あなたのことは一生私が守るから」

彼は私の頬に手を添え、口づけするような距離感で言葉を繋げる。

「戻るぞ、俺たちの国へ」

私は困惑をあらわにして彼を見つめた。今話していたのはどっちの彼なのだろう。もしかして、人格が混ざっている？　それとも、混乱しすぎて私の頭がおかしくなっているのか。

「一緒に帰ろう」

額を押さえていたところで言われた言葉に、胸がにわかに熱くなる。

……帰る。私にもそんな場所があるのか。待っていてくれる大切な存在と居場所が。

真っ先に煌さんと天煌様の顔が思い浮かんだ。小龍や雛雀、焔の後宮にある自室や園林も。

帰る場所を見つけ、私は笑顔で「はい」と答える。

「帰りましょう。小龍も一緒に、私たちの国へ」

大切な人と相棒に、そう言えることがうれしくて仕方なかった。

第五章　龍神の神子は猛獣を喚ぶ

夕焼け空の下、遥か北の大地に小さく町が見えてくる。

「見てください、翠蓮。あれは焔《えん》国最南の町・漢奉《かんぽう》です。焔に帰ってきましたよ」

煌さんが小龍の背に跨《また》がりながら北の方角を指さして告げた。

遠くの町並みと穏やかな表情の彼を見て、私は笑みを浮かべる。さっきまでどちらの彼かわからなかったが、今は完全に煌さんのようだ。

「皆、あなたが帰ってくるのを待っています」

——皆？　桜蘭様や宮女たちのことかしら。

桜蘭様はよく茶会に招いて親しくしてくれたし、宮女たちはあれこれと世話を焼いてくれた。でも、もう戻っても、私に一番尽くしてくれた侍女はいない。

「……暎暎」

思わず肩を落としてつぶやいた私に、煌さんは神妙な面もちで報告する。

「翠蓮、暎暎は今、漢奉の獄舎にいます」

——獄舎？　暎暎は両親を助けた後、逃げたのではなかったの？

「いったいどうして……？」

「あなたが嶺《りょう》の手の者に連れ去られたと役所に通報したのです。その際、拉致に関与したと自白して。彼女の証言のおかげであなたの動向をいち早く察知できたのですが、さすがに妃の誘拐に関与した者をそのままにはしておけず……」

暎暎の行動を聞いて私は瞠目し、困惑をあらわにした。

役所に伝えれば捕まることはわかっていただろうに、なぜそんなまねを……。

「言い忘れていたが、我が嶺へ向かう馬車から脱出できたのは、袋の紐が緩んでいたからでな。おそらく、あのお団子頭が見張りの隙を突いて紐を緩めてくれたおかげなのじゃ」

「……暎暎が？　そんなことを……」

馬車でのやり取りや暎暎と過ごした時間が脳裏をよぎる。

彼女がどんな女性であったか改めて思い出し、私はある決意を胸に口を開いた。

「煌さん、漢奉に寄ってもいいですか？　もし叶うなら私に暎暎の処分を任せてほしいのです」

「構いませんよ。後宮の侍女に関しては妃にも裁量権がありますから。あなたに任せましょう」

快く応じてくれた煌さんに、私は笑顔で「ありがとうございます」と礼を言う。

「では、小龍。北の方角に見えている町へ向かってもらえるか？」

「あいわかった！」

暎暎に恩義を覚えていたのか、小龍は大きく頷き、全速力で漢奉へと向かっていった。

◇◇◇

明かり取りの窓から黄昏《たそがれ》の光が差し込んでくる。あれからどれだけ時間がたっただろう。

――姚妃《ようひ》様。

私は牢屋の床に座り込み、主人の姿を思い浮かべた。穏やかで優しくて何事にも一生懸命で、すぐに彼女のことが好きになった。それなのに、私は何てことをしてしまったのか。

両親を救出した後、せめてもの償《つぐな》いに役所へ行って姚妃様のことを伝えた。

どうか無事でいてほしい。祈りながら目を閉じていると、通路の方から足音が聞こえてきた。きっと看守だろう。そう思い目を開ける私だったが、予想外の人物を見て吃驚の声をあげた。

「姚妃様!?　……陛下も!?」

姚妃様と王が、私のいる牢屋へゆっくり近づいてくる。

彼女が無事だとわかり、心の底から安堵した。でも、喜びを面に出すことはできない。主人を裏切った私にそんな資格はないのだから。できるのは許しを乞うことだけ。

私は石の床に頭をこすりつけて謝罪した。

「姚妃様、申し訳ありませんでした！　私、取り返しのつかない過ちを。私は厳罰に処していただいて構いません。ですが、巻き込まれた両親のことだけは……」

それ以上は胸が詰まって言葉にできず、震えながら頭を下げ続ける。

しばらくすると、解錠して牢屋の扉を開ける金属音が響いた。

「ここから出なさい、暎暎」

「……え？　もう処刑することになったのでしょうか？」

姚妃様の言葉に私は顔をあげ、きょとんとして尋ねる。まだろくに尋問もされていない。

「何を言っているの？　処刑なんてするはずがないでしょう。あなたはもう自由よ」

「で、ですが、私は償いきれない大罪を──」

「あなたの償いはもう済んでいるわ。私を助けてくれたじゃない」

何のことかと目をしばたたく私に、姚妃様は笑みを浮かべて告げた。

「自分の身に危険が及ぶことも顧《かえり》みず、私のことを役所に伝えてくれたわ。小龍が脱出できるように袋の紐を緩めてくれたのもあなたなのでしょう？」

「そんなの、私が犯した罪に比べたら……。たいしたことはしてないです」

「いいえ。あなたが勇気を出してくれなければ、私は焔に帰ってこられなかったわ。小龍がいたから嶺を脱出することができたの。あなたのおかげでもあるわ」

姚妃様が優しい眼差しで私を見つめ、冷たい床に膝をついて両手を握りしめてくる。

「ごめんなさい。あなたをすぐに許すことができなくて。私が暎暎と同じ立場だったらきっと同じことをしていたわ。それなのに、あなたを拒んでしまった。私を許してくれるかしら？」

「……姚妃様」

「もし許してもらえるのなら、また私に仕えくれるとうれしいのだけど。だめかしら？」

困ったように微笑む姚妃様に、私は恐縮して大きく首を横に振った。

「私が姚妃様を許すなんて……！　一生無給でも構いません。側でお仕えさせてください！」

我慢していた涙がどんどんあふれてくる。私は堰《せき》を切ったようにわんわん泣いた。

姚妃様がなだめるように優しく私の背中を撫でてくれる。

私はこの日、彼女に忠誠を誓い、生涯心を尽くして仕えようと決心した。


暎暎とは一度家族に会わせるために別れ、小龍に乗って空を移動すること約半刻。

国境の近くに陣を張る天幕が見えた。焔の兵たちが飛行する小龍を見て声をあげている。

「龍だ！　青龍が戻ってきたぞ！」

「陛下もご無事だ！　その前にいる女性は姚妃様か？」

「そうだ。あのお方こそ、描いた絵を具現化させる奇跡の力を備えておられる女性だ！」

焔の陣営の所々で歓声があがり、私は意外な思いで兵たちを見下ろしてつぶやいた。

「……皆さん。誰も小龍を恐れていないみたい」

「神獣は焔の民にとって畏敬の対象ですからね。小龍がここに来た時、一度目にしていますし」

「……なるほど。小龍、私を助けるためにここに来てくれていたのね」

たてがみを優しく撫でると、小龍は気持ちよさそうに下降し、兵たちの前に着陸した。

「お帰りなさいませ、陛下、姚妃様」

天幕の前にいた史厳さんが近づいてきて拱手し、私たちを出迎えてくれる。

煌さんが「ああ」と頷き、私も彼に帰国の挨拶をした。

「ただいま戻りました、史厳さん。ご心配とご迷惑をおかけしました」

「いえ。ご無事で何よりです。よろしければ、簡単に経緯を聞かせていただいてもよろしいでしょうか？　皆、気にしておりましたので」

そう言って史厳さんが周囲にいた兵たちに視線を巡らせる。皆、興味津々といった表情だ。

「わかりました。えーと、何から説明すればいいのか……」

「我が教えてしんぜよう。翠蓮の力を得て生まれ変わり、この巨大な体と力で帝国の者どもを蹴散らしてやってくれたわ！　どうじゃ、雛《ひな》の雀《すずめ》？　我の新しき体は？」

小龍が言いよどむ私の代わりに説明し、近くにいた雛雀《すうじゃく》に立派な体を見せびらかす。

「……くっ。経緯の説明というより、ただの自慢じゃないか」

雛雀が悔しそうに小声でこぼした。

「どうした、雛の雀？　我の体がうらやましいか？　じゃが、翠蓮に頼もうと無駄であろうな。鳥はどこまでいっても鳥じゃ。青龍の化身たる我のようにはいかぬわ。残念であっ——!?」

雛雀をおちょくっていたところで、突然小龍の体が光に包まれる。

その光が収まると、彼の体は元の大きさに縮み、かわいらしい顔立ちに戻っていた。

「な、何じゃ!?　とたんに雛の雀が大きく……！　これはどういうことなのじゃ？」

小龍が混乱して周囲を見回す。その直後、私はめまいを覚えてふらりと横によろめいた。

「翠蓮！」

すぐに煌さんが私の体を後ろから抱くようにして支えてくれる。

「どうしたのじゃ、翠蓮⁉」

小龍が慌てて私のもとへと飛んできた。

「なぜか急に疲れを覚えてしまって……。軽いめまいよ。もう大丈夫です、煌さん」

そう言って離れようとするが、煌さんは心配そうに体を支えたまま私の額に手をあてる。

「熱はないようですね。史厳、念のため医官を呼んでくれ」

史厳さんは「御意」と答え、早足で奥の天幕へと向かっていった。

「……ふむ。これは……」

雛雀が近づいてきて、私の体をまじまじと観察してこぼす。

「どうした？　何かわかるのか、雛雀？」

「おそらく小龍を巨体化させた影響でしょう。少しずつ霊力を消耗していったのではないかと」

「それは寿命にも影響するのか？」

煌さんが不安そうに眉を曇らせて尋ねた。

「いえ。そこまでではないと思います。主様の体力が消耗する程度で。ですが、この状態で小龍が無理やり大きくなろうとすれば、主様の寿命にも影響が出るかもしれません」

雛雀は小龍を見て、「ククッ」と笑う。

「残念でしたね。君にはその蛇の姿がお似合いですよ」

「なっ……！」

怒りをあらわにする小龍だったが、具合の悪そうな私に目を留めると急に大人しくなった。

背中を向けてしょげる小龍に、私は申し訳ない気持ちになって声をかける。

「ごめんね、小龍。せっかく欲しがっていた巨体を手に入れたのに。寿命には影響ないみたいだから、私の体調がよくなったら大きくなってもいいのよ？」

「それじゃとまた主の体調に影響が出るやもしれぬ。あの巨体が必要になった時だけでよい」

「……小龍」

顔は見えないけれど、私の体を気遣ってくれていることがよくわかった。本当に優しい子だ。

「とりあえず体調がよくなるまではここで休んでください」

「私は大丈夫です、煌さん。皆、心配していることでしょうし、早く王宮に戻りましょう」

「いえ。王宮には早馬を飛ばして報せればいい。戻るのは体調が回復してからにしましょう」

煌さんは頑として返す。彼は意外に頑固なところがあるから、聞いてはもらえなさそうだ。

「……わかりました。少し休憩してからにします」

「理解してもらえてよかった。では、すぐにでも休んでください」

そう言って煌さんは私の背中と膝に手を回し、軽々と抱きあげて歩き出す。

「煌さん!?　運んでもらわなくても歩けますから！」

「あなたの体力を回復させることが最優先事項です。私に遠慮せず体を預けていてください」

「煌さん！」

声をあげて抗議したが彼は止まろうとしない。私の体を抱いたまま天幕へと突き進んでいく。

――もうっ、本当に頑固で過保護な人。心臓の調子がまたおかしくなってきたわ。

兵たちの視線も気になり、私は火照《ほて》った顔を手で隠しながら天幕に運ばれていった。


それから五日後、私たちは無事王宮に帰還を果たした。

仕事が溜まっていた煌さんは史厳さんに執務室へ連れていかれ、私一人で後宮に戻っていく。

門を潜ると、近くで待ち構えていた桜蘭様が声をあげて駆け寄ってきた。

「翠蓮様、お帰りなさい。小龍ちゃ――様も」

「桜蘭様！　わざわざ出迎えにきてくださったのですか？」

事前に話を聞いていたのだろうか。気遣いがうれしくて、私も笑顔で彼女に近づいていく。

「ええ。あなたは焔の英雄だもの」

「え、英雄って……、そんな大げさな」

「あら、大げさなんかじゃないわ。あなた、都の民に何て言われているか知ってる？　龍の守護を受けし神子って崇《あが》められているそうよ。どうも陛下の秘書監が広めたみたいでね。もう後宮だけじゃなく、国中にあなたの存在が知れ渡っているんだから。もちろん小龍様もね」

「カッカッカッ！　当然じゃな！」

小龍が得意げに胸を張って笑い、私は唇を引きつらせた。

実は、都で私を見た民が『龍神の神子様』と呼んでいて、自分のことなのかどうか気になっていたのだ。都に凱旋《がいせん》した私たちを多くの民が出迎え、小龍にまで声援を送っていた。

私たちの情報が知れ渡っていることを不思議に思っていたのだが。

――『龍神の神子様』というのは私のことで、全部史厳さんの仕業《しわざ》だったのね……。

ばつが悪くなって肩を縮めていると、道の向こうから王太后様が侍女を伴い近づいてきた。

「あら、もう到着していたのですね。少し遅かったかしら？」

「王太后様！」

私と桜蘭様は驚きの声をあげ、二人揃って彼女に拱手する。

「そう畏まらないで。ご苦労だったわね、姚妃。帝国に一泡吹かせるなんて頼もしい限りだわ」

「い、いえ。恐縮です」

王太后様まで出迎えにきてくれるなんて。こうして声をかけてくれるのも初めてだ。

「今宵はあなたと陛下の凱旋を祝って宴を開きたいと思っているの。疲れていることでしょうし、簡素なものよ。参席してもらえるわよね？」

「も、もちろんです。わざわざありがとうございます」

私は無理やり笑顔を作って答える。王太后様の申し出を拒むことなんてできるはずがない。

「よかった。では、今宵また会いましょう。それまでゆっくり休むといいわ」

王太后様は侍女と共に去っていき、緊張から解放された私はホッと息をつく。

「王太后様まであなたの力を買っているようね」

「このような時だけすり寄ってくるとは、何やら現金な女人のようにも思えるな」

「小龍。私を気遣ってくださっているの。ありがたく受けとめましょう」

小龍をやんわりとたしなめたが、何だが嫌な予感がして、私も素直には喜べなかった。


そして、満月が妖しい光を放つその夜。

私たちの帰還を祝う宴は予想よりも賑やかな空気の中進行した。卓子《つくえ》の上には豪勢な料理が並び、中央の広間では楽師の演奏に合わせて舞手たちが踊りを披露している。私の知っている王族は煌さんと王太后様、王弟の煌佑《こうゆう》様くらいで規模は大きくないが、かなり豪華な宴だった。

王太后様と煌佑様が気を配って私たちに話しかけてくれるおかげで、雰囲気も悪くない。

何か起こるのではないかと不安だったが、和《なご》やかな空気のまま終わりそうだ。

ホッとしていると、王太后様は含みありげに私を見つめ、煌さんに視線を移して告げた。

「姚妃がいてくれたら、焰の未来も安泰ね。ですが陛下、世継ぎについては大丈夫でしょうか？　以前、妃との間に子をもうけるつもりはないとおっしゃっていましたが。即位される前に交わした約束を守っていただけるかどうかも心配です」

あけすけに確認する王太后様を、煌佑様が「母上」と小声でたしなめる。

「ご心配なく。次の王は煌佑です。勤勉かつ清廉で、私とは違い汚れたところも一切ない。未来の国王にふさわしい人柄です。彼ならば争いのない平和な国に導いてくれるでしょう」

淡々と答えた煌さんに、王太后様は安堵の笑みを浮かべた。

「それを聞いて安心しました。ならば時が来たら、姚妃も煌佑に譲っていただけませんか？」

「母上……！」

今度は立ちあがって注意する煌佑様だったが、王太后様は構わず話を続ける。

「その力は国のため、そして王のための力。ならば煌佑に譲るのは当然でしょう？」

「おやめください、母上！」

参席者たちが顔を強《こわ》ばらせる中、煌さんは毅然として返した。

「いいえ、彼女だけは絶対に譲れません」

私はその言葉を聞いて、素直にうれしいと思ってしまう。王太后様の心証を考えると喜んではいけないのに、胸がときめくのを抑えることはできなかった。

王太后様は一瞬ピクリと眉を震わせたものの、茶化すように笑みを浮かべて告げる。

「まあ、陛下。本気になさいましたか？　今のは冗談です」

煌佑様が脱力して大きな溜息をついた。

「……母上。お戯《たわむ》れがすぎますよ」

「あら、ごめんなさいね」

楽しそうに笑う王太后様を見て、私はホッと胸を撫でおろす。

――冗談でよかった。でも、あんなことを言い出されて、本当にびっくりしたわ。

私と煌さん、煌佑様以外の参席者は笑い、会場に再び和やかな空気が流れる。

その後、宴は何の問題も起こることなく進行し、無事終宴を迎えた。

◇　◇　◇

宮殿から王や参席者たちが去っていき、宴の会場に氷室のような静寂が満ちる。

少し一人になりたいと言って、侍女や宦官たちは全員下がらせた。王太后は宮殿の奥にある席に座ったまま考え込む。頭に焼きついているのは、申し出を断った煌天の顔だ。

拳を握りしめていると、黒頭巾を目深に被った女が忽然と近くに現れ、声をかけてきた。

「全て私の予言通りになりましたでしょう？」

「……欣依。いったいいつの間に……」

本当に気味の悪い女だ。側近の宦官から評判を聞き、味方に引き入れたが。

ただ、占術師としての腕は確かだと言える。董《とう》春凜の末路や姚妃が帝国を退けて帰国すると、更には今回の宴の流れまで予言した。追われていたところを匿《かくま》ってやって正解だったか。

「お前の腕を見込んでもう一つ視《み》てもらいたい。本当に煌佑は玉座につけるのか。我が劉《りゅう》一族が覇権を握ることができるかどうかを」

欣依は「御意」と言って、袖の中から水晶を取り出し手をかざした。とたんに水晶が光る。

その光景を不思議に思いながらしばらく待つが、彼女は何も言おうとしない。

「どうした？　何も視えないのか？」

王太后は不安を募らせて尋ねた。

「いえ、そういうわけではないのですが……」

「あまりいい未来が視えなかったということか。では、聞き方を変えよう。煌佑と劉一族が覇権を握るためにはどうすればいい？」

欣依は口もとに笑みを浮かべて答える。

「その答えは視えております。焔王と姚妃を消すことです」

「……姚妃も、か？　だが、姚妃は焔が大陸で覇権を握るために必要な存在。彼女を消すのは、あまりにも惜しい。他に方法はないのか？」

姚妃は最強の神仙・画仙の末裔。利用価値の高い貴重な存在だ。絶対手に入れて使いたい。

「ですが、姚妃はこの先必ずあなた様の災いとなります。早めに消しておかれた方が――」

「くどいぞ！　それはできぬと言っている！　他の方法がないのであればもうよい！」

王太后は欣依の助言を遮断し、苛立ちをみなぎらせて言い放つ。

欣依は恐縮して頭《こうべ》を垂れ、仕方がなさそうに口を開いた。

「姚妃も消す方が確実ではありますが、焔王を排除するだけでもご一族の未来は明るいかと」

「……煌天か」

王太后は一度冷静になってつぶやき考え込む。煌天のことは邪魔に思い始めていたところだ。

「……わかった。煌天を消すのに何かいい方法はあるか？」

欣依はニヤリと笑って頷く。そして王太后の側に寄り、予想だにしない策をささやき始めた。

園林《ていえん》の薔薇《ばら》が朝日を浴びて悠然と咲きほころんでいる。

私は植物に水をやりながら煌さんのことを観察していた。

薔薇をじっと見つめ、花弁に触れたまま動く気配がない。また何か悩んでいるのだろうか。

「あの、煌さん？」

話が聞きたくて声をかけるが、煌さんは大きく体を震わせ、薔薇の刺で指を刺してしまう。

控えめに呼んだつもりだったのに、ここまで驚かれるなんて。

「大丈夫ですか、煌さん？」

彼の指から血が出ているのを見て心配になり、問いかける私だったが。

——ちょっと待って。血が出ているということは、今目の前にいるのは……。

「ようやく会えたな、翠蓮。煌天の奴がなかなか体を譲ろうとせず、苦い思いをした」

誰であるか気づいたところで、彼が私の頰に手を添え、至近距離から見つめてささやいた。

「天煌様!?」

私はうわずった声をあげ、動揺をあらわにする。

「その反応を見るに、煌天はまだお前に手を出していないようだな。王太后との約束のせいか。あいつは譲位するまで、争いの火種となりうる子どもは作らないと決めているようだからな」

天煌様は不敵に微笑み、突然私の体を抱き寄せて言った。

「だが、俺は煌天の決意などどうでもいい。欲しいものは力尽《ちからず》くでも手に入れる」

——どうして、こう急に……!? 心臓への刺激が強すぎるわ。

「待ってください！ せっかくまた会えたのですし、まずは落ちついて話をしましょう！」

「話？ すればいいだろう。何だ？」

「ですから、まずは離れて……！」

私はどうにか彼の腕から抜け出し、何か話題がないか慌てて考え口を開いた。

「今度こそ助けていただいたお礼がしたいのです。何か欲しいものはありませんか？」

天煌様は楽しそうに口角をあげて答える。

「ならば、お前自身をもらおうか」

「わ、私!?」

「ああ。さっきから何が欲しいか言動で示しているつもりだったが？」

天煌様に尚も迫られ狼狽《ろうばい》していると、木陰に控えていた史厳さんが声をあげた。

「お待ちください、天煌様！ お戯れはそれぐらいに。煌天様が知れば面倒なことになります」

「それ以上翠蓮に近づくでない、けだもの！」

「さすがに僕も黙ってませんよ、旦那！」

近くにいた小龍と雛雀も私たちの間に割って入り、天煌様を威嚇《いかく》する。

「姚妃様のご意思に反することなら、私も命をかけて抗議します！」

木陰から作業を見守っていた暎暎も私の前へと躍《おど》り出て、背後に庇《かば》いながら訴えた。

「……チッ。他にもいたのか」

天煌様は忌々《いまいま》しそうに舌打ちして私から離れる。

――皆のおかげで助かったわ。おもに心臓が。

「あの、天煌様。できれば物にしていただけるとうれしいのですが。絵画とか」

煌さんにあげたのも絵だった。やっぱりこれがいいと思い、提案してみる。

「……絵画か。特に興味はないが」

「でしたら、好きな動物はいますか？」

「好きというほどでもないが、動物の中では獅子がいい。最も強い獣だからな」

「……獅子」

どうして今まで思いつかなかったのだろう。まさしく天煌様にぴったりな生き物だ。

「では、天煌様には獅子を描いて贈ります！」

想像力をかき立てられた私は、やる気をみなぎらせて宣言した。

彼のように勇猛な獅子の姿を想像したら早く描きたくなり、すぐに紅華宮《こうか》へと向かっていく。

園林にいた全員を連れて自室に戻ると、暎暎がさっそく画材を準備してくれた。

私は画材が揃った卓子の前に座り、気合いを入れて絵を描き始める。

具現化するかもわからないのに、なぜか自信があった。完成画が想像できるからだろうか。

天煌様から連想する色は、煌さんよりも濃い赤。炎のようなたてがみに、大きくて立派な体。

牙と爪は鋭くて、顔は凜々しく。天煌様を乗せてどこまでも駆けられる強靭な足も備えたい。

戦う彼の助けとなってくれるように。想像力をふくらませながら紙に筆を走らせていく。

瞳の色は当然、天煌様と同じ深紅だ。目つきも彼のように鋭く、縦長の瞳孔を入れる。

――さあ、出てきてちょうだい。どうか天煌様の力になって！

願いながら絵を完成させると、右手に文字が浮かびあがり、紙から赤い光がほとばしった。

「キタァ～ッ！　確定演出じゃ！　新たな仲間が登場するぞ～！」

「獅子の具現化に成功するなんて、さすがは主様です～！」

私の側にいた小龍と雛雀が、窓から外へと移動した光を見て、期待に瞳を輝かせる。

具現化に成功したみたいでよかった。今度の子はどんな性格だろう。願いを込めたから、きっと彼らや天煌様にとっても頼もしい存在になるはずだ。そう期待する私だったが――。

光が収まった後に現れた獣を見て、全員一緒に目を丸くする。普通の獅子の倍はある大きな赤い獅子が窓の外で寝ていた。獅子はイビキをかいていて、目を覚ます気配が全くない。

「……あ、あの。起きてもらえるかしら？」

私は唇を引きつらせながら獅子に恐る恐る声をかけた。

「おい、赤毛！　主人が命じておるのじゃ。目を覚まさぬか～！」

小龍が獅子の耳もとまで飛んでいき、大声をあげる。

「うるさい！　俺様は昼寝の最中だ。蛇よ、邪魔をするな」

「へ、蛇じゃと⁉　我は翠蓮の守護龍にして最強の神獣・青龍じゃ～‼」

小龍は怒りをみなぎらせ、獅子の耳にがぶりと噛みついた。

獅子は「この蛇！」と言って小龍を振り落とし、太い前足を繰り出す。

「やめなさい、ふたりとも！」

――もうっ、どうして私が生み出した子たちは喧嘩ばかりするの？

ハラハラしていると小龍が獅子の前足をかわし、私の懐《ふところ》に潜り込んできた。

チッと舌打ちをして睨みつけてくる獅子に、私は襟《えり》を正して挨拶する。

「はじめまして。私は翠蓮。あなたを具現化させたのは私よ」

「お主のような小娘が？　俺様をこの世に喚び出した主《あるじ》だというのか？」

「ええ。でも、ここにいる彼を主人だと思ってほしいの。天煌様に従ってもらえないかしら？」

隣にいる天煌様を示してお願いするが、獅子はプイと顔を背けてまた寝そべってしまう。

「断る。俺様は強さを認めた存在にしか従わん。しばらくゆっくり寝かせろ」

随分と強情で怠惰《たいだ》な性格のようだ。本当になぜ望んでもいない要素が加わってしまうのか。

「強さを認めた存在にしか従わない、か。ならば話は早い」

天煌様が外へ飛び出すやいなや剣を抜き、居眠りしようとしていた獅子に斬りかかった。

とっさに避ける獅子だったが、天煌様の猛攻にどんどん押され後退していく。

獅子の後ろ足が後方の木にぶつかり動きを止めた瞬間、天煌様が素速く剣を振りおろした。

獅子は前足をあげ、爪で刃を受けとめる。だが、力負けして剣身がじりじりと首筋に迫った。

「わかった、もう十分だ！　貴様を俺の主と認める！」

刃がたてがみの一部を斬り裂いたところで、獅子が降伏の声をあげる。

天煌様はニヤリと笑い、獅子から剣を引いて腰にある鞘《さや》へと収めた。

獅子は「ふぅ」と安堵の息をもらし、怪訝《けげん》そうに天煌様を見てぼやく。

「なぜ地上にこれほどまで強い者がいるのだ。とても人間の速さと力ではなかったぞ」

「それはそうでしょう。我が王は焔国を築いた神仙・武仙《ぶせん》の力を受け継ぎしお方。超人的な身体能力を備えておられますから。地上に武力で敵《かな》う者などおりますまい」

「えっ!? そうだったのですか？」

私は史厳さんの話に驚き、目を見開いた。まさか天煌様が異能の発現者だったなんて……。

「ええ。初めて天煌様に人格が変わられた時、力が発現したそうですよ」

「……まさか神仙の末裔とは。どうりで強いわけだ」

獣たちに奇異なる目で見られ、天煌様は居心地が悪そうな顔をして私に尋ねる。

「この獅子の名は何だ？」

「まだ名前はありません。天煌様が主人ですから、あなたがつけてください」

「俺が獅子の名前を……？」

「旦那の感性じゃ、ろくな名前にならないでしょうね。僕を雛雀と名づけるくらいだから」

「うむ。けだものの考える名など高が知れておるわ」

天煌様には聞こえてないと思っているのか、雛雀と小龍が私の隣でひそひそささやき合った。

小声で「ダサい名前来い！」と念じる二匹だったが。

「炎獅《えんし》。炎のようなたてがみが印象的だからな。炎獅にしよう」

「……チッ。何だよ、かっこいいじゃないか。人格が変わると、感性まで変わるのか？」

「何やら強そうな名前じゃのう」

天煌様の命名を聞いて二匹は「うらやましい」とつぶやき、炎獅に羨望の眼差しを向ける。

「炎獅か。単純だが、まあいいだろう」

名前を気に入ったのか、炎獅は満更でもなさそうに口角をあげた。

「では、炎獅。さっそくだが命令に従ってもらおうか」

「何だ？　殺してほしい人間でもいるのか？　それなら一人までにしておけよ」

「殺したい人間がいれば自分で殺《や》る。ひざまずけ。遠乗りがしたい」

「貴様、この俺を騎獣にしようというのか!?」

「お前にその価値があればな。馬より遅くて体力がなければ必要ない。その辺で寝ていろ」

「貴様、この俺が馬より劣るとでも思っているのか……！　いいだろう。乗れ！　俺様が誰よりも速くて強靭な生き物であることを証明してやる！」

炎獅は苛立ちをみなぎらせて言い放ち、天煌様が乗りやすいように体を伏せる。

──天煌様、炎獅の扱いがうまいわ。もう彼の性格を摑んだのね。

彼らのやり取りを意外な思いで観察していると、天煌様が私に手を伸ばして話しかけてきた。

「翠蓮、お前も乗れ。いい気分転換になるぞ」

「……え？　でも……」

「いいから来い」

戸惑っていたところで突然体を抱きあげられ、私は「あっ！」と声をあげる。

天煌様は有無を言わさず、私を抱えたまま炎獅の背中に飛び乗った。本当に強引な人だ。

「我も行くぞ！　我は翠蓮の守護龍じゃ！　主に不埒《ふらち》なことをしでかさぬか見張ってやる！」

「僕も行きます！　旦那も僕のご主人様ですから」

小龍は私の懐に飛び込んで顔を出し、雛雀は天煌様の肩に止まった。

「小動物どもは邪魔なのだがな。仕方ない。炎獅、出発しろ」

忌々しそうに命じた天煌様を、すかさず史厳さんが引き留める。

「お待ちください、天煌様！　執務の方が――」

「そんなもの後で煌天にやらせておけ。行け、炎獅！」

天煌様が史厳さんの言葉を遮るように命じ、炎獅が小さく頷いて走り出した。

「ああ、面倒な……！」

嘆く史厳さんの声が後方から聞こえてくる。

彼や煌さんに申し訳ない。適当なところで切りあげるように言おうと、私は思うのだった。


天煌のせいで仕事が溜まり、あまり眠れない夜を過ごした翌朝。

「聞いたぞ、史厳。昨日天煌は仕事を投げ出したばかりか、翠蓮と遠乗りを楽しんだらしいな」

執務室を訪れた史厳に、私は恨めしさを全開にして詰め寄っていく。

「……くっ。誰ですか？　周囲の人間には固く口止めしていたのに」

史厳が面倒くさそうな顔をしてぼやく。実は、衛兵を夜中まで尋問して聞き出したのだ。

「誰でもいいだろう。史厳、私も彼女と出かけるぞ！」

私はメラメラと闘志を燃やしながら宣言した。天煌にだけ、いい思いをさせてなるものか。

「申し訳ありませんが、そんな時間はありません。しばらくは予定がぎっしりです」

史厳は私の要求をバッサリと切り捨てた。まさに仕事の鬼。情け容赦のない男だ。

私も仕事を蔑《ないがし》ろにしたくはない。でも、このままでは鬱憤が溜まって執務に集中できない。

どうすることが私と国にとって一番いいのか。今日はこの後、郊外を視察する予定だったが。

考え込んでいたその時、私の頭に妙案が閃《ひらめ》いた。

「では、今日の視察に翠蓮を連れていくのはどうだ？　彼女は民に人気があるようだから、連れていけば皆、喜ぶだろう。炎獅を民にお披露目するのもいい」

これなら仕事を休まなくて済むし、彼女とも一緒に出かけられる。史厳も納得するはずだ。

「……なるほど。姚妃様を帝国から奪還し、炎獅を手に入れたことを民に知らしめるわけですね？　王の威信を示すちょうどいい機会かもしれません。すぐ姚妃様に使いを送りましょう」

私は「頼む」と言って頷き、部屋から出ていく史厳を見送った。

王の威信まで示すつもりはなかったが、史厳が納得してくれたのであればいい。

昼間もずっと翠蓮と一緒にいられる。それが何よりもうれしかった。

沿道にいる人々が目を見開いて私たちに注目している。驚かれるのも無理はない。巨大な赤獅子が町を練り歩いているのだから。しかも、背中にいる私たちは人目を引くほどベッタリだ。

煌さんが炎獅に乗って郊外を視察したいと言うから応じたが、もう黙ってはいられない。

「あの、煌さん。密着しすぎではないでしょうか？」

私は顔を火照らせながら俯いて訴えた。腰には必要以上にしっかり彼の両手が回っている。

「いえ。炎獅には手綱も鞍《くら》もつけていませんから、しっかり抱いておかなければ危険です」

「でも、炎獅はゆっくり歩いてくれていますし……」

炎獅はさっきから頻繁に大きなあくびをして、今にも居眠りをしてしまいそうだ。

「それでも危険ですから、このまま行きます」

軽く咳払いをして主張した煌さんに、私の懐に潜んでいた小龍が白い目を向けてこぼす。

「こやつ、ちゃっかりしすぎではないか？」

「ちゃっかりしすぎですね」

煌さんの肩に止まっていた雛雀も呆れ顔で同意した。

馬に乗って従っていた史厳さんまで賛同して頷く。

私は彼らの反応を気にしている余裕はなく、ドキドキする胸を押さえて考える。このまま密着しているなんて、王宮に戻るまで心臓が持つだろうか。住民たちの視線も気になるところだ。

初めは驚いていた民衆だったが、気持ちが落ちついてきたのか、所々で声が聞こえ始めた。

「陛下が抱いておられるのは姚妃様か？　今、国中で話題になっている」

「噂通り、仲がよくていらっしゃるな。お世継ぎが生まれる日も近いかもしれないぞ」

「せっかくいらしたのですもの。皆で歓迎しましょう。陛下〜、姚妃様〜！」

ひそひそした声は歓声に変わり、人々は笑顔で私たちを迎え入れてくれた。

私は更に顔を火照らせて俯く。温かい眼差しと声援はうれしくもあるけれど、恥ずかしい。

「それより、あの赤い獅子は何だ？　あんなに色が派手ででかい獅子は見たことがないぞ」

人々の話題は当然炎獅にも及んでいた。さすがに気になるようだ。

「きっと陛下が捕らえられたのだ。帝国から姚妃様を奪還したことといい、本当に頼もしいな」

「ああ。あんなに強くて素晴らしい王はいない。陛下がいらっしゃる限り、焔は安泰だな」

民衆は敬意に満ちた眼差しを煌さんに向け、口々に「陛下〜！」と熱い声援を送っている。

王都に凱旋した時も民衆から歓声を浴びて、彼の人望の高さが窺えたが、この町では更に人気があるようだ。皆、彼にとても親しみを覚えているようにも感じられる。なぜだろう。

私は少し不思議に思いながら人々や町の様子を観察した。住民たちは皆、陽気で生き生きとした表情だ。大路の脇には商家や露店がひしめき、町全体が活気に満ちあふれている。

護衛の兵たちを引き連れ、大路をゆっくり北上していくと、立派な門を構えた庁舎が見えた。

門の前には、青い官服を着た役人たちが待ち構えていたかのように整列している。

私たち一行が門前に到着すると、役人たちが頭を垂れて煌さんを出迎えた。

「陛下、ようこそ安景《あんけい》へ。そちらは姚妃様でございますね？　私は安景の太守《たいしゅ》にございます」

役人たちの前にいた小柄な中年男性が、私に目を向けて拱手する。

――太守。ということは、この方が町を治めている役人ね。

「はじめまして、姚翠蓮です」

私は微笑を浮かべて太守に挨拶した。

畏まって一礼した太守に、煌さんが表情を引き締めて尋ねる。

「その後、町の様子はどうだ？」

「ご覧の通り復興は順調です。民の表情も違ったでしょう？　全て陛下のおかげにございます」

「……復興？　この町に以前何かあったのですか？」

とても活気があって豊かな町のように見えたのだが。

「ええ。一年前まではたびたび馬賊に襲撃され、廃れ果てておりました。ですが、陛下が即位された後、自ら賊どもを一掃してしまわれたのです。おかげで町は平穏を取り戻しました」

「……そんなことが」

だから煌さんは町の人々に慕われていたのか。私は納得し、歓声をあげる民の姿を思い出す。

「陛下に救っていただいた町はここだけではございません。頻繁に国を視察され、各所で起こっている問題も次々と解決されているのだとか。名君に恵まれ、我ら臣下は果報者です」

「あまり持ちあげるな。私は罪を償っているだけなのだから」

煌さんはばつが悪そうに言って、少し悲しそうな目をする。

哀愁の中に覚悟が滲んだ顔を見て、私は以前彼に言われた言葉を思い出した。

『私は遠くない将来、退位して王宮を離れます』

彼は民や役人からも敬愛され、優れた為政者の資質を持っている。王にふさわしい男性だ。

それなのに王宮から去ろうと考えているなんて……。何だか惜しい気がして、やるせない。

「ここで立ち話をするのも何ですから、どうぞお入りください」

重く沈んだ空気を変えようとしたのか、太守が明るく声をかけてくる。

庁舎に案内されてからも、私は煌さんの発言について考えていた。

役人たちの話を聞いている時も、庁舎の視察が終わり、町から出る時になってもずっと。

笑顔で見送ってくれる役人たちや民衆の顔を見ていると、どうしても思ってしまう。民や国にとっては煌さんがこのまま王位についてくれていた方がいいのではないだろうかと。

それは、煌佑様も素晴らしい方なのかもしれないけれど……。

――難しいのでしょうね。王太后様と約束をしたという話だし、煌さんの意思は固そうだわ。

物思いにふけっていると、少し前を飛行していた雛雀が声をあげた。

「ご主人様、北から武装した集団がやって来ます！」

「武装した集団？　旗印や家紋は見えるか？」

「いえ、黒衣をまとっていて、見るからに怪しげです。二十名くらいでしょうか」

「もしかしたら、陛下を狙ってやって来た暗殺者かもしれません。ご用心を」

史厳さんの忠告に煌さんは「ああ」と頷き、北の方角を注視する。

私も我に返って進行方向に視線を移した。荒野の向こうから砂煙をあげて近づいてくる何かが見える。いつの間にか町からかなり離れた場所までやって来ていたようだ。

「ご主人様、一団が武器を手に向かってきました！　やはり僕たちが標的のようです！」

「翠蓮、炎獅から降りて下がっていてください」

煌さんが私の体を抱えて炎獅から下ろし、後方にいた衛兵たちに命じる。

「護衛部隊は彼女を守ることに専念しろ。私が前に出る。棍《こん》をくれ」

「はっ！」

護衛の一人が細長い棍棒を煌さんに手渡し、残りの九名は私を守るように取り囲んだ。

「炎獅、私を乗せて立ち回れるか？」

「造作もない。俺様ひとりでも十分だ。この爪と牙で引き裂いてくれる！」

「いや、君は戦わなくていい。血を見たくないからな」

煌さんは炎獅の背中に跨《また》がりながら棍を一振りして構える。

「煌さん、まさかお一人で相手をするつもりですか⁉」

「若造、手が足りぬのなら我も大きくなって参戦してやるぞ？」

「心配いらない。私一人で十分だ」

煌さんは炎獅に「行け」と命じて、近づいてくる敵へと自ら向かっていった。

一団の先頭を馬で駆けていた男が、煌さんの首めがけて偃月刀《えんげつとう》を振りおろす。

その攻撃を煌さんは上体を伏せてかわし、駆け抜けざま男の脇腹に強烈な一打をくらわせた。

男は馬から吹っ飛んで、近くの木に激突する。昏倒したのか、体はピクリとも動かない。

その様子を見た刺客たちは一瞬怯んだものの、次々と煌さんに攻撃を仕掛けていく。

煌さんは人間離れした身体能力と棍術を駆使して、敵を迎え撃った。

ある者は鳩尾《みぞおち》を、ある者は脳天を。目にも止まらぬ速さで繰り出される棍の痛打を浴び、初めの男と同様落馬して動かなくなった。全員を昏倒させながらも、誰一人血を流してはいない。

こんな戦い方があるなんて……。

「あの若造、かなりやりおる」

戦う煌さんの姿を見て小龍が感心した様子でこぼし、私も驚きに目を瞠《みは》った。

——すごい。強いのは天煌様だけかと思っていたのだけど。

「煌さんもこんなに強かったのですね」

「当然です。煌天様も武仙の力を受け継ぎしお方ですから。護衛などいらないくらいです」

私の隣で戦場の様子を眺めていた史厳さんが少し誇らしそうに語る。

「ならば、出し惜しみなどせねばよいものを」

「戦場ではどうしても血を見てしまいますからね。護衛を下がらせたのも彼らの血を見ないように配慮したからでしょうし。いつもこういう場面は天煌様に任されているのですが」

「でしたら、なぜ今回は煌さんが……？」

「天煌様に体を譲りたくなかったからではないでしょうか。あなたと過ごす時間を」

「えっ⁉　まさか、そんな……」

ありえないと思う私だったが、煌さんはメラメラと闘志を燃やしながら次々敵を倒していく。

『翠蓮との時間を天煌には譲らない！』そんな空耳が聞こえてくるほどの気迫だった。

「炎獅が煌さんにも素直に従っていたのは、彼の強さがわかっていたからだったのですね」

「というより、実は今朝、一戦交えていたのですよ。煌天様と炎獅様とで」

「えっ？　つまり煌さんが勝ったのですね、あの炎獅に」

——強すぎるわ。

私は心の中でつぶやき、史厳さんから煌さんに視線を戻す。

煌さんは最後の刺客を棍による打撃で気絶させ、「ふぅ」と息をついていた。

「あっという間でしたね。さすがはご主人様です」

雛雀が笑みを浮かべ、煌さんのもとへと飛んでいく。

「陛下、お怪我はございませんか？」

雛雀を肩に乗せて戻ってきた煌さんに、史厳さんが尋ねた。

「ああ。刺客たちは生かしておいた。王宮へ連行し、彼らの背後関係について調べてくれ」

煌さんの命令に護衛の兵たちは「はっ！」と答え、倒れている刺客のもとへ向かっていく。

「お待たせしました、翠蓮。では、王宮に戻りましょうか」

煌さんが晴れやかな笑顔で私に手を差しのべてきた。

「え、ええ」

私は若干唇を引きつらせ、彼の手を取る。

——思っていたより肝の太い男性だわ……。

◇◇◇

「王太后様、焔王の暗殺が失敗に終わったようです」

垂簾の奥に座っていた王太后の前に、側近の宦官が近づいていき、硬い表情で報告した。

「……わかった。お前は下がってよい」

「御意」

拱手して部屋から出ていく宦官を、王太后は拳を握りしめながら見送る。

すると、近くに控えていた欣依が「心配なさいますな」と声をかけてきた。

「全て計画通りです。暗殺の失敗は布石にすぎません。もう一つの策を実行いたしましょう」

「……しかし、あれをやると失うものもまた大きい」

王太后は不安を払拭できずつぶやく。本当に大丈夫なのだろうか。ここまで事を大きくして。

「次の作戦を進めなければ、煌佑様は永遠に即位することができませんよ？　運命を変えるのに犠牲は付き物。ご心配なく、作戦は必ず成功します。わたくしには全て視えておりますから」

欣依は光る水晶を覗き込み、自信ありげな笑みを浮かべる。

これまで彼女の言うことに間違いは一つもなかった。あとは信用するしかないか。

「わかった。次の作戦に移ろう」

欣依は「はい」と返し、したりげに口角をあげて微笑んだ。

第六章　仮初めの妃と王弟の覚悟

園林《ていえん》に涼やかな風が吹き、初夏の草花を揺らしている。もう夕方なのに随分暖かくなった。

私は小龍と一緒に薔薇《ばら》や紫陽花《あじさい》に水をまいて回る。

わかれて作業していると、垣根の近くで水やりをしていた小龍が声をあげた。

「こやつはまだ寝ておるのか！　朝からずっとじゃぞ！」

どうやら炎獅を見つけたようだ。私も小龍のいる場所に近づいてみる。

「しかし、この赤毛が炎獅《えんし》であるとは、信じられぬな」

垣根の影で小さな赤い獅子が眠っていた。かなり体が縮み、猫ほどの大きさになっている。

「あら、あなたも同じじゃない」

「赤毛と一緒にするな！　我は樹懶《なまけもの》のように寝たりせぬ！　どれ、そろそろ起こしてやるか」

「だめよ。雛雀《すうじゃく》が言っていたじゃない。体を小型化させたり長時間眠ることで、私の霊力を損なわないように調整しているって。私のためなのだもの。好きなだけ寝かせてあげましょう」

「こやつはただ寝たくて寝ているだけだと思うのじゃがな」

私は納得できていなそうな小龍を抱いて別の場所に移動し、園芸作業を続けた。

日が暮れる直前まで続けたが、煌さんがやって来ない。色々あったから忙しいのだろうか。

「……仕方がないわ。そろそろ終わりにしましょう」

暗くなり、小龍に声をかけて紅華宮《こうかきゅう》に戻ろうとした時、後方から私を呼ぶ男性の声が響いた。

「翠蓮！」

私は振り返り、駆け寄ってくる煌さんの姿を発見して口もとをほころばせる。

「よかった、間に合って。いや、園芸作業には間に合いませんでしたよね。すみません」

「いえ、謝らないでください。お仕事がお忙しかったのでしょう？」

「ええ、ちょっと朝議が長引きまして。あなたに話したいことがあって、急いできました」

「……話？」

目をしばたたく私に、煌さんは神妙な面もちで口を開いた。

「先日私を襲った集団の黒幕がわかりました。北方を治める雷《らい》一族です」

「……雷一族」

以前、桜蘭様に教えてもらった話を思い出す。確か、唯一残っている武論派の一族だ。

焔《えん》国ではおもに五つの部族が領地を治めていると聞いた。三つの派閥があって、武論派である北の雷、文治《ぶんち》派である西の曹《そう》と中央の劉《りゅう》、中道《ちゅうどう》派である南の李《り》と東の張《ちょう》だ。

「それで明日、雷一族を征伐しに向かうことになりました」

「国王自らですか？」

「ええ。王の威信を示し、国政の安定化を図るためでもあります。国外に対する憂慮はありますが、内部の毒を放置するわけにはいきません。私が炎獅と行って迅速に収めるのが一番いい」

つい不安な顔をしてしまう私に、煌天さんが安心させるように微笑んで告げる。

「大丈夫。戦力の差は明白で、危険の少ない任務ですから。すぐに終わらせて戻ってきます」

――心配だけど、王の妃である私がずっと不安がっていたらだめよね。

「わかりました。無事のお戻りをお待ちしています」

私は無理やり笑顔を作って言った。彼が少しでも集中して任務に臨《のぞ》めるように。

気休めでも彼のためにできることがあれば何だってしよう。


私は自室に戻り、深夜になるまで編み物をしていた。

――はずなのに、雨が額にあたって目を覚ます。

私がいたのは見知らぬ荒野で、鎧《よろい》をまとった兵たちが武器を手に戦っていた。

その中にひときわ勇ましく剣を振るう青年の姿が見える。

煌さんだと思い、駆け寄ろうとするが次の瞬間、敵の放った矢が彼の胸を射貫き――。

「煌さん!!」

私は叫び声をあげ、パッと目を見開いた。

「翠蓮！　どうした？　悪い夢でも見たのか？　このような場所で寝るからじゃ」

小龍が心配そうに顔を覗き込んでくる。

私はハッとして周囲を見回した。私は自室の椅子に座っていて、窓からは朝焼けの光が差し込んでいる。作業が終わって力尽き、居眠りをしてしまったようだ。完成品は膝に置いてある。

——それじゃあ、荒野での出来事は夢……。

一瞬ホッとするが、胸騒ぎは収まらなかった。悪夢のせいか、ひどく嫌な予感がする。

「翠蓮、どこへ行く？　出かけるなら、お団子頭に言わねば心配するぞ」

突然立ちあがって部屋を出ようとした私に、小龍が後を追いながら注意してきた。

「暎暎にはあなたから伝えておいて」

私はそのまま紅華宮を飛び出し、王の寝殿に向かって駆けていく。

早く煌さんに会いたい。顔を見て少しでも安心したかった。

いつも作業している園林を通り過ぎ、北へ繋がる道を脇目も振らずに疾走する。

寝殿の近くまで到達するとちょうど扉が開き、煌さんが雛雀や炎獅と一緒に姿を現した。

「煌さん！」

私は声をあげて彼のもとへと駆け寄っていく。

「翠蓮!?　今あなたの部屋に向かうつもりだったのですが、見送りに来てくれたのですか？」

煌さんが驚きつつ、少しうれしそうな表情で尋ねてきた。

「え、ええ。やっぱり心配で」

嫌な予感がして来たことは言わない方がいいだろう。彼に余計な不安を与えたくない。

「昨日も言いましたが、心配いりませんよ。私にはあなたが贈ってくれた炎獅もいますので」

煌さんは抱えていた炎獅に目を向ける。炎獅は小型化して彼の腕の中で眠っていた。

「炎獅、そろそろ起きてちょうだい」

真上から声をかけ、何度か体を揺さぶってようやく炎獅は目を覚ます。

「炎獅、昨夜頼んでいただろう。君は戦場に連れていく」

「……むぅ。本当に行かなければならんのか？　俺様はここでずっと寝ていたいぞ」

「そう言わずに。煌さんのことをお願いね」

面倒くさそうな顔をする炎獅だったが、煌さんの腕から飛び下りて大きくなってくれた。

「雛雀も煌さんのこと、よろしく頼むわね」

私は煌さんの肩に止まっていた雛雀に視線を移してお願いする。

「翠蓮、雛雀は後宮に置いていこうと思っていたのですが。何かあった時の連絡役として」

「いけません。雛雀は偵察役に最適ですから、戦場に行くあなたにこそ必要です」

「そうですね。僕はきっとお役に立てますよ。獅子や蛇よりも」

「何じゃと!?　我がいないと思って調子のよいことを抜かすでない！」

暎暎と一緒に遅れてやって来た小龍が、目を三角にしてわめき散らした。

「わかりました。雛雀も連れていきます」

煌さんの言葉に、私はひとまず安堵する。でも、まだ不安が拭いきれない。

「小龍も連れていってもらった方が安心なのですが」

「それはだめです！　小龍は万一に備えて残していきます。あなたを守ってもらわなければ」

「そうじゃぞ、翠蓮！　いくら何でも若造に対し過保護すぎる。我は主の側におるからな！」

――ふたりの意思は固そうね。どちらも頑固だから。あと私にできることは……。

「わかりました。それでは、こちらをお持ちください」

私は懐から取り出した赤い房飾りを煌さんに手渡す。

「これは、房飾りですね。嶺で大切な人が旅立つ時、お守りとして渡す風習があるという」

「ええ。昨晩急いでこしらえました。拙《つたな》い出来で申し訳ないのですが」

「いえ！　あまり時間がなかったでしょうに、見事なものです」

煌さんが房飾りをまじまじと観察し、うれしそうな笑みを浮かべる。

お世辞かもしれないが、前回の出来よりは自信があった。意匠も花を模した複雑な編み方にしたし、ほつれも目立たない。彼の力になりたくて、夜中まで苦労して編んだのだ。

目の下にクマがある私と房飾りを交互に見て、感極まった様子の煌さんだったが。

「あと、こちらは天煌様に」

もう一つ同じ房飾りを差し出すと、彼は「ん？」と言って面食らった顔をした。

「天煌様も戦場に立たれるのでしょう？　だから天煌様のぶんです。彼にも渡してください」

とたんに煌さんの眉根が寄り、ムッとした顔つきになる。

「あなたは私と天煌、どちらが好きなのですか？」

私は「え？」と言って少し鼓動を高鳴らせながらも、迷うことなく答えた。

「どちらも好きですよ」

今度は頭を押さえる煌さん。後方にいた史厳さんと暎暎は、顔を強《こわ》ばらせて固まっている。

――あれ？　何かまずいことを言ったかしら？　煌さんは怖い顔をして詰め寄ってくるし。

困惑していたその時、突然額に熱が走った。煌さんが私のおでこに素速く接吻《キス》をしたのだ。

「こ、煌さん!?　いきなり何を……!?」

慌てふためく私を見て、彼はハッとしたように目を見開く。

「……すみません」

目を伏せて謝ってきたが、あまり反省しているようには見えない。

しまいには溜息をつき、私に背中を向けてしまう。

「離れている間、私と天煌への気持ちについてよく考えておいてください」

炎獅や史厳さんたちに「行こう」と告げ、煌さんは門の方へと去っていった。

「……煌さん、何だか少し怒ってた……？」

私は彼らを見送りながら呆然としてつぶやく。

「礼儀のなっておらぬ男じゃな。せっかく見送りに来てやったというに」

「いや、あれは怒っても仕方がないと思いますよ」

暎暎が呆れ顔で口を挟んだ。

「あら、どうして？」

「だって、本人の前で別の男性も好きだと告げるなんて嫉妬するに決まってるじゃないですか。男は自分だけを好きでいてもらいたいものなのですよ。まあ、男に限った話じゃないですけど」

「二人を好きになってはいけないものなの？」

「異性としてはそうですよ。もう姚妃《ようひ》様、鈍感すぎます～」

「……そうかしら？」

どちらかだけを好きになるなんてできない。煌さんも天煌様も違った魅力があって素敵な人だから。二人の男性を好きだと思ってしまう自分がおかしいのだろうか。

私は思い悩みながら、彼が消えていった方角をいつまでも眺めていた。


王宮を出てからも私はずっと苦悩の只中《ただなか》にいた。

天煌に対する苛立ちが収まらない。天煌のことも好きだと私の前で言うとは……。

彼女からは異性としての愛情が感じられなかった。私だけを見てほしいのに。

もっと異性として意識してほしくて、ついおでこに口づけをしてしまった。あれでも自制したのだ。箍《たが》が外れてしまえば、状況も顧みず彼女の全てを奪いたくなっていたはずだから。ただ彼女に促した。私と天煌への気持ちについてよく考えておいてほしいと。

いっそ思いを伝えてしまえば楽になれるのに。嫉妬に駆られ、苛立ちをぶつけてしまった。

私は炎獅に乗って荒野を駆けながら今朝の言動について反省する。せっかく見送りに来てくれたのに冷たすぎたかもしれない。帰ったら謝ろう。そのためには早く任務を終わらせて――。

「ご主人様、後続をだいぶ引き離していますが、大丈夫でしょうか？」

考え込んでいると、肩に止まっていた雛雀が心配そうに問いかけてきた。

私はハッとして振り返る。兵たちが「陛下～！」と声をあげ、遥か後方を駆けていた。

今は進軍中だ。色恋に現《うつつ》を抜かしている場合ではない。

「炎獅、もう少し速度を落としてくれ！」

「あんな連中、放っておけ。俺様は早く帰って寝たいのだ。俺と貴様で敵を仕留めて帰ろう」

「敵の数は千を超えるのだぞ？　さすがに私と君だけでは対処しきれない。後続と合流する」

炎獅は忌々《いまいま》しそうにチッと舌打ちして速度を落とす。

そこからは翠蓮について考えないように努め、雷一族の領地である浪覧《ろうらん》へと進軍した。

そして、兵たちとの距離をうまく保ちながら炎獅に乗って駆けること二日。

荒野の向こうに、焔国随一の堅牢さを誇る浪覧の町並みが見えてきた。

町は高い外壁に囲まれ、門も固く閉ざされている。防御態勢に一点の隙もない。

私たちはひとまず近くの平原に陣取り、相手の出方を窺った。

「予測はしておりましたが、籠城の構えですね。徹底抗戦するつもりのようです」

「ああ。素直に雷一族の当主を引き渡す気はないようだ」

私は史厳の言葉に眉をひそめて頷き、しばし考え込む。

「時間が限られているというのに、面倒ですね。いかがいたしましょうか？」

「私が炎獅に乗って内側に潜入し、門を開けてこよう。その後、全軍で総攻撃を仕掛ける」

「それが一番手っ取り早いですが、危険すぎます。せめて内部を偵察してからにしましょう」

「そうだな。では雛雀、空から様子を見てきてもらえるか？」

「了解しました。今から飛んで――」

雛雀がそう言って飛び立とうとした時、近くにポツと雨粒が落ちた。

「雨だ！　雛雀、私の上衣の中に入れ！　炎獅も小さくなってこっちに来い！」

私は胸に飛びついてくる二匹に上衣を被せ、雨がかからないようにする。以前翠蓮に言われていたのだ。具現化させた生き物は水に濡れると消えてしまうから気をつけるようにと。

「とりあえず木の下に避難を」

史厳の先導に従い、私たちは近くにある楠《くす》の木の下へ移動した。

「少し強くなってきたな。天幕を張ってくれ。しばらくここで様子を見る」

空模様を見て、つき従ってきた将兵たちに命令する。

彼らは「はっ」と応え、兵を動員して近くに天幕を張り始めた。

「こんな時に運がありませんね。この時季、浪覧が雨に見舞われることはあまりないのですが」

怪訝《けげん》そうな顔をする史厳だったが、士気の低下を防ごうとしたのか表情を和《やわ》らげて続ける。

「まあ、きっとすぐにやむでしょう。浪覧で雨が続くことは滅多にありませんから」

私は「ああ」と頷きながらも焦燥を募らせ、やむ気配のない雨雲を見あげた。


そして、天候の回復を願いながら待つこと一日。

「雨、やみませんね」

雛雀が天幕の中から空を見あげてこぼし、溜息をついた。

炎獅は待つことにすぐ飽きて、天幕の奥で小さくなって眠っている。

「目算が外れ、申し訳ありません。このまま雨がやむまで待ちますか？」

面目なさそうな顔をした史厳に問われ、私は腕を組んで考え込んだ。

雨雲が去りそうな気配はない。今の状態で無理に攻め込めば、こちらの犠牲は大きくなるだろう。だが、あまり長く王宮を空けるわけにもいかない。どう動くべきか——。

「陛下〜！」

今後の方針を模索していると、北の方角から騎乗した兵が声をあげながら駆け寄ってきた。

「あれは……。我が軍の斥候《せっこう》のようですね」

雨の中向かってくる兵の戦衣を見て、史厳が私に告げる。

「北から蒙奴《もうど》の軍が向かってきております！」

「……蒙奴だと？」

斥候の報告に、私たちは大きく目を見開いた。

「数は？」と訊《き》く私に、斥候が声を張りあげて答える。

「おそらく、千は超えるかと！」

「……千。雷一族が北方の守備の要でしたからね。守りが薄くなった隙を突いて来たのでしょう。しかし、早すぎる。もしかして、あらかじめ情報を得ていたのでは？」

史厳の推理に私は頷いて同意し、頭の中で策を練り直した。

「雷一族と連絡を取り、一時的に手を組んだ可能性があるな。そうなると厄介だ。雷一族の兵と蒙奴軍に連携されると数で劣るうえ、向こうには地の利もある」

最悪の場合を想定して動かなければ、こちらが壊滅する恐れもある。一度引いた方が賢明か。

「いったんここから撤退する！」

兵たちは戸惑いながらも「はっ！」と返して動き出した。

雨が降りしきる中、ぬかるんだ荒野を幾多の騎兵を率いて南へと駆けていく。

万一に備え撤退する準備は整えていたため、すぐに移動することができた。

炎獅と雛雀は濡れないように輜重《しちょう》隊の馬車に乗せて運ばせている。

私は軍の先頭を駆け、南へと突き進みながら頭の中で策を巡らせた。

ここからどうすべきか。一番近い城郭都市は劉一族が治める卓黎《たくれい》だ。そこまで引いて兵を集め、迎え撃つのが上策だろう。このまま蒙奴の侵略を許すわけにはいかない。

「陛下！」

方針を固めていると、今度は南から斥候の兵が馬に乗って近づいてきた。

「卓黎の方から軍が向かってきます！」

「……卓黎から？　劉一族の軍か？」

私の問いかけに、斥候が「そのようです」と答える。

「援軍でしょうか？」

近くを駆けていた将兵が期待に目を輝かせて尋ねてきた。

「それにしては早すぎるだろう。まだ北部で起こったことは南に伝わっていないはずだ」

「では、劉一族の軍がなぜこちらに？　援軍以外の理由はないように思えますが……」

将兵の言葉を聞いて、史厳がハッとした顔をする。

「陛下、念のため南にも用心した方がいいかもしれません」

「……まさか、劉一族が裏切るとでもいうのか？　王太后の家門だぞ。次期王は劉一族が推戴する煌佑《こうゆう》だと決まっている。彼らには謀反《むほん》を企てる理由がない」

黙っていても近々王位は煌佑のものとなり、劉一族が政権を手に入れるのだから。

「それは、その通りなのですが――」

「陛下！　やはり雷一族は蒙奴軍と組んで我々を追ってきているようです！」

馬の速度を緩めていた私たちのもとに、後方から別の斥候が近づいてきて報告した。

――ここで劉一族に裏切られたら万事休すだな。

「陛下、前方に軍勢が。確かに、劉一族の兵のようですね」

史厳に声をかけられ、前方に視線を戻す。劉一族の家紋旗を掲げた軍勢が視界に入った。

次の瞬間、劉一族の軍勢から何かが一閃し、それにいち早く気づいた史厳が声をあげる。

「お下がりください、陛下！」

まさか劉一族が裏切るはずがない。その思いから私の反応が若干遅れた。

矢が鋭利な音を立て、私の胸部へと襲いかかる。

グサッと矢の突き刺さる耳障《ざわ》りな音が、私の耳朶《じだ》をなぶった。


暮れなずむ西の空に稲光が走り、周囲一帯に激しい雷鳴が響き渡る。

園芸作業をしていた私は驚きのあまり、手にしていた柄杓《ひしゃく》を地面に落とした。

さっきまで晴れていたのに。ポツと落ちてきた雨が頬にあたり、慌てて小龍に声をかける。

「小龍、早く私の服の中に隠れて！」

小龍が「うむ！」と答え、素速く私の懐へと潜り込んだ。

とりあえず近くにある大きな木の下に走って避難する。

雨が降るなんて久しぶりだ。煌さんたちは大丈夫だろうか。

彼らの身を案じていたその時、外廷の方角からもドーンという物音が轟いた。

また雷が落ちたのだろうか。悲鳴に近い声が聞こえたような気もした。

雨はどんどん強くなってきて、ドーンという物音もかすかに響き続ける。

——雷よね？　雨はやみそうもないし、暎暎が迎えにきてくれるといいのだけど。

低い物音を聞きながら不安な気持ちで待っていると、遠くから暎暎の声が聞こえてきた。

「姚妃様〜！」

暎暎が傘《かさ》を差して私たちの方へと駆け寄ってくる。

「お待たせしました。さあ、お部屋へ戻りましょう」

「ええ。ありがとう」

私は暎暎が差す傘の中に入り、歩きながら尋ねた。

「さっき王宮の方から低い物音が聞こえたのだけど、何かあったのかしら?」

暎暎は少しの間沈黙し、言いにくそうに口を開く。

「まだ定かではないのですが、落ちついて聞いてくださいね。王宮で反乱があったみたいです」

「……反乱?」

私の心臓はドクンと居心地の悪い音を立て、胸をざわめかせる。

煌さんが胸を弓矢で射貫かれた悪夢を思い出し、全身から一気に血の気が引いた。

◇◇◇

外は徐々に暗くなり、雨が降り続いている。

「王太后様、王宮の制圧が完了したようです」

椅子に座り窓の外を眺めていると、水晶を覗いていた欣依が報告してきた。彼女は未来だけでなく、過去や現在の出来事も視ることができる。側近の宦官に確認させるまでもない。

「そうか。七割の兵と王が出払っていたのだ。劉一族の力を使えば造作もないことよ」

王太后は余裕の笑みを浮かべ、鋭く目つきを変えて問う。

「それより煌天の方はどうなった?」

「全て計画通りです」

本当に恐ろしい女だと思った。煌天を雷一族の領地へ向かわせて蒙奴との挟撃を計り、劉一族の軍勢で退路を断つ。煌天の暗殺が失敗することから雨が降ることまで見通した完璧な計略だ。欣依の助言に従って、雷一族に煌天の暗殺を謀らせた時はどうなることかと思ったが。

「では、煌天は死んだのだな？」

欣依は「それは……」と少し言葉を詰まらせて答える。

「どうやら、生きているようです。肩に矢を受けて、負傷はしていたのですが。命までは奪えず、会稽《かいけい》に逃れている場面が最後に視《み》えました」

「……煌天が生きている？　それも会稽まで逃げただと!?」

会稽は煌天を支持している文治派、曹一族の領地だ。

「どういうことだ！　お前には全てが視えると申したではないか！」

王太后は怒りをあらわにして欣依を批難した。

「説明が不足しておりました。力を使って変わった未来は曖昧にしか視えないのです」

欣依は頭《こうべ》を垂れて説明し、安心させるように微笑を浮かべて続ける。

「ですが、心配なさいますな。こちらはすでに王宮を制圧しているのです。西に逃れた焔王などいかようにも処理できます。完全に排除する策もすでに巡らせておりますので」

王太后はその言葉に気持ちを少し落ちつかせ、値踏みするように欣依を凝視《ぎょうし》した。

この女は未来が視えるだけではなく、頭も回る。話を聞く価値はありそうだ。

「いいだろう。申してみよ」

欣依は口角をあげて「はい」と答え、驚くほど隙のない策を王太后にささやいた。


反乱の報せを聞いてから一日近くが経過した。

私は一睡もできず、窓辺に立って外を眺め続ける。あれから雨は一度もやむことはなかった。

煌さんは無事だろうか。暎暎に調べてもらっているが、まだ何の報せもない。

――桜蘭様に話を聞きにいこうかしら。妃はしばらく外に出ないよう通達されているけど。

思案していたところで、扉の外から暎暎の声が響いた。

「姚妃様！　魏妃《ぎひ》様をお連れしました。直接話がしたいとおっしゃるので」

――桜蘭様が？　ちょうどよかったわ。

「入ってください！」

返事をしてすぐに扉が開き、宮女のお仕着せをまとった女性が部屋に入ってきた。

「翠蓮様！」

「お、桜蘭様!?　その格好は……？」

私は瞠目して桜蘭様の姿を観察する。普段華やかな彼女が宮女の服を着ると、まるで別人だ。

「妃には外出禁止令が出ていたから、いちおう変装してきたのよ。相談したいことがあってね」

「……相談？」

「まずは私が摑んでいる情報を伝えるわね。今回の反乱を企てたのは劉一族よ。一族の当主は王太后様の実弟・劉凱士《がいし》。王太后様が関連しているかどうかはわからないけれど」

——王太后様の一族が反乱？

「煌さんは——陛下に関する情報はありませんか？」

「雷一族が裏切って蒙奴を国土に引き入れたらしいわ。それで陛下は北から撤退して西へ逃れたと聞くけど、詳しい情報までは……」

言葉を詰まらせる桜蘭様に、私は真剣な顔をして尋ねた。

「では、陛下はご無事なのですね？」

「おそらくはね。戦死されたという情報は入っていないわ」

私は胸に手をあてて安堵の溜息をつく。

——よかった。まだ安心はできないけれど。とりあえず生きてさえいてくれたら。

「それで相談というのはね、どうにかしてこの状況を打破できないかということよ。このままでは煌佑様が王位につくことになるわ。あなたもそれは困るでしょう？」

「ええ。もちろんです」

困るというより、これは簒奪だ。あってはならない。

「新たに王が即位すれば、先王の妃は女道観に生涯軟禁される。陛下の妃でいた方がずっといいわ。私もできることがあれば協力する。だからあなたの力で状況を変えることはできない？」

彼女は私の異能でどうにかできないかと思って来たのか。私は納得しつつ、俯いて答える。

「ごめんなさい。今は力が使えないのです」

桜蘭様を信用してないわけではないが、力の弱点を安易に話さない方がいい。

「……そうなの」

桜蘭様は残念そうに眉を曇らせた。

せっかく来てくれたのに、申し訳ない気持ちになる。この雨では小龍に動いてもらうこともできないし。でも、いつやむかわからないというのに、手を拱《こまね》いているわけにもいかない。

「王太后様に動いていただけないか話をしてみます。反乱とは無関係かもしれませんし」

「それなら、私も行きましょうか？」

「いえ。王太后様が反乱に関与していたら安全とは言えません。部屋で待っていてください」

「でも、それならあなたも危険じゃない？」

「私であれば大丈夫です。王太后様は私の力を買ってくださっているようなので」

しばらく悩むような顔で沈黙する桜蘭様だったが、「わかったわ」と言って頷いた。

「暎暎、王太后様に謁見の申請をしてもらえる？」

「了解しました」

私は退室していく暎暎を見送り、気持ちを奮《ふる》い立たせる。

王太后様にうまく話をつけ、必ず煌さんの力になってみせるのだと。

それからしばらくして、暎暎が色よい返事を持って戻ってきた。

私はさっそく王太后様の部屋へ向かい、彼女の許可を得て入室する。

「失礼いたします、王太后様。謁見の申請を受け入れていただき、ありがとうございます」

恭《うやうや》しく拱手して礼を述べると、王太后様は私に微笑んで告げた。

「いえ、ちょうどあなたと話がしたいと思っていたのです」

「……話？」

「本日より煌佑が後宮の主となります。姚妃は後宮に留まり、新王の妃として仕えるように」

私は大きく目を見開き、頭に渦巻く混乱を必死に抑えて主張する。

「後宮の主は煌天様です！」

「あら、まだ伝わっていなかったの？　陛下は戦死されました」

「……は？」

「雷一族が裏切って、蒙奴の兵を引き入れたみたいでね。煌佑には早急に即位してもらって、国内の混乱を鎮めなければなりません」

「私は、劉一族が反乱を企て、陛下は西へ逃れたと聞きました！」

「誰がそのようなことを……？」

王太后様が訝《いぶか》しげに眉をひそめて訊いてくる。桜蘭様の名前を出せば、きっと彼女が危ない。

「外にいた太監の噂話を耳にしたのです。名前や顔は知りません」

「でたらめだわ。確かに昨日、劉一族が王宮に出入りしました。でもそれは逆賊を鎮圧するため。今は新たな王のもと団結しなければならないの。あなたにも協力してもらわなくてはね」

私は困惑をあらわに沈黙する。いったいどういうことなのだろう。桜蘭様の話はでたらめ？

――信じたくない。煌さんが戦死したなんて。私は信じない！

「今宵、煌佑をあなたの部屋に向かわせます。新たな主人に従いなさい」

「私は煌天様の妃です。従えません！」

「現実に目を向けなさい。陛下は崩御されたの。彼のことは煌佑に仕えていたら忘れられるわ」

「煌天様は生きています！　亡くなっただなんて信じられません！」

反発し続ける私を、王太后様が苛立ちに拳を震わせながら凝視する。

「誰か！」

彼女が扉に向かって呼びかけると、走廊《ろうか》に控えていた宦官がすぐ部屋の中に入ってきた。

「姚妃が取り乱しているようだ。部屋に連れていくように。決して外には出すな」

宦官が「御意」と答えて、私の腕を取る。

「私は正気です！　本当のことを話してください、王太后様！」

必死に訴える私だったが、王太后様は何も言わず、宦官に部屋の外へと連れ出されてしまう。

「王太后様！」

声を発すると同時に扉が閉まり、私の訴えはむなしく走廊にこだまするばかりだった。

暎暎が解任されることはなかったが、他に見張り役の宮女と宦官をつけられた。

部屋に閉じ込められた私は鬱々とした気分で、暗くなった窓の外を眺める。

雨はまだやまない。部屋の前にも窓の外にも見張りがいる。これでは外には出られない。

――煌さん。彼が無事なのか不安で仕方がないわ。どうにかして情報を手に入れたいのに。

煌さんの顔を思い浮かべていると、部屋の外から見張りの宮女の声が聞こえてきた。

「姚妃様。煌佑様がお見えです」

私は小さく肩を震わせ、側にいた小龍と顔を見合わせる。

「心配するな、翠蓮。主に手を出すようであれば、我が叩きつぶしてくれる！」

「え、ええ」

王太后様の一人息子である煌佑様。反乱には関与しているのだろうか。敵ではない可能性もあるが、油断しない方がいい。場合によっては小龍に少し大きくなってもらおう。

私は決意を固めて「どうぞ」と声をかける。

控えめな音を立てて扉が開き、夜着に近い軽装をした煌佑様が姿を現す。

近づいてきた煌佑様に、私はつい身構えて後ずさった。

「そう警戒しないでください。あなたには指一本触れません。ただ話がしたくて来たのです」

「……話？」

目をしばたたいた私に、小龍が煌佑様を睨みつけながら警告する。

「油断するでないぞ、翠蓮。人間は平気で嘘をつくからな」

「それは否定できませんね。私も母の嘘にはうんざりしていたところですし」

「……王太后様の嘘ですか？」

煌佑様は「ええ」と答え、真剣な表情で私を見つめた。

「誠意を示すためにお伝えします。兄は生きています。母は死んだことにしたいようですが」

「それは本当ですか!?」

「はい。西の会稽に逃れ、曹一族の力を借りて、軍の立て直しを図っていると聞きます」

その言葉に私は心の底から安堵し、胸を押さえる。本当によかった。桜蘭様の情報とも一致するし、王太后様の話よりよほど信用できる。あの煌さんが簡単にやられるはずがない。

「でも、王太后様はどうして陛下が亡くなられたなんて嘘を……？」

「私をすぐ即位させるためには、一番都合がいいからでしょう。正しい情報を摑んで意見した人間はことごとく投獄されています。こんな状況、許されていいはずがない……！」

憤《いきどお》りをあらわにする煌佑様を、私は意外な思いで見つめた。

優美で大人しい男性なのかと思っていたけれど、こんな熱い一面があったなんて。

「ならば、貴様が母親を止めるべきであろう！」

「もちろん何度も諫《いさ》めました。ですが、母は聞く耳を持とうとしません。専属の侍女を問い詰めたところ、母の陰には怪しげな占術師がいて、もはやその者の言いなりのようなのです」

――怪しげな占術師？　まさか……。

春凜様に仕えていた黒頭巾の女性が脳裏をよぎり、煌佑様に確認する。

「その占術師について詳しい情報はありますか？」

「いえ。いつも黒頭巾を被っているということ以外は何も……」

――黒頭巾。やっぱり彼女のことだわ。

「もしや、欣依という女子《おなご》のことか？　王太后はその占術師に唆《そそのか》されている可能性があるな」

「ええ。王太后様から引き離す必要がありそうね。まずは占術師について調べてみましょう」

私と小龍の会話に、煌佑様が怪訝そうに口を挟む。

「ですが、どのように？　私の力ではこれしか情報は得られませんでしたが」

「後宮内外に情報網を持つ知人がいます。まずは彼女に話を聞いてみましょう」

外出禁止令は出たままだし、見張りがいるから文《ふみ》の方がいいだろう。

私はさっそく紙と筆を用意し、卓子の前に座って手紙を書いた。

彼女なら何か知っているかもしれない。あるいは調べてくれるかも。

「暎暎！　ちょっと使いに出てもらえる？」

手紙を書き終え、扉に向かって呼びかけると、すぐに暎暎が部屋の中に入ってきた。

側まで近づいてきた彼女に、小声で「桜蘭様に」と伝えて手紙を渡す。

「かしこまりました」

暎暎は受け取った手紙を懐にしまい、部屋から出ていった。

「何かわかりましたらご連絡します。いつ返事が来るかわからないので」

煌佑様は「ええ」と頷き、私に詳しい連絡手段を伝える。

「では、何かありましたら南門にいる孫越《そんえつ》という太監に文を渡していただけますか？」

「わかりました」

私は大きく頷き、部屋から出ていく煌佑様を見送った。

卓子の前に座り、祈るように手を組んで桜蘭様からの返事を待つ。

そして、二人と別れてから約二刻（一時間）後。暎暎が返事を持って戻ってきた。

私は彼女から手紙を受け取り、さっそく目を通す。桜蘭様はこんな返事を書いていた。

【後宮に何でも見通すことのできる占術師がいることは私も把握しているわ。でも、一度も見たことがなくて、正体は謎に包まれているのよね。侍女と太監を使って詳しく調べてみるわ】

彼女が本気になって調べてくれるのなら心強い。とりあえずもう少し待つことにしよう。

しばらく絵の練習をしつつ、期待しながら待ってみたのだが。

結局、その日は何も音沙汰がなく、また眠れない夜を過ごした。

返事が来たのは翌日の朝。暎暎が見張りの隙を突いて二通目の手紙をサッと渡してきた。

書かれていた内容はこうだ。

【重要かはわからないけど、太監が一つ情報を摑んできたわ。三日前の深夜、警備を担当する太監が、東の方角へと消えていく黒頭巾の女性を見かけたらしいの。忽台《クタイ》様が暮らしている区域よ。もう少し調べてみたかったのだけど、あちらは警備が厳重でね。今ある情報は以上よ】

手紙を読み終え、私は忽台様について考察する。妃の一人で蒙奴王の妹。春凜様の事件があった後、彼女も調査されたが関連を示す証拠は見つからなかったと聞いた。でも、今回の件にはまた蒙奴が関わっているし、調べておいた方がよさそうだ。警備が厳重なのであれば……。

「小龍、虫ぐらいの大きさになることはできる？」

彼は大きくなることができるから、逆も可能かもしれない。

「なったことはないが、やってみよう」

小龍はなぜか見得《みえ》を切るように手を前に突き出し、寄り目っぽい顔をする。

すると、彼の体は淡い光に包まれ、次の瞬間ポンと音を立て、青虫ほどの大きさに変化《へんげ》した。

「できたぞ！」

……まさか、あの方法で変身できるとは……。

呆気に取られる私だったが、すぐに表情を引き締めて小龍に依頼する。

「あなたに東の殿舎の調査をお願いしたいの。できるかしら？」

「我に不可能はない。任せるがよいぞ！」

小龍は得意げに胸を叩いて豪語した。

とはいえ、まだ少し雨が降っているから、彼ひとりでは行かせられない。

「暎暎、小龍が東の殿舎に潜入する手助けをしてほしいの。お願いできる？」

部屋に残っていた暎暎に頼むと、やる気をみなぎらせて応えてくれた。

「はい、喜んで！　私にお任せください！　ご用命とあらば死地にだって赴きますから～！」

……気持ちはうれしいけれど心配だから、危険を冒すのはほどほどにしてもらいたい。

空は徐々に暗くなり、雨脚は弱まったものの、まだ小雨が降っている。

我と暎暎は木陰に隠れ、忽台の住処《すみか》である殿舎の様子を窺っていた。殿舎の周りには見張りの宦官が複数配備されている。人が潜入できそうな箇所はどこにも見当たらない。

「私が近づけるのはここまでのようです。まだ少し雨が降ってますが、殿舎まで行けますか？」

暎暎に小声で問われ、我は周囲を見回して、あるものを発見する。

「ああ、あれがあればよい」

木の根本に生える四つ葉の四叶草《クローバー》を引っこ抜き、傘を差すように茎を持った。

「まあ、何てかわいらしい……！」

暎暎が我を愛《め》でるように見つめ、緩んだ口もとを手で隠す。恐れられる方がうれしいのだが。

「しばらくそこで待っているがよいぞ」

「わかりました。お気をつけて」

我は四叶草を差したまま地面すれすれを飛行し、殿舎へと向かっていった。

――殿舎の北側が主人の部屋だと言っていたな。ならば、忽台の部屋はあそこじゃ！

近くにいる見張りに気をつけながら、北側の窓へと近づいていく。見張りはいるが、さすがにこの闇の中、我の体は見えないはずだ。四叶草は地面に置き、窓から部屋の中を覗き込む。

黒い長衣をまとった女性が背中を向けて座っていた。あれが忽台だろう。近くの卓子には水晶が置いてある。翠蓮が話していた欣依の特徴と同じ。忽台は欣依である可能性が高そうだ。

背中を向けていた忽台が次の瞬間、何かに気づいた様子で振り返る。

二つにわけて編み込んだ黒髪と鋭い眼光が脳裏に焼きつく、二十歳ぐらいの小柄な女だった。

一瞬だけ忽台と目が合ったような気がした我は、慌てて窓枠の下に身を潜める。

――まさか気づかれたか？　……む？　こちらへ向かってきているようじゃぞ。

気配を察知し、息を潜めていると窓が開き、忽台が外へと手を伸ばしてきた。

――まずい！

危機感を覚えて身構えるが、空から伝書鳥が飛来して忽台の手に止まる。

我はホッと胸を撫でおろした。伝書鳥を迎え入れただけだったようだ。

「いい子ね。これもお願いするわ」

忽台は伝書筒に文を入れ、「さあ、戻りなさい」と言って鳥を飛び立たせる。

そして窓を閉め、部屋の奥へと戻っていった。

――戻れということは、蒙奴に宛てたものか？　あの文には重要な情報が書かれているやもしれぬ。鳥から奪いたいところじゃが、まだ雨が……。小雨であっても消滅する危険性がある。

鳥を見あげながら苦悩する我だったが、迷いを払いのけるようにかぶりを振る。

迷っている場合ではない。鳥を見失えば、重要な情報と証拠を失ってしまう。

――翠蓮の期待に応えたい。我がこの世で最も慕う主人のために！

我は覚悟を決めて、小雨に煙る空へと飛び立った。

小龍たちの帰りが遅い。少し様子を見るだけでいいと言ったのに。彼らは大丈夫だろうか。

私は小雨が降る外の様子を自室の窓から眺めていた。

「姚妃様！」

不安を募らせていたところで、扉の外から焦燥を帯びた暎暎の声が響く。

「暎暎？　入って」

暎暎が何かを上衣にくるんで胸に抱き、部屋の中に駆け込んできた。

「姚妃様、大変です！　小龍様が……！」

暎暎にぐったりした小龍を差し出され、私は悲鳴に近い声をあげる。

「小龍!?」

弱りきっているばかりか、彼の体は色が滲んで薄くなっていた。

「どうしてこんなことに……？」

小龍の体を上衣ごとそっと受け取り、震える声で尋ねる。

「小雨が降る中、伝書鳥の後を追ったみたいなんです。それで水に濡れたせいか、墜落してしまって。私の近くに落ちたのは、不幸中の幸いでした」

「何て無茶なことを……。どうしてそんなまねをしたの？」

「これです。小龍様が地面に落下した時、握りしめていました」

言いながら暎暎が懐から伝書筒を取り出し、中の紙を差し出してきた。

私は小龍を胸に抱いたまま、紙に書かれた文字を読む。

【蒙奴の兵を寧《ねい》国から進軍させ、焔王の背後を突いてください。七日の夕刻、北から雷一族が、東から劉一族が、会稽に一斉攻撃を仕掛けます。　忽台】

――これは……！　忽台様が蒙奴に宛てた機密文書⁉　この手紙を奪うために小龍は――。

「……翠蓮」

驚き入っていると、小龍が少しだけ瞼を持ちあげ、ぐったりしたまま口を開いた。

「……忽台の正体は欣依じゃ。このまま奴を野放しにしてはならぬ……」

「小龍！」

また目を閉じてしまった小龍を心配しながら見つめ、しばらくの間考え込む。

どうすることが一番いいのか。悩んだ末に決断した私は、顔をあげて暎暎に頼んだ。

「小龍のことをお願いできる？」

「はい、もちろんです！」

私も側についていてあげたいが、彼が決死の覚悟で摑んでくれた情報を無駄にはできない。

小龍を暎暎に託し、部屋を出て見張りの宮女に告げる。

「至急、王太后様にお会いしたいの。すぐに取り次いでください」


その申し入れは受理され、許可が出るやいなや私は王太后様の居室を訪れた。

「どうしたのです、姚妃？　煌佑の妃になる話、考え直してくれたのかしら？」

部屋の入り口で畏《かしこ》まっていた私に、王太后様が奥の椅子に腰をかけながら尋ねてくる。

「いいえ、至急お伝えしなければならないことがありまして」

「伝えたいこと？」

眉をひそめた王太后様に頷き、私は真剣な表情で口を開いた。

「王太后様、あなたが重用されている占術師の正体は忽台様です。彼女は内乱を引き起こして焔を弱体化させ、蒙奴の版図を広げようと企んでいるに違いありません。証拠も入手しました」

「……証拠？」

「こちらです」

そう言って、手に握っていた密書を王太后様に差し出す。

王太后様は紙を広げて読み、「はぁ」と大きな溜息をついてつぶやいた。

「証拠を握られるとは、迂闊《うかつ》なところもあるのだな。姚妃にだけは知られたくなかったのだが」

「……え？」

――彼女はいったい何を言って……。今のは、密書の内容を知っていたということ？

「王太后様、あなたは忽台様の計画を知りながら、看過されていたのですか？　……まさか、雷一族や劉一族を扇動したのも……」

「誤解しないで。これは焔の未来のためでもあるのです」

「……焔の未来？」

「嶺の皇帝は貪欲な人間だと聞きます。犀《さい》との戦に勝利すれば焔にも手を伸ばしてくるでしょう。蒙奴とは更に強固な同盟を結んで、嶺に立ち向かわなければなりません。嶺を倒し、いずれは焔が大陸の覇権を握るのです。戦乱の時代、戦に及び腰な煌天など王にはふさわしくない」

淡々と話す王太后様を、私は信じられない思いで見つめた。

「煌天様を排除するために蒙奴と手を組まれたというのですか？　目を覚ましてください！　そんなことをしても蒙奴の利益にしかなりません。あなたは忽台様に利用されているのです！」

「いいや、私が彼女の力を利用しているのだ！　欣依、いや忽台とそなたの力があれば、焔が覇権を手にする日も遠くない。焔が大陸を支配すれば、争いのない世を築くこともできるだろう。そのためにそなたも力を貸してほしいのだが」

王太后の顔つきと口調が傲然《ごうぜん》としたものに変わる。これが彼女の本性だったのだろうか。欲に目がくらんで、周りが見えなくなっているのかもしれない。

「煌天様は立派な国王です。彼が焔を平和な国に導いてくださいます。お考え直しください！」

「それは無理な話だ。すでに劉と雷の当主には話を伝えてある。蒙奴に動いてもらうのは保険。煌佑の妃となり、新王のために力を使うのなら、煌天の命だけは助けてやってもいいぞ？」

「いいえ、私は煌天様の妃です。取引には応じられません。私は絶対に彼を裏切らない！」

私は毅然とした態度で王太后様の要求を拒んだ。

——この力は彼と国を守るために使うわ！

己を曲げようとしない私に、王太后様が怒りに拳を握りしめて告げる。

「力を求められているからといって、無礼な物言いが許されると思うなよ。誰か！」

王太后様が呼びかけると、扉の外に控えていた宦官がすぐ部屋に入ってきた。

「ご用にございますか？」

「姚妃を獄舎に連れていけ！　私がいいと言うまで檻房から出すな！」

「ぎょ、御意」

宦官が戸惑いをあらわに答えて、私の腕を掴もうとする。だが、その時——。

「ああ、そうだ。欣依に忠告されていたことがあったのだ」

王太后様が何かを思い出したかのようにつぶやき、私に近づいて素速く懐を探る。

紙に包まれた画材を奪い取られ、私は「あっ」と声をあげた。

「やはり隠していたか。万が一何かあった時は、これで逃げるつもりだったのだろう？」

紙を広げた王太后様は不敵な笑みを浮かべる。紙には墨が入った小瓶と絵筆が包まれていた。

「どうすることが賢明なのか牢で頭を冷やして考えよ。気が変わったら看守に言うがいい」

「行け」と命じられた宦官は王太后様に拱手し、私の腕を強引に引く。

逃げる手段を奪われた私は動揺し、抵抗することもできずに外へと連行されていった。

月明かりに照らされた道を複数の宦官に囲まれながら南下していく。

そのまま進んでいくと、道の先に一目で獄舎とわかる石造りの建物が見えてきた。

薄暗い檻房には誰もおらず、肌寒く森閑《しんかん》とした空気に満ちている。

宦官たちは私を最奥の檻房に閉じ込めて鍵をかけ、何も言わずに獄舎から出ていった。

私は石の床に腰を下ろし、これまでのことを思い返す。まさか王太后様があそこまで愚かなことを考えていたなんて……。自室を出る前に用意した画材も取りあげられ、打つ手がない。何もできることがなく時間は無為に過ぎていき、不安ばかりが胸に降り積もっていく。閉じ込められてどれだけたっただろう。早く煌さんに敵の動きを報せなければならないのに。

——いったいどうすればいいの？

焦燥を募らせていると、獄舎の外から「ぐわぁっ」という悲鳴と何かが倒れる物音が響いた。私は瞠目して、明かり取りの窓を見あげる。今、外で何が起きたのか。

「姚妃様！」

今度は獄舎の入り口から私を呼ぶ男性の声が聞こえてきた。

檻房へと駆け寄ってくる煌佑様を見て、私は驚きの声をあげる。

「煌佑様!?　なぜここに……？」

「あなたの侍女が孫越を通じて報せてきたのです。姚妃様が母の居室に向かったまま戻ってこないと。それであなたがここに閉じ込められていると知り、助けにきました」

「それでは、さっきの悲鳴と物音は……？」

「看守です。あなたを出すように命じたのですが、拒んだので四名ほど気絶してもらいました」

微笑んで話す煌佑様を、私は強ばった顔で見つめた。優しそうな顔をして何てことを……。

「お、お強いのですね」

「私も焔の王族として幼い頃から武芸を学んできましたからね。兄には遠く及びませんが」

煌佑様はそう言って肩をすくめ、手にしていた鍵で檻房の扉を開ける。

「さあ、ここを出ましょう。まずは部屋にお送りします。母には私から――」

「いいえ、今の王太后様と話をしても無駄です。忽台様の言いなりというより、ほとんど洗脳されているような状態ですから。それより陛下に忽台様の陰謀を伝えなければ」

「……忽台様の陰謀？」

私は瞠目する煌佑様を吟味するように見すえた。彼は煌さんが次期国王として賞賛していたほどの人物だ。私に真実を報せてくれたし、こうして助けにもきてくれた。

彼を信じよう。今は煌佑様の善良さに賭けるしか希望はない。

「聞いてください、煌佑様。忽台様と王太后様の企てを」

私は煌佑様に今日の出来事を詳しく話した。欣依の正体についてや王太后様との会話も全て。

話を続けるにつれ、煌佑様の眉間の皺《しわ》が深くなり、肩がかすかに震え出す。

「……その話は本当なのですか？」

「残念ながら事実です。私は反抗したため捕らえられました」

しばらく言葉を失う煌佑様だったが、一度拳を強く握りしめ、義憤に駆られた表情で告げた。

「母がだめなら、劉一族を止めにいきます。叔父ならば話を聞いてくれるかもしれない」

「……煌佑様」

「外にいる私の従者に送らせます。あなたは自室に戻ってください。私はすぐ西へ向かいます」

「でしたら、私も連れていってください！」

歩き出そうとした煌佑様に、私は真剣な目をして訴える。

「しかし……」

「雨がやめばお役に立てるかもしれません。どうかお願いします！」

──私も煌さんたちを助けたい！

決意をみなぎらせて懇願すると、煌佑様は私を静かに見つめて口を開いた。

「わかりました。共にまいりましょう」

私は大きく頷き、煌佑様と一緒に外へ飛び出していく。

後宮からは、宮女の衣裳に着替えて煌佑様の侍女を装うことで、無事脱出することができた。

怪しむ宦官はいたが、今や新王と目されている煌佑様に強く出られる者などそうはいない。

王宮を出てからは、煌佑様が乗る馬に同乗させてもらい、ひたすら西へと駆けていく。

──どうか間に合って。

小雨が舞う中、私は煌佑様の後ろで馬に揺られながら、煌さんの無事を祈り続けていた。

◇　◇　◇

何度か馬を替え、私たち二人はほとんど休むことなく西へと疾駆した。

雨は一向にやまず、私たちの体力を奪っていく。それでも夜を日に継いで、荒野を駆け続けて二日目の午後。ようやく劉一族の野営地が見えてきた。

天幕の前には戦支度を整えた兵たちが集い、今にも動き出そうとしている。

そんな中、臙脂《えんじ》色の戦袍《せんぽう》をまとったひときわ精悍《せいかん》な中年男性が、兵たちに号令を出した。

「それでは、出陣する！」

兵たちは「はっ」と言って抱拳《ほうけん》したが、声には覇気がない。

それでも進軍しようとした彼らを、煌佑様が馬を走らせながら大声で呼び止めた。

「お待ちください、叔父上！」

先頭に立っていた中年男性が振り返り、煌佑様を見て瞠目する。

「煌佑様!?」

彼が劉一族の当主・凱士様だろう。煌佑様は私を後ろに乗せたまま凱士様に近づいて尋ねた。

「会稽に行くおつもりですね？　陛下を討ちに」

凱士様はピクリと眉を震わせ、煌佑様に頭を下げる。

「お許しください、殿下。劉一族とあなた様のためなのです」

「私のため？」

「姉上が、王太后様がおっしゃったのです。陛下はいずれ劉一族を排除するおつもりだと。煌佑様が玉座につかれる日は永遠にこないとも」

「まさか、その話を信じたのですか？」

「ええ。姉上ほど一族のことを考えてくださる方は他におりませんから」

煌佑様は凱士様の言葉を聞いて、深い溜息をついた。

「叔父上は昔から母のことを盲信していましたからね。よく聞いてください。母は蒙奴から来た忽台という妃に操られています。ほぼ正常な判断ができない状態です。蒙奴は焰に内乱を起こして弱体化させた後、国土を奪おうとしている。母はその片棒を担がされているのです」

「……まさか、あの姉上が……？　何か証拠はあるのですか？」

信じられないといった顔をする凱士様に、今度は私が説明する。

「私が王太后様に直接話を聞いて確かめました。忽台様が蒙奴に送ろうとした密書も目にしています。残念ながら今、その証拠を示すことはできませんが」

凱士様は私の格好をまじまじと観察して言った。

「殿下、宮女を証言者として連れてきたのでしょうが、端女《はしため》の言葉など何の証拠にも――」

「無礼ですよ、叔父上。こちらの女性は焰王陛下の妃・姚翠蓮様です」

「……姚翠蓮――姚妃様!?」

遮るように告げた煌佑様の言葉に、凱士様だけではなく周囲にいた兵も目を丸くする。

驚かれるのも無理はない。私は砂埃で薄汚れた宮女の衣裳をまとったままだったのだから。

急いでいたため着替える時間の余裕もなかった。どう見ても王の妃には見えないだろう。

「その方が姚妃様である証はあるのでしょうか？　見たところ格好は宮女そのものですが」

「事情があって今は宮女の格好をされています。私の言葉が信じられないとでも？」

眉をひそめる煌佑様に、凱士様は言いにくそうに口を開く。

「後宮の奥深くにいるはずの妃が今、煌佑様と都合よく一緒に現れるとは信じがたい。煌佑様こそ陛下に謀《たばか》られているのでは？　私は劉一族に富と繁栄をもたらした姉の言葉を信じたい」

周囲に沈黙が漂い、私は焦燥を募らせながら必死に考える。どうすればいいのだろう。もっと格好に気を配っていれば、ここまで話がこじれることはなかったはずだ。

――このままでは煌さんたちが……。

「では、我らは急ぎますので」

「お待ちください！　私が何者であるか、今ここで証明してみせます！」

馬に乗ろうとした凱士様をとっさに引き留めて宣言する。

迷っている時間はない。証《あか》せばいいのだ。私が画仙の末裔であり、焔王の妃であることを。

馬から下り、懐から紙に包まれた画材を取り出す。後宮を出る前に用意していたものだ。墨と紙と筆が二本、これしか持ち出せなかった。でも描いてみせよう。ここにいる人々を屈服させられるような絵を。煌さんたちの力となりうる神獣を。

天幕の下にある平らな地面を選んで紙を広げ、その前に膝をついて、しばし瞑目する。

――今は限られた時間と画材しかない。ならば、私が描くのはこれよ！

私はつぶっていた目を開き、構想を固めて紙に筆をのせた。

皆を畏怖させられる立派な体に、襲いかかる者を退ける鋭い爪と牙。迫力のある顔や体に対し、耳は小さめにかわいらしく。足は大きく線も太めに描写する。私たちを乗せてどこまでも駆けられるように。体の縞《しま》模様は墨一色で。白い体毛は紙の色をそのまま利用すればいい。

劉一族が無言で見守る中、思いを巡らせながら白い獣の輪郭を繋げていく。

絵の魂とも言える瞳にだけは鮮やかな色が欲しい。

「煌佑様、何か切れるものはありませんか？　小さめのもので」

いったん筆を置いて尋ねると、煌佑様が懐から短刀を取り出して答えた。

「護身用の短刀ならここにありますが」

「それで構いません。貸してください」

煌佑様が差し出した短刀を手にして、まずは左手の親指をザクッと傷つける。

「姚妃様!?」

煌佑様が声をあげて心配してきたが、構わずもう一本の筆に傷口の血をつけた。

何としても絵を具現化させたい。自分の力で煌さんを助け、この国を守りたい。

――だから、私たちの前に現れて。どうかあなたの力を貸して。お願いよ、白虎！

自らの血で瞳に色をのせ、絵を完成させると、右手に『画』の文字が浮かびあがった。

直後、紙から強烈な光がほとばしり、近くの大きな木の下に虹の弧を描くように移動する。

その光は徐々に薄れ、普通の虎よりも一回り大きい白い獣が姿を現した。

「あれは……!?」

天幕の前に集っていた兵たちが吃驚の声をあげる。

「……神獣。白虎だ。白虎が現れたぞ！」

「描いた絵を具現化させる力……？　その力で寧や嶺を退けたという」

「間違いない。姚妃様だ。神獣の加護を受けし神子《みこ》様だ！」

驚愕の表情で私と白虎を眺めていた兵たちが、次々と片膝をついて抱拳した。

敬意を表してくる彼らに続き、凱士様も私に抱拳の礼を取って会釈する。

「あなたの素性を疑ったこと、心よりお詫び申しあげます」

彼らに認めさせることができたのだと実感し、私はホッと胸を撫でおろした。

ただ、煌さんたちに危機が迫っている状況は変わらない。大事なのはここからだ。

「ならば、私の言葉も信じていただけますね？　蒙奴と雷一族が会稽にいる焔王陛下を挟撃しようとしています。敵軍を退け、陛下を守ってください！」

必死に訴えるが、凱士様は戸惑いをあらわに答える。

「しかし、我れらは一度陛下に刃を向けてしまいました。とてもお許しいただけるとは……」

「陛下を助けていただければ不問に処すよう取り計らいます。その功績で罪を償うのです！」

そこまで言っても不安そうな凱士様たちの顔を見て直感した。彼らの目にはまだ迷いがある。きっと何を信じて戦えばいいのかわからなくなっているのだろう。それならば——。

「あなた方が守りたいものは何ですか？　家族、恋人、仕えている主君。あなたたちにもきっと命をかけて守りたいと思うものがあるはずです」

私も焔に嫁入りして知った。煌さん、天煌様、暎暎や桜蘭様、私が生み出した獣たち。心から大切だと思えるかけがえのない存在があることを。

「蒙奴の侵略を許せば、失ってしまうかもしれない。でも、陛下と私がそんなことはさせません。王の妃として、私も命をかけて守ると誓います。あなたたち民を。焔という大切な国を。

だから私に力を貸してください！」

真剣な表情で兵たちを見すえながら考える。どうすれば彼らの心を動かすことができるのか。

それは私自身が人々の前に立ち、率先して動くことだ。

私は白虎に近づき、姿勢を低くしてくれた彼の背中に跨がった。

そして、膝を折ったままでいる兵たちを見渡して敢然と声をあげる。

「立ちあがるのです、焔の勇士たちよ！　大切なものを守るため、共に戦いましょう！」

その時、雨雲を裂くように地上へと光が差し、雨がやんだ。

千を超える人が集う平原に、水を打ったような静寂が広がる。

兵たちは白虎に騎乗する私を瞠目して見つめたまま、息一つもらさない。

だが次の瞬間、束の間の沈黙を破って、周囲一帯に歓声が巻き起こった。

「おおー！」

兵たちが立ちあがって拳を天《そら》へと突き出し、地鳴りのような声をあげている。

その声を聞いて、私はハッと我に返った。白虎に跨がったのは、ほとんど無意識の行動だったのだ。一人で馬に乗ったこともないのに、なぜこんなことができたのかわからない。

「我が主は随分と勇ましい女性のようですな。実に頼もしい」

不思議に思っていると、白虎が楽しそうな笑い声をもらした。

「……白虎」

「白虎とは、またつれない呼び方を……。よろしければ私に名前をつけてもらえませんか？」

私は改めて白虎を観察し、初めて見た時の印象を思い起こす。赤い瞳と、闇の狭間《はざま》で赫《かがや》く白銀の毛並みがとても美しかった。その印象に見合う名前をつけたい。

「では、赫虎《かくこ》」

「はい、ご主人。ご命令を」

「このまま私を乗せて会稽へ。我らが王を助けに向かうのです！」

「御意」

私は今一度兵たちを見渡し、決意に満ちた表情で号令を出す。

「行きましょう！」

凱士様と兵たちが「はっ！」と声を揃えて動き始めた。

走り出した赫虎の後に、煌佑様が先陣を切って続いてくる。

——待っていてください、煌さん。

私はたぎる思いを胸に、虹が架かる平原を赫虎に乗って駆けていった。


滲むように淡い太陽が西の空へと落ちていく。太陽は見えるのに、まだ雨はやまない。

城楼《じょうろう》の窓から空を見あげていると、斥候の兵が慌てた様子で屋内に駆け込み報告してきた。

「申しあげます！　西の国境から蒙奴の軍がこちらに向かっているとのこと！」

「……今度は西からだと？」

私は驚きの声をもらし、近くにいた史厳と顔を見合わせる。

「やはり寧、蒙奴、雷一族、そして劉一族は繋がっていたようですね。西からは蒙奴、北からは雷一族、東からは劉一族。退却するのであれば南しかありませんが、どういたしましょう？」

史厳が苦悩に眉を歪め、指示を仰いできた。

「曹一族が迎え入れてくれなければ命はなかった。彼らを見捨てて逃げるという選択肢はない」

「では、こちらで籠城するのですか？　他の一族が駆けつけてくれる保証はございませんよ？」

「ならば、王として最期まで国を守るために戦うまでだ」

戦力差は明らかだ。生き残るためには南に退却した方がいいのだろう。だが、ここで逃亡すれば、王としての信望も誇りも失ってしまう。私がいなくても煌佑がいる。彼が即位すれば、少なくとも焔の内乱は収まるはず。自分は戦場で華々しく散ればいい。

私は頭の中で考えを巡らせ、静かに目を閉じた。

『無事のお戻りをお待ちしています』

翠蓮と別れる前に言われた言葉が脳裏をよぎる。

こんなことになるなら、自分の気持ちをはっきり伝えておけばよかった。

――すまない、翠蓮。

恋しい女性の顔を思い浮かべていたところで、雛雀の声が響いた。

「見てください、ご主人様！　雨がやんだようですよ」

私はハッとして目を開け、空を見あげる。

「俺様が一っ走りして敵を蹴散らしてこようか？」

「敵が何千いると思っているんですか？　まず僕が周囲を偵察してきます！」

大きくなった炎獅を見て、雛雀が「この脳筋がっ」とこぼし、城楼から飛び出していった。

ようやく雨がやんだか。さすがにこの状況では炎獅と雛雀を使いこなしたところで勝機は見出《いだ》せないと思うが。翠蓮だけでも守るため、二匹を王宮に戻した方がいいかもしれない。

外を眺めながら考え込んでいると、高い場所まで飛んでいた雛雀が戻ってきて報告した。

「ご主人様、東から白い獣と軍団が近づいてきます！」

「白い獣と軍団？　劉一族か？」

「どこの軍勢であるかは僕にはわかりませんが」

「では、白い獣というのは？」

「遠くからなので不確かですが、白い虎のように見えました。背中に人が乗っていたようにも」

「……白い虎？　白虎の背中に人……」

白虎を使役できる人物。まさか彼女だろうか。あの淑《しと》やかな女性が、ありえない。でも……。

わずかでも可能性があると考えたら、じっとしてはいられなかった。

「確かめにいく。炎獅、私を乗せて行ってくれるか？」

決然として尋ねる私に、炎獅は面倒くさそうに溜息をついて答える。

「仕方がないな」

さっそく炎獅に乗って駆け出そうとした私を、史厳が「陛下！」と呼び止めてきた。

「確認したらすぐに戻る！」

一度だけ史厳を振り返り、炎獅を操って城楼の窓から飛び下りる。

――もしも、翠蓮が近くにいるのだとしたら……。会いたい。会いたくてたまらない。

彼女に思いを馳せながら、私は金色《こんじき》に輝く平原を虹が導く東の方角へと駆けていった。


日が西へ沈むにつれて私の不安は高まっていく。

「ご主人、だいぶ後続を引き離してしまっておりますが、よろしいのですか？」

ひたすら太陽を追っていると、私を背中に乗せていた赫虎が声をかけてきた。

「構わないわ。このまま西へ急いで」

私は焦燥を募らせながら赫虎に指示を出す。忽台様の密書によると、作戦の決行は今日の夕刻。彼が無事でいるかどうか不安でたまらない。もし、すでに会稽が陥落でもしていたら――。

嫌な想像をしていた時、私の思考を割るように遠くから声が響いた。

「翠蓮!?」

俯いていた私はハッと顔をあげ、進行方向に目を向ける。

――今の声は……。

「……煌さん……？」

虹の向こう側に、炎獅に乗って佇む煌さんの姿が見えた。これは夢か、それとも幻か。

こんな場所に彼がいるなんて、にわかには信じられず、私は少しの間瞠目して動きを止める。

息を呑んで見つめていると、煌さんが炎獅を操り、私の方へと駆け寄ってきた。

「翠蓮！」

どんどん彼が近づいてくる。あの声も姿も、夢や幻じゃない。

現実であると実感した私は、目に涙を浮かべて彼を呼ぶ。

「煌さん！」

地面に飛び下りた私たちは互いに駆け寄り、存在を確かめ合うように固い抱擁《ほうよう》を交わした。

再会できた喜びに胸が震え、目からは自然に涙がこぼれ落ちる。

本当に無事でよかった。会いたくて会いたくてたまらなかった。

——今、気づいたわ。抱きしめられてこんなに胸が熱くなるのは、彼がただ好きだからじゃない。私にとって特別な男性だから。

「……翠蓮」

彼が愛おしそうに私を呼び、更に強く体を抱きしめてくる。何てせつなそうに名前を呼ぶのだろう。この声はまぎれもなく煌さんの声だ。でも、体を抱く腕の力強さは天煌様のもの。

そういえば、今はどちらの彼なのか。わからない。まるで二人の彼が融合しているみたいで。

『あなたは私と天煌、どちらが好きなのですか？』

その時、王宮で別れる前に言われた煌さんの言葉が脳裏をよぎった。

『離れている間、私と天煌への気持ちについてよく考えておいてください』

今、改めて考えてみる。でも、やっぱり答えはわからない。どちらの彼も大好きだから。

優しいところも穏やかなところも、強引なところも勇ましいところも全て。

思いを自覚しながら抱き合っていると、近くにいた雛雀が気まずそうに咳払いをして告げた。

「イチャイチャしているところ何ですが、北からも軍勢が向かってきているようですよ？」

私は我に返り、彼の背中からパッと手を放す。

――私ったら、また状況を忘れて……。

熱くなった頬を押さえていたところで、今度は後方から別の声が響いた。

「兄上！」

煌佑様が馬に乗ってこちらへと駆け寄ってくる。その後方には劉一族の軍勢が続いていた。

「……煌佑」

近づいてくる煌佑様を、煌さんは神妙な面もちで見つめる。

「彼は私たちの味方です。劉一族を説得するため、私を連れてきてくださったのですよ」

誤解していてはまずいと思い、私はとっさに説明した。煌佑様はともかく、劉一族は一度煌さんを裏切った。簡単に信じることはできないだろう。でも今、劉一族の力は欠かせない。

――私が王の妃としてできること。

「煌さん、劉一族には私がついて戦います。先ほど具現化させたこの白虎――赫虎と一緒に」

私は赫虎を示し、煌さんの目をまっすぐ見すえて主張した。

「翠蓮!?　だめです、危険すぎる！」

煌さんは目を見開いて反対し、大きく首を横に振る。

「赫虎がいるから大丈夫です。後方にいて赫虎に指示を出すだけで、武器を取って戦うようなまねはしません。だから、お願いします。私も共に戦わせてください！」

胸に手をあて、更に強く訴えた。こうすればきっと兵たちの士気もあがるだろう。私が劉一族につけば、煌さんも少しは彼らを信じて戦えるはず。

私たちはしばらくの間、無言で視線をぶつけ合った。

私は一歩も引くことなく彼の目を見つめ続ける。

先に引いたのは煌さんの方だった。小さく溜息をつき、煌佑様に視線を移して問いかける。

「煌佑、劉一族を統率し、必ず翠蓮を守り抜くと約束できるか？」

「はい。お約束します！」

煌佑様は真剣な目をして即答した。

煌さんはしばらく煌佑様を吟味するように見すえて口を開く。

「わかった。お前を信じる。翠蓮のことを頼んだぞ」

頷き合う二人を見て、私はホッと胸を撫でおろした。

「翠蓮、あなたも約束してください。危険な状況になったら必ず逃げ、無事砦《とりで》に戻ってくると」

「はい。必ず！」

煌さんの言葉に、私も力強く頷いて宣言する。

決意をみなぎらせていたところで、西の方角から複数の馬蹄《ばてい》の音が聞こえてきた。

史厳さんが百あまりの騎兵を引き連れ、馬でこちらへと駆け寄ってくる。

近くまで到達した兵たちに、煌さんが別人のように鋭い顔つきで号令を出した。

「進軍する！　まずは雷一族を一網打尽にするぞ！」

「はっ！」

先陣を切って駆け出した炎獅と煌さんの後に兵たちが猛然と続いていく。

私も煌佑様と一緒に劉一族の軍勢を率い、西へと進軍した。


雷一族の軍勢は一日とたたずに壊滅し、王の陣営からは高らかに勝ち鬨《どき》があがる。

雷一族との戦いは焔王軍の圧勝に終わり、形勢不利と見た蒙奴軍はすぐ自国へと撤退した。

私は西部の守護を赫虎に依頼し、雷一族を撃破した天煌様たちと王都に舞い戻る。

劉一族が離反したことと、城壁を難なく飛び越えられる炎獅や雛雀の活躍もあり、王太后様が指揮していた反乱軍はほどなくして降伏。

王太后様は後宮の自室にいたところを焔王軍の兵に取り押さえられた。

◇　◇　◇

「無礼者！　私はこの国の王太后だぞ？　放さぬか！」

二人の兵に両腕を取られ、王太后が怒りをあらわに抵抗している。

愚かな毒婦の末路を、欣依は離れた場所にある木陰から観察していた。

千里眼の異能さえ使えれば、こんなことにはならなかったのに。完全に情勢を読み誤った。

欣依の能力には二つの弱点がある。力を使って変えた未来ははっきり視えないこと。そしてもう一つは、力を使いすぎるとしばらく何も視えなくなることだ。信用の低下を防ぐため、王太后には一つ目の弱点しか話していなかった。

まさか、蒙奴の開祖・視仙《しせん》の力を受け継いだ自分が追いつめられるなんて……。

欣依は悔しさを押し殺し、周囲の様子を窺いながら走り出す。

焔王にだけは捕まるわけにはいかない。力が回復するまでどうにか逃げきるのだ。

暗くなった草道を駆けていくと、その先にうっすら明かりのついた小さな建物が見えた。文書の管理を担当する宦官の詰め所だ。あそこには蒙奴の内通者がいる。今の時間なら彼一人のはず。とりあえず匿《かくま》ってもらい、力の回復を待って王宮からの脱出を図ろう。

警戒しながら詰め所に近づき、扉を軽く叩いてみたが、屋内からは何の反応もない。

誰もいないのかと思い、少しだけ扉を開けた欣依は次の瞬間、驚きに目を瞠《みは》った。

屋内には三人の兵がいて、内通者である宦官を取り囲んでいたのだ。

すぐに逃げようとする欣依だったが、踵《きびす》を返したところで更に大きく目を見開いた。

「もう逃がしはしないぞ、欣依。いや、蒙奴王の妹・斡剌《オラル》児忽台！」

逃げ場を塞ぐように立っていた長身の男を見て、欣依は吃驚の声をあげる。

「焰王!?」

「我が国を危機に陥れた奸婦《かんぷ》だ。捕らえろ！」

焰王の命に「はっ！」と声を揃え、後方に従っていた四名の兵が欣依の方へと向かってきた。

たちまち捕らえられた欣依の目に黒髪の女性の姿が映る。水晶を通じて幾度も目にしてきた。

「……姚翠蓮！」

憎しみを込めて彼女の名を呼ぶ。やはり殺しておくべきだった。焰王もあの女も。蒙奴が、兄王が大陸の覇権を手に入れるのに最大の障害となる存在。武仙と画仙の生まれ変わり。

欣依は翠蓮とすれ違った後も、顔だけを後ろに向けて鋭く彼女を睨み続ける。

だが、翠蓮は姿が見えなくなるまで動じることなく欣依を睨み返していた。


その後、王太后様と忽台様は冷宮に幽閉され、雷一族は血縁者や家臣に至るまで断罪された。

問題となったのが劉一族の処遇だ。

「私は反対です！」

その日、宮廷では劉一族をどうするかで議論が紛糾していた。

「途中で翻意し王を助けたとはいえ、見せしめとなる処罰は必要です！」

張一族の当主・克甫《かつほ》様が煌さんの意見に反対して長い白髭をしごく。

「左様。簡単に許してしまえば、王の威信が損なわれますぞ？」

李一族の当主・馬雲《ばうん》様も賛同して、武人らしい威圧的な視線を煌さんに向けた。

異を唱える二人の当主に反し、曹一族の当主・仲健《ちゅうけん》様は文人らしく理論的な意見を述べる。

「ですが、雷一族に加えて劉一族まで失えば、焔の軍事力は著しく低下し、他国につけ入る隙を与えてしまうことにもなりかねません」

「その通りです。劉一族は王太后様に唆されていて、情状酌量の余地もあります。私たちの説得にすぐ応じ、雷一族を打破する大きな力となってくれました。その功績をもって、謀反に与《くみ》した件は不問に処していただきたく存じます」

私は仲健様に同意して持論を加え、当主たちと煌さんに訴えた。

本来、妃には朝議に参列する資格も発言権もない。だが、今回の件に深く関わったこともあり、煌さんに特例として参席を認めてもらった。劉一族の許しを乞うためだ。

今、王宮にある広間では、焔国を統治する五部族のうち三部族の当主が煌さんや私と向かい合い、討論を交わしていた。当然、断罪された雷一族と審議の対象である劉一族はいない。

穏便に済まそうとしている私たちに対し、克甫様と馬雲様は反論を重ねてくる。

「しかし、不問というのはあまりにも規律を蔑《ないがし》ろにしすぎではありませんかな?」

「秩序を乱せば今後、陛下に楯突《たてつ》く輩《やから》が続出しかねませんぞ」

張一族と李一族。中道派であるこの二つの家門は政治的覇権を巡って劉一族と対立していると聞いた。簡単には許したくない理由もあるのだろう。

——どうすればこの混乱を収めることができる?　このままではまた国が分裂しかねないわ。

俯いて悩んでいたその時、思わぬ方向から声が聞こえた。

「私からよろしいでしょうか？　これ以上黙っているのは心苦しくて」

東の席に座っていた煌佑様だ。彼も複雑な立場のため傍聴するだけという話だったのだが。

「どうした、煌佑？　構わない。話せ」

煌さんに許可をもらい、煌佑様は広間の中央へと進んでいき、おもむろに口を開いた。

「ありがとうございます。実は、劉一族を唆したのは母ではありません。母は私を庇ったままで。私こそが今回の謀反の首謀者なのです」

「煌佑!?」

煌さんも私も驚愕のあまり目を剝く。

――ありえないわ。彼には何度も助けてもらったもの。煌佑様、なぜそんな嘘を……？

「殿下、それが本当だとすれば、どうなるかわかっておりますな？」

克甫様が怪訝そうに眉をひそめて尋ねた。

「もちろんです。全ての責任は私にあります。母は廃位とし、私の命を断つことで一族への処罰としていただけないでしょうか？」

「煌佑様、何をおっしゃるのです!?」

私は思わず立ちあがって声をあげる。

「私たち親子が消えれば、劉一族は大きな打撃を受けることになるでしょう。でも、国への被害は一番少なくて済む。国難を回避するためにも、劉一族には何とぞ寛大な処置を賜《たまわ》りたく」

煌佑様は煌さんに向かって拱手し、慈悲を乞うように頭を垂れた。

当主たちは眉根を寄せ、煌さんに意見を述べる前に小声でささやき合う。

「確かに、それが国への被害を一番防げると思うぞ。李と張、そなたらが納得するならな」

「……お二人がいなくなれば、劉一族は完全に宮廷での力を失うことになるか」

「三国から侵攻される脅威を抱えた今、これ以上焔の軍事力を低下させるのは避けたいところでもある。この辺が落とし所か……」

ぶつぶつとつぶやいてから、まず克甫様が煌さんに意見を伝える。

「わかりました。それなら劉一族への大きな罰にもなるでしょう」

「私に異論はございません」

仲健様がはっきりと答え、馬雲様は顔をしかめながらも頷いて告げた。

「まあ、あとは領地の一つでも取りあげていただきたいところですな」

三当主の合意を受け、煌さんは戸惑いをあらわに煌佑様を見つめる。

「煌佑、本当にそれでいいのか？」

「もちろんです。どうか兄ではなく王として賢明なご判断を」

煌佑様は煌さんの双眸をまっすぐ見すえ、決断を促した。

煌さんは彼の強い眼差しから逃れるように瞼を伏せる。

「……少し煌佑と話したい。姚妃以外は出ていってもらえるか？」

当主たちは眉を曇らせながら「御意」と答え、宮殿から退出していった。

広間にはしばらくの間、空虚のような沈黙が落ちる。

「煌佑、なぜだ？　どうしてあんなことを……」

苦悶《くもん》に満ちた顔で尋ねた煌さんに、煌佑様は肩をすくめて答えた。

「わかっておいでなのでしょう？　焔は今、未曾有《みぞう》の危機に直面しています。これが国にとって一番いい方法だと判断したからです。兄上にとっても」

「国と私にとっても、だと？　ありえない！　血に汚れた私より、思慮深くて清廉なお前の方がよほど王にふさわしいだろう！　お前よりも国に必要な存在は――」

「いいえ。そんなふうに思っているのは兄上くらいですよ。武論派を粛清した後もずっと兄上が国を治めた方がいい。皆、そう思っています。王として時に必要な冷酷さ、他を寄せつけない圧倒的な強さ、優れた政治的手腕や民を慈しむ心もある。資質において私は何一つ敵いません。兄上は母との約束や過去に縛られ、己を否定しているだけです。肉親たちを手にかけた罪の重さに耐えきれず、逃げているのではありませんか？」

煌佑様の痛烈な反論に、煌さんは衝《つ》かれたように目を見開いた。

「どうか過去を捨て、真の王とおなりください。兄上の償いは最期まで責任を持って国を導くことです。母との約束が枷《かせ》となっているなら、この命をもって断ちきってさしあげましょう」

あまりにも悲しい彼の覚悟に、私は声をあげることもできず、ただ疼《うず》く胸を押さえる。

――煌佑様。

「ずっと言いたかったことも伝えられましたし、私はこれで失礼します」

煌佑様は煌さんと私に向かって抱拳し、立ち去ろうとした。

「煌佑！」

とっさに煌さんが彼の名前を呼ぶ。

だが、煌佑様は一度こらえるように拳を握りしめると、宮殿から静かに去っていった。

煌さんは煌佑様を連れ戻すようなこともなく、ただつらそうに瞼を伏せる。

「……煌さん。このままでいいのですか？」

彼ら兄弟を放っておくことなどできず、私は煌さんを見つめて尋ねた。

「いいわけがありません。でも、臣下たちを納得させ、国の秩序を保つ方法が思いつかない。国難を回避するためには、煌佑の話を受け入れるしか……」

煌さんは顔に苦悩をありありと浮かべ、額を押さえながら吐露する。

「私は何てふがいない王なのだろう。他国や臣下につけ入る隙を与え、罪のない弟を犠牲にしようとしている。私が心の弱い王だから」

「あなたは弱い王などではありません」

私は即座に首を横に振って告げた。

「民の話に耳を傾けて善政を敷き、その武勇で侵略者から国を守ってくださっています。煌さんも天煌様も強くて優れた国王です。これまでの行動に悔いが残っているなら、今からでも正しいと思う道を行けばいい。まだ遅くはないはずです」

ここへ至るまでに経験した数々の出来事が脳裏をよぎる。私の人生は後悔の連続だった。自分にもっと力や勇気があれば、何度そう思ったかしれない。でも、絶望しそうになるたびに煌さんや天煌様が救ってくれた。私も彼らを助け、心を支えられるような存在になりたい。

「あなたはどうしたいのですか？　聞かせてください。あなたが正しいと思う道を進めるように、私が力の限り補佐します」

震える彼の手を優しく握りしめると、煌さんは沈痛な面もちで願いを口にした。

「煌佑を助けたい。過酷な状況の中、共に生き残り支えてくれた、たった一人の弟なのだから」

私も絶対に煌佑様を失いたくない。彼はこの国と煌さんに必要な人だから。

でも、煌佑様を生かせば臣下たちは納得しないだろう。

他に犠牲者を出すこともなく、彼の命を救う方法――。

瞼を伏せて考え込んでいた私は、ある策を思いついてパッと目を開けた。

「私に考えがあります」

決意をみなぎらせながら、無謀とも言える策を煌さんに伝える。

――うまくいくかどうかわからない。でも、煌佑様を救うために必ずやり遂げてみせるわ。

❇ 終 ❇

五日後、大勢の臣下や兵が見守る中、煌佑様の刑は執行された。

炎を尊《たつと》ぶ焔《えん》において最も誇り高い処刑方法とされる火刑だ。最も過酷な死に方でもある。

私は胸を痛めながら煌さんとその光景を眺めることしかできなかった。

そして、月日は巡る。つらい記憶を胸に刻みつけながら。

それでも私たちは幾多の困難を乗り越え、前に進んでいく。

戦後の復興処理が進み、国境の守りも強化され、王宮がようやく落ちつきを取り戻した頃。

私と煌さんは、体から水気が抜けて完全復活した小龍に乗って、北の国境沿いにある町へ向かった。民家が百軒ほどしかない規模の小さい町だ。豊かな自然に囲まれ、のどかで美しい。

町の外れにある井戸で書生風の衣服をまとった青年が桶に水を汲んでいる。

空からその姿を発見した私は、小龍に乗って彼に近づきながら声をかけた。

「煌ゆ──開生《かいせい》さん！」

一度名前を呼び直した私の声を聞いて、青年が空を見あげる。

「兄上、姚妃《ようひ》様！」

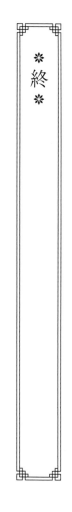

私と煌さんは小龍から降り、笑顔を見せた彼の方へと近づいていく。

彼の名は『周《しゅう》開生』。本当の名前は朱煌佑《しゅこうゆう》。そう、彼は生きていたのだ。

処刑の日、燃えたように見えたのは私が描いた煌佑様だった。意思を持たない人形のような彼の絵。心は痛んだが、煌佑様が本当に処刑されるよりはと思い、苦痛を感じないように願いながら描いたのだ。具現化した絵が燃えるのを見届けた日の深夜、本物の煌佑様は小龍に乗せて密かに国境沿いの町まで連れていった。それが彼の処刑にまつわる真相。

元は絵だとわかっていても、あの光景を見るのはとてもつらかった。

今、煌佑様は町の外れにある民家で書生として暮らしているらしい。

近況を聞きながら歩いていると、集落から離れた場所に茅葺《かやぶ》き屋根の小さな民家が見えた。

「あれが私の住まいです。どうぞお入りください。散らかっていますが」

家の中に案内され、私は小さくなった小龍と一緒に屋内の様子をキョロキョロと観察する。

煌佑様の部屋は書棚で囲われ、文机《ふづくえ》にも書物が高く積まれていた。

「……すごい。書物がたくさん。本がお好きなのですか？」

「ええ。昔は学者になりたいと思い、本を読んでばかりいました。本当は剣を握るより、知識を蓄える方が好きなのです」

「煌佑は官吏が舌を巻くほど頭がいいのですよ。科挙《かきょ》だって簡単に合格してしまうでしょう」

煌さんの説明に私と小龍は目をしばたたく。最難関の国家試験に合格できるほどとは……。

「武勇を誇る軍事国家の王子が、意外じゃな」

「でも、まさか王宮の官吏になるわけにはいかないので、落ちついたらこの町で官職につければと思っています。兄上が北部の行政を刷新してくださったおかげで、私を知る者はいないようですし。ここで本を読みながらひっそり暮らしていければと」

「いや、私はお前に楽をさせたくて、この地を用意したわけではないぞ」

目を丸くした煌佑様に、煌さんは微笑を浮かべて告げる。

「北部の太守にはこれまでのような豪族ではなく、学者出身の官僚を選んだ。私はいつか焔を武力ではなく政《まつりごと》だけで治められる国にしたい。いずれはお前に北部を束ねてもらいたいのだ。まだまだ国のために働いてもらうからな」

「ですが兄上、私が表舞台に姿を現すわけには……」

「もちろんお前の存在は隠し通す。朱煌佑は死んだ。たとえ秘密を暴く者が現れても、私はもう迷わない。大切なものを守るために闘おう。お前にももう玉座を譲るつもりはないからな」

煌佑様は見開いていた目を細めていき、うれしそうに微笑んで煌さんを見つめた。

「ようやく覚悟を決められたのですね」

「ああ。私は過去に縛られているというより、お前に王の重責を押しつけようとしていただけだった。つらいことも全て天煌に押しつけていたのだ。でも、お前が命をかけて私の弱さと過ちに気づかせてくれた。翠蓮、あなたはどちらの私も全部認めたうえで道を示してくれた」

煌さんは過去へと思いを馳せるように瞑目し、意を決した表情で口を開く。

「最期の時まで自らの罪と向き合い、全身全霊をかけて国を治める。もうつらい現実からも責務からも逃げたりはしない。だから、陰から支えてくれないか？」

煌佑様はしばらく瞠目したまま煌さんを見つめ、胸の前で両手を重ねて答えた。

「わかりました、兄上。あなたが目指している国は私の理想と同じです。愛する祖国のために、力を尽くすと誓いましょう。敬愛する我が兄、我が王よ」

煌佑様が忠誠を誓いながらひざまずき、煌さんが彼の肩に優しく手を置く。

彼らの門出を言祝《ことほ》ぐように窓から柔らかい日差しが降り注ぎ、二人の兄弟を照らした。

私は小龍と一緒に笑みを浮かべて彼らを見つめる。

いつか二人が手を取り合って築きあげる国を見たい。

きっと戦のない、どこよりも平和な国になるだろう。


手を振って見送る煌佑様の姿が徐々に小さくなっていく。

私は大きくなった小龍の背中から煌佑様に手を振り返した。

彼の姿が見えなくなったところで、小龍が空を飛びながら楽しそうに話し出す。

「息災そうで何よりじゃったな」

「そうね。本当によかったわ」

私は笑顔で返し、意見を求めるように煌さんを見あげた。

横向きに座っていた私の体を支えたまま、彼は微笑を浮かべて告げる。

終

「全てあなたのおかげです。煌佑が生き延びられたのも、私が大切なものを失わずに済んだのも。改めてお礼を言わせてほしい。あなたがいてくれたから、私は多くを知ることができた」

彼の雰囲気が少し変わったように思えて、私は目を瞬《まばた》かせた。

「もう自らの弱さや過ちからも目を背けたりはしない。天煌の存在も全部受け入れて生きていく。あなたがどちらの私も好きだと言ってくれたから」

煌天様は思いを巡らせるように一度瞼を伏せ、決意に満ちた表情で話を続ける。

「とはいえ、私は王としてまだ未熟だ。他国との問題も抱え、この先には幾多の困難が待ち受けているだろう。でも、私には支えてくれる人がいる。あなたが側にいるから大丈夫だ。きっとどんなことでも乗り越えていける」

「……煌さん」

どこか吹っきれたように言って微笑む彼を、私は瞠目したまま見つめた。

やっぱり雰囲気が違う。煌さんの優しさと穏やかさ、天煌様の強さと厳格さ、今の彼からはどちらの彼も感じる。まるで本当に二人が融合したかのような。

きっと過去を断ちきることができたからだろう。もしかしたら、もう極端に変化する彼の姿は見られないのかもしれない。なぜかそんな気がする。

少し寂しい気持ちになって瞼を伏せると、ふいに私の目から涙がこぼれ落ちた。

「翠蓮⁉」

煌さんが少し面食らった様子で声をかけてくる。

どうしよう。彼がつらい過去を断ちきれたのならうれしいはずなのに、涙が止まらない。

もう今までの彼《ふたり》に会えないのかと思ったら……。涙が次から次へと流れ落ちていく。

声を押し殺し泣いていると、彼が私の頬に手を添え、涙を拭うように瞼へ優しく接吻《キス》をした。

私は目を見開いて、彼の顔を見つめる。今、側にいるのは誰だろう。

――煌さん？　それとも、天煌様？

優しい表情は煌さんで、大胆な行為は天煌様だ。

――ああ、そうなのね。今までの彼が消えたわけじゃない。どちらも常に存在するのだわ。

私は目の前にいる彼に、二人の男性の姿を確かに垣間《かいま》見た。

「もう大丈夫です」

そう言って涙を拭い、彼に笑顔を見せる。

煌さんも天煌様も彼であることに変わりはない。私はどちらの彼も大好きなのだから。

この先、煌さんも天煌様もこうして側にいてくれる。だから、寂しく思うことはない。

「私の方こそお礼を言わせてください。いつも私を力づけ、助けてくれたこと。私もあなたのおかげで変わることができました」

私に強さや勇気を与えてくれた彼に、どうしても伝えたい。今こそ勇気を出して。

「私はあなたに出会うまで過去や自分の力と向き合うことから逃げ、閉じこもってばかりいました。でも、あなたが私の全てを認め、受け入れてくれたおかげで前を向くことができたのです。私ももう逃げません。自分の責務からも、この気持ちと向き合うことからも」

終

私は毅然と顔をあげ、彼の目をまっすぐ見つめて告げた。

「私はあなたが好きです。愛しています」

西の大地で自覚した思いを今、ようやく彼に伝える。

この世でただ一人だけ特別な気持ちを抱いた男性に、心からの愛を込めて。

私の告白を受け、しばらく目を見開いていた煌さんだったが、幸せそうに微笑んで口を開く。

「私もあなたを愛している。あなたの人柄を知った時からずっと、この世にいる誰よりも。どうか私の本当の妃になってもらいたい」

私は心臓が破裂しそうなほど激しい胸の高鳴りを感じたが、今度は逃げずに応えた。

「もちろんです」

彼が私を熱っぽく見つめながら頬に手を添え、ゆっくり顔を近づけてくる。

私は自然に目を閉じ、彼の唇を受け入れた。

慈しむように私の唇に触れ、時に力強くからめ取ろうとする。まるで彼らの性格のようだ。

二人に接吻されているような感覚に陥ってしまう。

体中が溶けてしまいそうなほど甘くて熱い口づけだった。

彼は一度唇を離し、頬を赤く染めて私を見つめてくる。

恥ずかしそうな顔は煌さんで、強引な部分は天煌様。やはりどちらの彼でもあるのだ。

それがうれしくて、私は恥じらいながらも微笑んで彼を見つめ返す。

すると、彼はまた熱っぽい目をして私の唇に顔を近づけてきた。

――えっ、もう一度？

あわあわしつつ、緩急のある彼の口づけを受け入れる。

別に嫌ではない。むしろ彼に愛されているのだと実感できて、幸せな気持ちになれる。

そう思うのだけど、いかんせん長すぎた。

どんどん息が苦しくなってきて、彼の胸を軽く押す。

「煌さ――」

彼は一度少しだけ顔を離したものの、私の言葉を遮るようにまた唇を塞いできた。

「ん……っ」

小さく呻《うめ》き声をもらした直後――。

「……今回ばかりは大目に見てやろうと思っておったが……。さすがに長すぎじゃ～！」

真下にいた小龍がぷるぷると体を震わせて騒ぎ出した。

私たちはハッと我に返り、慌てて顔を離す。

「我の存在を完全に忘れておったな!?　いつまでも龍《ヒト》の背中でイチャコラしおって……！」

――本当に忘れていたわ……。

「ごめんなさい、小龍」

私は小龍のたてがみをそっと撫でて謝罪した。

煌さんはというと、かなり不満そうだ。

このまま引き下がることはできない。そんな顔をして、私の耳もとでささやく。

「この続きは今夜……」

甘い言葉が耳から胸へと浸透し、口から心臓が飛び出しそうになった。

――どうしよう。心臓が持つかしら……？

全身に熱が走るのを感じながら、一番症状の重い胸を押さえる。

でも、気分はとても幸せだった。

これからは気持ちを抑えることなく堂々と彼の側にいられる。本当の妃として。

目を閉じると、これまでの出来事が次々と脳裏に甦った。虐げられてばかりだった人生。

でも焔に嫁入りして、心の温かい人々に出会えた。心から愛し合える男性にも。

――彼と一緒になることができて、本当によかった。

私は幸せを噛みしめながら彼の胸に身を委《ゆだ》ねる。

彼は愛おしそうに私を抱きしめてくれた。優しく、そして力強く。

融合した二人と、ドキドキしすぎる胸の鼓動に慣れるのは、しばらく先になりそうだ。

終

あとがき

お読みいただき誠にありがとうございます。

こちらは魔法のiらんど大賞・コミック原作大賞の受賞作を大幅に改変し、小説化した作品となります。どれくらい変えたかというと、一万字に満たないプロットを十七万字近くの小説に変えたので、もはや別作品と言えるかもしれません。コミック化しか検討されない賞だったにもかかわらず、このたび小説まで出版していただけることになりました。

しかも、小説とコミックス一巻が同時発売です！　ありがたや〜。

漫画の方は須部《すべ》からく先生にご執筆いただいております。コミックス一巻は書籍版第二部までの内容で、テンポがよく読みやすい作品となっておりますので、こちらも是非よろしくお願いいたします。

小説版のイラストは桜花舞《おうかまい》先生にご担当いただきました。そう、漫画とは違うのです。キャラデザも違うのですよ。主要キャラから脇役、ケモキャラまで。是非見比べてみてください。ケモキャラたちも生き生きと動いていてかわいらしく、癒やされますよ。

このキャラのここが違う！　という発見があるはずです。

一番目につくところでいうと、小龍《しょうりゅう》が持っている珠《たま》！　実は小説のキャラデザがあがってきた時、何もお願いしていないにもかかわらず、小龍が珠を持っていたのです。それより少し前に、ふと思い立って『虐げられし公主』の番外編を執筆していたのですが、そこで『小龍は光る珠がお好き』というエピソードを書いておりまして。運命のような気がしましたね（笑）。

そのことを担当様に伝えたら、小説の表紙や挿絵にも小龍が珠を持って現れたという……！

ここでしか明かせない㊙エピソードでした。「小龍よ、その珠はどこから持ってきた？」という読者様の疑問にお答えできたかと思います。ちなみに、カバー裏にも小龍が珠を持って登場しておりますよ。さすがマスコットキャラクター。是非ご覧あれ。

その番外編ですが、お蔵入りさせるのも惜しいので、WEBで公開することにいたしました。小説投稿サイト『カクヨム』で『虐げられし公主』とかで検索すれば出てくると思います。魔法のiらんどで公開するのが筋なのですが、非常に残念ながら二〇二五年三月末でサービスを終了することになってしまいました。カクヨムと合併されるとのことです。

魔法のiらんどで公開しても、一ヶ月半で消えてしまう運命なので、カクヨム。というわけで、興味がありましたら是非カクヨムへお越しください。

最後に謝辞を。大変美しく素晴らしいイラストで作品を盛りあげてくださった桜花舞先生、小説と漫画をご担当いただきました編集様、制作に携わってくださった関係者各位、そしてここまでお付き合いいただきました読者の皆様に厚く御礼申しあげます。

それでは、またどこかでお会いできますように。

青月花《あおつきはな》

本書は「魔法のｉらんど」（https://maho.jp/）に
掲載していたものを加筆・改稿したものです。
この作品はフィクションです。実在の人物・団体・事件などにはいっさい関係ありません。

●ファンレターの宛先
〒102-8177　東京都千代田区富士見2-13-3　株式会社KADOKAWA　戦略書籍編集部
「青月花先生」「桜花 舞先生」係

虐《しいた》げられし公主《こうしゅ》の幸福《こうふく》な婚姻《こんいん》

人質《ひとじち》花嫁《はなよめ》は二人《ふたり》の王《おう》に寵愛《ちょうあい》される

著／青月花《あおつきはな》
イラスト／桜花《おうか》 舞《まい》

2025年2月15日　初刷発行

発行者　山下直久
発行　株式会社KADOKAWA
〒102-8177　東京都千代田区富士見2-13-3
（ナビダイヤル）0570-002-301
デザイン　みぞぐちまいこ（cob design）
印刷・製本　TOPPANクロレ株式会社

■お問い合わせ
https://www.kadokawa.co.jp/（「お問い合わせ」へお進みください）
※内容によっては、お答えできない場合があります。
※サポートは日本国内のみとさせていただきます。
※Japanese text only

ISBN978-4-04-738262-6　C0093　©Aotsukihana 2025　Printed in Japan
定価はカバーに表示してあります。